KEY·可以文化

惊蛰
AWAKENING

杜阳林 著

浙江文艺出版社
Zhejiang Literature & Art Publishing House

惊蛰天，春雷起，僵虫惊，山川兴，万物乃复生。

——题记

目 录

上

第一章 ……………………………………………… *003*

第二章 ……………………………………………… *020*

第三章 ……………………………………………… *035*

第四章 ……………………………………………… *054*

第五章 ……………………………………………… *065*

中

第六章 ……………………………………………… *079*

第七章 ……………………………………………… *098*

第八章 ……………………………………………… *117*

第九章 ……………………………………………… *134*

第十章 ……………………………………………… *150*

第十一章 ……………………………………………… *160*

第十二章 ……………………………………………… *170*

第十三章 ……………………………………………… *185*

下

第十四章 ……………………………………………… *201*

第十五章 ……………………………………………… *220*

第十六章 ……………………………………………… *233*

第十七章 ……………………………………………… *243*

第十八章 ……………………………………………… *257*

第十九章 ……………………………………………… *278*

第二十章 ……………………………………………… *294*

第二十一章 …………………………………………… *308*

上

凌云青坐上了绿皮火车，但他并不知道，这趟远方求学旅程的尽头，命运会画出怎样的曲线。他的脸上尚未褪尽青涩，那双明亮的眼睛里，分明有着一份热切的期盼。

　　车轮轰隆向前，家乡风物一帧帧地消失于脑后。车身摇晃轻颤，父亲去世后的艰辛时光，犹如此刻车窗玻璃折射的微微反光，在这位十四岁少年的脑海中一幕幕闪过。

　　凌云青沉浸在过往的回忆中，像是和从前的自己，做一次郑重告别。

第一章

一

一阵撕心裂肺的号哭，打破了阆南县观龙村的宁静。那座四面漏风的茅屋传出的悲啼之声，瞬间揪住了人们的心。

在家午饭的一些村民小声嘀咕：凌永彬这样高高大大的一个汉子，咋个说走就走了呢？他这一撒手，苦了徐秀英和五个娃娃呀！

那一年的一月份，敬爱的周总理去世，村民们聚在晒场哭了一场。大人小孩的悲伤，让天上的月亮不复皎洁，拉了一朵厚云遮住半张脸。凌永彬又哭又喘、又抖又咳，旁边的人拼命捶拍他的后背，劝他莫要难过。哪晓得才几个月时间，他把自己也哭到了"那边"呢？

村民丢下碗筷拥出房门，相继前往凌家，帮忙料理一些后事。

岳红花冲在前头，跨进凌家门槛。徐秀英软瘫瘫地坐在地上，身体倚着床架那堵黑乎乎的墙。上官云荨正托起秀英下巴，含了口茶水，喷向她的脸。

上官云荨走哪儿都像清朝老爷们一样，右手托个小小的陶瓷茶壶，左手夹着烟卷。她这种派头，观龙村的女人们看了大为诧异，背后议论纷纷，当面却不敢冒句杂音。

上官云荨连喷了三口水，徐秀英悠悠地醒转，又扑向床沿，却扑了个空。上官云荨对她努努嘴："老周把门板拆了，让你家老凌换过老衣，躺到那上头。"徐秀英"嗯"一声，忍住泪水，想掏出两句感谢的话，舌头却打了结，干干地吞了两口唾沫，软软地搭着上官云荨一条胳膊，站起身来，呆涩地望向她的孩子们。

凌家老大采萍刚满十三岁，套的褂子皱巴巴地箍在身上，粗布背带在她身后紧紧绕扎几圈，趴伏着头发稀黄的五弟云白。采萍承接着母亲悲痛欲绝的目光，不敢哭出声来。比她小六岁的采芹，像被忽降的变故压得年龄后缩了一截，六神无主的眼睛被手揉得通红。云白闭着眼睛，偶尔冒出两声啼哭，犹如小猫的呜咽，受到感染的采芹狠狠地打了个哆嗦。

云鸿和云青兄弟俩不知道去了哪里。秀英的眼珠木木的，仿佛要靠这一眼又一眼的"看"，才能将缥缈辽远的灵魂拉回来。

岳红花凑近徐秀英的额头，额头有一块鸡蛋大的青肿。她关心地询问："你脑门顶个青包干啥子？痛不痛，要不我回去拿点清油，给你擦来消肿？"

岳红花说得体贴，却听上官声音板板地对她道："那你还不赶紧回去端些清油。"

岳红花说不清为何会惧怕上官，觉得自己对徐秀英的关心过了头，她平时都舍不得吃的清油，咋能真的让给她使用呢？要怪就怪自个儿这张插不上门闩的嘴巴。她极不情愿地往家走，见刘翠芳沉着一张脸孔走向凌家，赶紧堆起一脸笑褶子招呼："你这个嫂子，这么快就赶来帮忙了。"刘翠芳却往地上啐了一口："哪个舅子想来帮忙！"岳红花亲亲热热地靠过去，不管刘翠芳狐臭不狐臭，指头点了点茅草屋，又飞快地指了指自己额头："刚刚撞得晕死过去了！"

"真撞死才好！"刘翠芳似乎吃了炮仗，开口便有火药味。岳红花呲着一口黄牙，咯吱咯吱笑："要是里面那个真的撞死了，你还不得帮着人家养娃儿？"

刘翠芳吐出一句气鼓鼓的话："哪个背时的才带他凌家的娃儿！"岳红花"嘿"一声，脸上露出了然的笑意。

刘翠芳原本不想来凌家。陈金柱那个欺软怕硬的货，只敢在老婆面前挥舞拳头。他不想到凌家，却逼着自己女人去，免得村里人戳他脊梁骨。刘翠芳到底害怕男人火气一上来，打打杀杀的吓死个人，这才绷着一张脸，来踏凌家的门槛。

凌家屋里乱哄哄的，徐秀英的泪珠子打湿了前襟，几个上了年纪的女人，粗针大线地帮忙缝制孝帽孝衣。她们间或劝上两句，被新寡妇的遭遇勾起了自己一腔伤心事，倒呜呜哭将起来。

云白原本半睡半醒，忽然放开喉咙哭叫。他挣扎着向后翻仰，挣得眉毛发红，尖厉的哭声如同一枚枚刀子，插进屋里每个人的耳膜。

采萍面红耳赤，微微屈膝抖颤，发出"哦哦"的声音，用这种节奏的晃动安慰云白。但她惯用的做法失去了作用，云白每一声哭叫都用尽全力，小小的身体发出如此大的声量，真是让人奇怪的事。

屋里屋外几个女人凑过来，七手八脚地帮助采萍解开背上的背带，将云白抱起。五六双手轮了个遍，嘴里发出各种软糯黏稠哐哄娃儿的话，却没有让云白止住哭声。

"给我。"上官云葶开了口，连小茶壶都没搁，弯着手臂，将云白塞到了徐秀英怀里。

"娃娃饿了。"上官云葶的话说得威严而又不能抗拒。

秀英一转动身体，关节就"吱嘎"响，像是一架年久失修的机器。她好不容易才弄明白上官的意思，苍白的脸庞泛起一丝愧意："前两个月，奶水就回了。"

秀英没有奶水已经有一段时间了。永彬的肺结核延宕了几年，虽说身子虚得像被虫子蛀过的柱子，但也"稳定"着。谁晓得就在这个暑热天，病情忽然恶化，永彬开始大口吐血。秀英照顾丈夫、操持农活，家里大人娃儿，哪个都要操心。那段时间，她就没睡一个囫囵觉。

家里的事不让人安生，外面的消息更令人心惊肉跳。广播里有个声音，沉痛地说唐山闹了大地震，不晓得死了多少人。虽然闽南地处西南地区，离唐山上千公里，消息传来，还是让所有人忐忑难安。村里流传着各种传闻，说是"地乌龟"抖上几抖，便让唐山地裂山崩，倘若"地乌龟"再发脾气，动弹得更厉害一点，不晓得闽南县会不会也跟着翻过来。村民睡到半夜，不时有人尖叫着："地震啦！"人一吼，狗就吠，整个村庄不得安宁。凌家几个孩子坐起来抽泣哭嚷，当妈的少不得一通安慰。秀英有时通宵不敢闭眼，生怕一家人病的病小的小，被檩子墙头埋到地下。

生下老五云白，秀英身子闹了虚空，彻底唱起反调来，无论云白怎样努力吮吸也没用，她的乳房变成了一对空荡荡的摆设。哺育了四个孩子的胸脯，如今竟挤不出一滴奶水来。

采萍懂得替妈脸红了，她跨前半步建议："我去调点糊糊给云白吃吧。"上官云夐充耳不闻，两道利剑一般的目光看向秀英，那眼神，能将秀英脸上灼出两个小洞来。

秀英下意识地避开上官的视线，右手机械地解开了衣襟。云白已经闭着眼睛要了好久的横，糊了满脸的眼泪鼻涕，却未消减他的敏感。人间的婴儿是靠直觉行事的小神通，云白准确无误地一口噙住了秀英的乳头，小小的腮帮子，一鼓一瘪，一张一息。令秀英吃惊的事发生了，仿佛有一股热流，从她手板、脚板开始发烫，急急匆匆跌跌撞撞，抢着挤着往乳房奔跑。香甜的乳汁，已经欢快顺畅地滑下了云白的喉咙。

上官云葶意味深长地看了秀英一眼，漫不经心地说道："你是当妈的呀。"

秀英抱着云白柔软的身子，眼泪滑到鼻梁，聚成亮晶晶的一颗。她顾不上擦掉，现在终于明白上官的用意了，她还有五个儿女尚未成人，旁人都死得，就她死不得。

二

在凌家帮了一天忙，上官云葶有些疲累，临走前嘱咐采萍："有事就到家里喊我。"采萍嗯嗯地点头，眼里迅速包起了碎银一样的眼泪。

刚来观龙村时，上官云葶不愿出门，将自己关在漏风的小屋里整整一个月。这里离省城远，没那么多"革命群众"，揪着扯着要看你的热闹，不允许谁"缩进乌龟壳里"，逼你站在街头示众。上官经过一个月与世隔绝的躲避休憩，才算在鬼门关转过身还了阳。如今，一晃多年过去，她心中早就藏了一幅"地图"，就算闭着眼睛，在观龙村也不会失了方向。

上官云葶抬起头，视线扫过高高的野棉花山，重重呼出一口气。

家住山脚下，上官刚搬来那段时间，夜里总做噩梦，梦见山塌了，将她压在下面，甚至能感受骨头深处慢慢攀上来的疼痛。待的时间久了，很久没做这种怪梦，不过今日体力有些透支，倒像是那时被梦深深魇住的难受感觉：脑袋眩晕，双眼发花，脚底虚浮。上官转了转脖子，拍了拍后颈，轻咳两声，拐向左边大路。凌家兄弟从右边的一条小路走了过来。

右边本没有路，杂草中生长着苍耳和火棘，观龙村的人不懂火棘学名，管它叫"红军粮"。传说以前红军路过观龙村，饿得要命，却不肯吃老百姓一粒粮食，采摘这红而小的果实饱腹。火棘虽能救命，此刻却让凌云鸿和凌云青吃尽苦头。

"你没长手是不是？没长手你长了脚啊，没长脚还长了嘴，未必你比云白还不如，云白好歹还长出四颗门牙，你连门牙都没长？"八岁的云鸿责骂四岁的弟弟云青，不管不顾地拉着他，走上右边这条不算路的小路。云青被火棘枝条上的小刺刮伤了脖子和手背，留下一道道血痕，亦步亦趋地跟在云鸿后面。云鸿也刮伤了手脚，可他正在气头上，感受不到身体的疼痛，一心一意地"讨伐"云青。

云青刚才被陈富贵推到水沟里，也是这个模样，一声不吭，不愿还手。云鸿气得直骂："打死你都不晓得回句嘴！"

云青越是闷不作声，云鸿越是怒气难平。弟弟的"迟钝"反应，让他感到心头像揣了一只乱跳的兔子，不听管束。就云青这夙样，以后还不晓得要受外人多少欺负。

父亲两腿一蹬，"走"了，这让云鸿心生害怕。大人们只晓得慌慌张张地叠元宝、印纸钱、找孝布，再来几个婶婶和大嫂，拉着秀英的手一通嘤嘤地抽泣。她们就算哭破天，或者流一碗眼泪，能把爹哭回来吗？爹再也睁不开眼了，云鸿是家里的长子，他想不通：自己咋就成了家里最大的那个男人了呢？

云鸿撞见大伯家的陈富贵欺负云青。陈富贵脸盘子的肉，比玉米饼子还厚，仗着高出同龄伙伴半个头，在村里使蛮占强。富贵始终对云青看不顺眼，在碾子旁边，二话不说，将云青一把推到水沟里。水沟一点浅水，淹不死人，却弄得云青成了个脏兮兮的泥猴儿。云青不哭不闹，从淤泥里爬上来，没有咬陈富贵一口来报复他。

云鸿是在不远的菜园边看到的。他怒不可抑，握紧拳头向陈富贵冲去，陈富贵拉起吮吸大拇指的妹妹吉祥，跑得没了踪影。云鸿的火气索性发泄到云青身上。

云鸿喋喋不休地骂了云青一路，云青默默忍受被尖刺刮出血痕的疼痛。他们跌跌撞撞，走出了遍布火棘的小路。兄弟俩居高临下，所站的土坡位置与茅屋烟囱一样高，云青没头没脑地告诉云鸿："富贵说，他妈因为我们妈，差点挨了他爸的打。"云鸿口干舌燥，弟弟并未"认真反思"，还在想陈富贵那些不着调的屁话。

云鸿推了云青一把："那个瓜娃子说的话，你也要当真？他妈那么泼，咋会因为我们妈挨打？"

云青低下视线，两只脚板糊满泥污，又划拉了血道子。他抬起右脚，在左脚背上蹭了蹭，郑重其事抛给云鸿一个问题："哥，啥叫死？"

云鸿蓬起了一股邪火，仿佛从父亲真正离开他们的那个清晨开始，这股邪火就再也没有消退过。在他完全没有做好准备之时，一股不由分说的蛮横力量逼云鸿硬着头皮当了"凌家最年长的男人"。他可以拒绝吗？可以逃避吗？天大地大，好像找不到一个地方申诉。

云鸿找不到人说话，心里有些窝火。当然，即使能找到像周爷那么有见识的人，云鸿照样不晓得怎么开口。大人懂个屁，只会拿哀伤的眼神剜云鸿一记，语重心长叮嘱他："你以后要懂事，你妈你弟妹全都靠你了。"云鸿委屈迷惘，他被这火苗炙烤着、折磨着、追赶着，只好瞪着云青发脾气："死死死！你晓得个啥！

白吃了几年饭，咋个啥都不懂！"

云鸿恨唧唧地离开了云青。云青呆呆地看着哥哥的身影，他不知道自己是怎么了，被富贵一把推下水沟都没哭，两脚被刺丛勾拉受伤也没哭，哥哥丢下他，他望着自家熟悉的茅草屋顶，竟然有一种陌生的潮湿情绪袭上来。云青眨了两下眼，试图眨走眼前那一层蒙蒙的泪雾。

泪雾中走来了姐姐采芹。

云青本能地和三姐采芹亲近些。二哥云鸿平时不爱和云青玩耍，觉得他呆头呆脑的，碍手碍脚。采芹长云青三岁，却是兄弟姊妹中最为瘦小胆怯的，她总爱缩着肩膀耷拉脑袋，说话声音像蚊子，两句话不对付就落下泪蛋蛋。采芹老是害怕云鸿凶她，平日喜欢和云青待在一起。此刻，她拉住云青的手，一边打噎一边抽泣。

"大姐骂我。"采芹向弟弟云青诉说委屈。云青忘记了自己的伤痛，急忙问："大姐为啥骂你？""大姐说我在家里打噎，吵着爹升不了天，她一生气，就把我赶出来了。"

云青仿佛在黑暗中，感受到是谁擦亮了一根火柴，瞥到一丝微光，模模糊糊通晓了一些事。死是什么呢？死是到哪里去呢？就是升天！

云青看向烟囱，他不无困惑地想：妈烧饭腾起的烟子，原来每天都要死上一次。

采芹不是故意打噎的，但就是一直止不住，就连秀英也比她好不到哪里。村里的福喜婆婆，一边颤巍巍地蘸着清油，擦抹秀英额头上的青包，一边毫不客气地责怪："莫出息，男人死了你就要死要活的，永彬晓得你这么莫出息，要怨自己莫得眼力劲，后悔当年娶了你！"

秀英指头绕着一条洗得透光的手绢，沉沉地吸饱了泪水。福喜婆婆平日笑眯眯善么么的，说起话来这么重，一句一句，像石头密密匝匝地砸向秀英："到底有啥子好哭的，三十好几的人了，连这个都不明白吗？你多流一滴泪，你男人身上就多一分湿，到时你把他弄得湿嗒嗒重乎乎的，看他咋个莫牵莫挂地离开你们！"

这话将采芹也镇住了，却没止住她的泪水。她一边对云青转述，一边用手背擦拭脸面孔，眼睛肿成了两只桃子。她们听了福喜婆婆的劝，吓得一个劲儿地回憋眼中的泪水。采芹打嗝流泪，烦得采萍说她待在家里现世添堵。她伤伤心心走出来，看到弟弟云青，此刻成为她最温暖的依靠。

姐弟俩紧紧拉着手，云青脑瓜里还没转明白：爹的死，和炊烟又有啥关系？母亲每天都让炊烟升起两次，那爹是不是很快又能回来？

天黑了，远处传来老鸹阴恻恻的叫声，钻进了人的耳朵里。

三

天空再度亮了起来，家家户户的炊烟，飘进了云絮。在门板上躺了一夜的凌永彬，没有跟着炊烟一同起身，他的脸色比昨日落气时更显灰败。这几日气候有些反复，燥热和秋凉，脚跟脚地交替而来，到底是存不住尸体的，周爷看了日子，永彬断气的第二天适宜下葬。秀英信任周爷，同意早点让男人落土为安。

帮忙抬棺的几个男人，来来回回，在永彬的棺木边打了好多个空转转，用无声的方式提醒和催促新寡的秀英：早点送凌永彬上了山，家里还有一摊事等着回去做呢。

凌永彬闭眼这一年，还没到四十岁。村里从祖辈那儿就传下规矩，像他这种英年早逝的，不算是"寿终"，理应用不了好棺木。但就算凌永彬没活够老天爷赏赐的岁数，没受够人间的苦难，没享过一天儿女孝敬的福分，也不该躺这么薄的一副板子。

凌永彬的棺材，是秀英东拼西凑，找亲戚借钱或借粮食，再到寿材铺换回来的。那"棺材老板"原本翘着一张嘴，说破天也要多加二十斤稻子，才肯卖掉寿材。秀英两手捂住面部，泪珠就滑出指缝，她低头悲恸，露出了圆圆发髻后的一截白脖子。成天风吹日晒的，还能有这样白的脖子，老板替那无福的男人可惜。这一念仁慈，心肠一软，到底饶过了二十斤稻子。

抬棺的人见到狭小的棺材，瞥一眼徐秀英。这个一身缟素的女人，已经哭得两眼浮肿。永彬到底是要送"上山"了，帮忙的到山上挖好一个墓坑，将这副纸壳子厚的棺材放进去。要不了三五年，地下的虫虫蚂蚁，就能将凌永彬的尸骨啃吃个精光。

抬棺的人放软了一颗心，盼着凌家姐妹赶紧找到凌云鸿这个小祖宗。没有长子打引魂幡，怎么出殡呢？

在观龙村里，除了极其稀有的老绝户，谁家"上山"没有引魂幡？祖辈的规矩，就是需要有这样一张幡，才能让死去的人莫再贪缠家人、恋恋不去。

周爷帮凌永彬净了身体，换了老衣，发现凌家只有两床补丁重补丁的烂被子，若遮盖了凌永彬，孩子们就要准备忍寒挨冻。他让妻子上官云萼回家翻箱倒柜，找到一块白布盖住老凌，剩下的还能制作一个引魂幡。

周爷在引魂幡上写字，大家围着观看。人们夸赞周爷的字，比油墨印上去的还要工整漂亮，至于上面到底写了啥，却是"狗熊数星星——两眼一抹黑"。

都是本村乡邻，生死大事，能来送凌永彬一程的都来露了脸。凌家院落小，有人就在院外墙根处蹲着，人多起来，便有了做白事的热闹样子。抬棺人的手臂在半空挥舞一道弧线，一阵叮叮咣咣，钉好了棺材。棺材板子太好下钉了，钉锤敲不了两下，钉子已经深深扎进木板。

大家坐下来歇息，等着云鸿回来。门外响起奔跑的脚步声，几个抬棺的男人一下子弹起来，来人却不是凌云鸿。抬棺的人想向周爷讨个主意：今天到底要不要"上山"？周爷铁青着一张脸，他们到底没敢将话问出，向门槛外的院坝喷出了一口浓痰。

采萍与采芹在坡上地头、房前屋后都找遍了，就是没看到云鸿。身为凌家长子，他要举起引魂幡，走在出殡队伍的最前列，才算一场像样的丧礼。这个背时娃娃，放着这么大的事不管，到底干啥去了呢？

没有找到云鸿的采萍回来了，一双含泪的眼睛，提前泄漏了秘密。她对秀英摇摇头，惭愧地低下脑袋，觉得辜负了一院坝乡亲的等待。

秀英张了张嘴巴，也没有出声。她的眼睛下方一片青黑，面色苍白如纸。

"妈，要不我去打幡吧？"

采萍话音刚落，福喜婆婆气得重重一跺拐杖，眼珠圆瞪，仿佛这个女子说了大逆不道的话。福喜婆婆训斥："你脚底下还有三个弟娃，轮得到你在这儿多嘴揽事？"

采萍原本怯怕说话，她只是太过心疼母亲。她也明白，家中既有传宗接代的"香炉钵钵"，她就没资格说这话。

福喜婆婆忽然想到什么，兀自转过头去。自从她过了六十岁，就不爱剪指甲，手指伸出去，就是苍黄坚硬的一片长甲，她的食指直戳戳地指向云青，云青感觉是一柄利剑指了过来。"既然到处都找不到云鸿，云青，你去打幡。"

云青小脸黝黑，微微露出一排惊讶的白牙。前来帮忙下葬的人，都顺着指甲，将视线转向凌家老四身上。云青像是忽然被推到晒台中央，接受人们检阅的目光。

眼看吉时要过，总不能因为找不到云鸿，又多停一天或几天尸吧。云鸿没在家，次子云青来举引魂幡，也是可以的。

众人的目光谨慎地打量云青，一个四岁的娃娃，他能打幡吗？秀英含泪望了望四周，不敢做主，目光在空中疲惫地转了一圈，又转向周爷。

秀英深信周爷是有真本事的人，这是死去的男人过去常常挂在嘴边的话，就连家里几个孩子的名字，都是永彬请周爷取的。永彬常说，周爷是落在观龙村的文曲星，能结识周爷是他的大福气，旁人肚里装的是草，周爷盛了一肚子乾坤大义。

周爷懂得秀英眼神背后的深深含义，他没有辜负永彬对自己的信任，一瘸一拐走到云青面前。云青实在太矮，周爷受伤的腿脚不方便蹲下，将腰弓成一只大虾。云青眼里原本是大人们来来回回的膝盖和小腿，现在忽然有一颗浑然雪白的头颅伸到他面前，是少见的景象。他用一双清澈的眼，稳稳承接住了周爷探询的目光。

"你去打幡上山好吗？"周爷一脸凝重地询问云青。这种平等的语气，并不当他是四岁孩童。

"好。"云青轻声回答。他并不懂得"打幡"的真实意义，但母亲和众人期待的目光，让他说不出别的话来。

四

云青举着引魂幡，走在出殡队伍的前面，接下来是徐秀英，采萍背着云白，采芹哭哭啼啼跟在一家人的后面。帮忙的人听从周爷的调度，使用铁锹挖了一个并不深的坑，将棺木搁放进去。

秀英跪在地上，她的嗓子已经嘶哑，喉咙像放进一根烧红的钉子，吞咽口水都难。她伏倒单薄的身体，变成一颗硕大而悲伤的泪，无声地抽搐呼吼。秀英脑门贴在地上，指头插进土中，抓握今生和永彬最后一次的见面。这一次的离别，她再苦再难，也要逼着自己去承认：永彬已与他们天人永隔，不在人世了。

秀英无声的哭泣，让参加丧礼的女人们看了心酸，纷纷落下泪来。

为着年轻时的一点陈年往事，岳红花和秀英的肚皮官司，一打就是十几年。孙铁树原本是想来当"八仙"抬棺木，送永彬最后一程的，但岳红花在家中说了好一通酸话，气得他踢翻了两只板凳，连带摔碎了一个酱油瓶，两口子意见也没达成一致。岳红花心疼家什，看男人真动了火，才肯铁青着脸，闭上喋喋不休的嘴巴。但孙铁树到底还是没来凑这个热闹，岳红花屁股一扭，自己倒来了。昨天她还专门为徐秀英回家，取来清油擦肿包呢，凭啥不能来？

如今见到秀英趴在地上，挤出一把嘶哑声音，岳红花也忍不住隐隐难受了一回：你这个背时婆娘，当年要不是你拒了别人，非要嫁给凌永彬，今天也不会跪在这儿，当一个流干眼泪的寡妇了。

陈金柱和刘翠芳也来了。采萍招呼大伯大妈，刘翠芳装作没有听见，陈金柱从鼻孔里哼出一声来。这声"大伯"是这么好听的吗？以后不知道有多少麻烦事等着他，他宁愿和这家哭哭啼啼的孤儿寡母就此划清界限，老死不相往来。

上官云萼今日没有捏着她那把宝贝茶壶上山，这个瘦伶伶的女人，冷冰冰地站在那儿，依旧是那么鹤立鸡群。她眼角没有一丝泪痕，脸上也看不出格外的悲色，可整个观龙村的人加起来，都不敢议论她漠然的举止是否"合适"。上官行事永远有自己一套行事法则，她的冷清，她的疏离，仿佛是给自己罩了一个"结界"，别人说什么做什么，都休想伤害到她。而她的所作所为，旁人看上去也隔了一层薄薄的迷雾，仿佛是懂的，又仿佛始终不明白。

上官日常表现得虽然有些怪里怪气，并不会造成她家和村民的"绝缘"。周爷的人缘极好，虽是城里来的人，身上找不到一丝酸腐气。刚来观龙村，有不懂事的小孩学着别村人的话，骂瘸周爷是"吃屎分子"，这是"知识分子"的谐音。后来日子长了，众人看周爷做事不惜力，干活时露个光脊背，半晌不抬头，那种狠劲儿，青壮汉子看了都佩服，便管束了小孩的臭嘴，再不敢对周爷不敬。

这两日操持凌永彬的葬仪，周爷言语不多，却是能拿捏主意，说得上决断话的人。

黄土掩埋了棺材，人们有了讲闲话的心，躲着上官那个怪女人的冷漠眼神，有人交头接耳议论起来。

"云鸿咋不来打引魂幡，让他弟弟来？"

旁边两个妇女，忍不住在丧礼上悄悄谈论凌家事。上官瞥一眼过去，她们讪讪地住口，彼此交换了一个意味深长的眼神。

云鸿有别的事要忙，天蒙蒙亮他就从床上翻下来，忙着要去搂富贵。

富贵应该喊云鸿一声"堂哥"，不过富贵自幼受到父母的影响，从没认下凌家这门亲，也没有将凌家的孩子当成什么堂哥堂弟，只当是个狗屁。陈富贵这么傲娇，凌云鸿自然不会对他客气。

凌云鸿昨天没打到陈富贵，心里一直愤愤的。陈富贵胆敢在他二叔刚咽气闭眼时，就将同龄的云青推到水坑里，真是忘记了凌家还有他这个男人。对别人来说"君子报仇十年不晚"，凌云鸿的原则却是："君子报仇，今天不打明天也要补起。"清晨他将孝帽扔到桌上，跑出家门，就为了早点给陈富贵一点颜色看看。

采萍采芹姐妹俩寻不着云鸿，是因为他那时正在将陈富贵拖进枝叶茂密的黄荆坡，左一巴掌右一脚地教训陈富贵。

"云青又没惹你，你就那么坏，往泥水沟里推他！"云鸿又一脚踢到富贵屁股上，富贵发出了惊惶恐惧的哭声，云鸿嫌他吵得心烦意乱，捡起一坨泥巴，打中富贵的腮帮子。

陈富贵心里感觉理亏，现在打不赢又逃不脱，连声求饶。

"你现在晓得哭，欺负云青的时候咋那么得意？"

"不敢了，再不敢了……"

在云鸿的拳头威吓下，富贵一把鼻涕一把泪地对天发誓，答应绝不将今天的事告诉父母，如果泄露被打的事，云鸿以后见他一次，就打他一次。

一番折腾，云鸿错过了给爹打引魂幡的时间。

云鸿"报仇成功"，昂着下巴回家，母亲已经面朝墙壁睡下。她瘦得像刀脊的后背，露在洗得发灰的被子外，安静得像和墙壁融为了一体。云鸿忽然感到几分踟躇，有些莫名的畏怯，仿若躺在床上的那个沉默背影，不是母亲，而是一个陌生的女人。他一只脚在门里，一只脚在门外，犹豫着到底该不该进时，采萍握住他的胳膊，拉到院子里严词质问："你晓不晓得今天是啥日子？"

云鸿怎么没看到呢，停在院子的棺木不见了，爹不见了，引魂幡也不见了。

采萍眼泪淌下来，抓住二弟肩膀，使劲晃了两下。云鸿刚刚教训了陈富贵，费了不少力气，现在被猛然摇晃，他有点恶心想吐的感觉。他怎么会记不得引魂幡嘛。昨晚，周爷特意叮嘱他，今早起来记得把脸和脖子洗得干净一点，清清爽爽地送爹上路，这是他当长子该尽的义务。

云鸿没办法解释，自己忽然闹出的失踪，只是为了给陈富贵一点教训，帮他兄弟云青伸张正义。云鸿一言不发，直到屋里母亲发出一声嘶哑的叹息，采萍才松开手，向后甩动辫子，辫子梢扫过云鸿木然的脸面。

秀英陷入了极为短暂的睡眠，就在那一掠而过的清浅短眠中，她见到了十几年前初遇的凌永彬。他有一对粗黑的眉毛，一双清亮的眼睛，秀英看了他一眼，心就怦怦跳起来，她觉得这个人好生熟悉，像和他在哪里见过面。

结婚当晚，秀英羞答答地表达了媒人领他俩相看时，她奇怪的感觉。永彬竟一把握住她的手，略带口吃地说："我也是啊，总觉得我们是见过的，就是记不起具体在哪儿了。"他的手又大又厚，手掌烫得像一块炭，烧热了她，沸腾了她，红晕瞬间爬上了她的脸颊。

在这个温馨的睡梦中，永彬再一次握住了她的手，温和地笑着，带着一丝羞赧和抱歉。这令醒来的秀英愈发痛彻心扉，因为她明白：今生今世，再也不会感受到这样的温度、这样的老茧，这样的厚和大，烫和热，熟稔与安定了。

秀英这声叹息后，感觉压在心口的石块轻了几分。她翻身下床，虽然步履还有些飘忽，但神情已镇定许多，她拢了拢头发，扶着墙走到门口，朝着采萍和云鸿招招手。两个孩子来到母亲面前，秀英沙着喉咙告诉他们："你们要大一些，以后家里……过活不容易，要帮家里分担一点了。"

采萍心疼地喊了一声："妈。"秀英伸手将女儿一绺乱发规规整整地别到耳后。

第二章

一

　　自从凌永彬走后，生产队将他的名字从分粮的花名册中划掉，同时划去的，还有一份口粮。时间像个蜗牛，背了重重的壳，蹒跚地往前行走，失去亲人的痛苦，抵不过肚子真实的饥饿感。秀英在永彬下葬第二天，扛着锄头下了地。她没有躺在床上安安静静流泪的时间，孩子们饿极了，肠腔会发出空响，在他们的腹中穿梭轰鸣。家里没有了父亲，母亲就得顶起一片晴空。

　　云白如今满了一岁，牙口还吃不得硬东西，可一天两顿玉米糊糊都混不上，肚皮里从没喂饱过食物。不盛装食物的肚子，盛了满满一肚子的空气，他饿得将食指塞进嘴里，烦躁地咬着吮着，时而哇啦哇啦大哭。云青寻到口吃的，就会留下半口给云白。

　　觅食不容易，和云青一起掏鸟窝的小伙伴，常常在一块行动，他们个个都难吃饱肚子。这些五六岁大的孩子，成天在村里转来转去，恨不得挖地三尺，又离地三丈，就是想看看哪里能寻出一口吃食来。

　　饥饿锻炼出了孩子们非凡的能力，他们能从荆棘丛中摘取一小把野果，也能从高高的树梢发现一两个鸟儿漏掉的果子。

　　云青爬树很厉害。他厉害之处，在于不仅能爬大树，旁人看了心里发怵的小树也敢爬，甚至连竹子都能爬。

　　罗汉发现一片竹林里有鸟窝，他让同是玩伴的云青和其他人一起行动。罗汉肚子很鼓,但同样是个"小饿夫",他也很苦恼,白长一个这么富态的肚子,没装点好的吃食,却惹来人们无尽的嘲笑。不像陈富贵,长的是一身扎扎实实的肥膘,跑动起来,肚皮上的泡泡肉一抖一抖的,不晓得他老子在生产队记工分捞了多少油水,才喂得他这么"富贵"。

伙伴们顺着罗汉的视线,都往竹顶上仰望。一年四季拖着两条鼻涕的二蛋,遗憾地摇头:"人又不是鸟,咋个飞得上竹子顶?"罗汉梗着脑袋和二蛋争辩:"就是上得去!"二蛋将细脖子伸得老长:"就凭你这个大肚子,真的上得去,我从手板心给你煎条鱼!"罗汉脸色通红:"也就去年过年,生产队给每家分一条鱼,等了一年再莫得鱼分,你拿啥子煎给我?"

罗汉和二蛋你来我往地抢白,争来吵去说的全是鱼。云青截住他们的争吵:大家尽量合力拢住相邻的竹子,不就暂时造出一棵"大树"来吗?有了能承重的"大树",剩下的就是爬树了。

主意是好主意,可谁来爬这人造的"大树"呢?几个伙伴你看我我看你,该一马当先的时候,大家都不约而同放了哑炮。他们原有默契:每次爬上树的那个人,可以多分得一个鸟蛋,倘若鸟窝里没办法多出一个,下次分其他食物,都要多给他留一口。之前谁想上树,为了公平起见,还要用"剪刀石头布"决定。但今天的竹子光生生的,不像树皮那么粗糙易爬。

没有人爬竹掏窝,云青发话:"那我去爬嘛。"伙伴们顿时用热烈崇拜的目光看向他。

云青爬向竹顶,伙伴们齐心协力合抱竹子,生怕一个闪失,云青从上面摔下来。

伙伴们神情专注,神经紧绷之际,来了一个不速之客,在二蛋背后突然"哇"的一声,吓得二蛋缩回抱住竹子的手。竹子一摇晃，云青身体也跟着晃荡了几下，差点摔下来。他朝底下大嚷："莫动！莫闹！"

二蛋侧过脸，照葫芦画瓢地警告背后的人："莫闹！"二蛋发现，来的是富贵。

富贵妹妹吉祥出水痘，被大人隔离起来，在家养病。他身后少了一个跟屁虫，忽然感觉天大地大的寂寞。他平时仗着比同龄孩子长得肥壮，陈金柱又是队上的记分员，喜欢大声武气地吵这个骂那个。大家不愿和他玩耍，他只好和爱吮吸大拇指的妹妹吉祥搭伴。

吉祥这一病，富贵身边连个说话的人都没有，看到一群同龄人围着竹子团团站，他来了兴趣，主动跑来和二蛋打招呼。哪想就连这个一天到黑鼻孔流着两条"鼻龙"的二蛋，也敢大声命令他："莫闹！"陈富贵的蛮横脾气上来了。

富贵索性抓住其中一根竹子，重重摇晃几下。快到竹顶的云青，如同飞得好好的风筝遭遇了强气流。他赶紧夹住双腿，脚尖抵在竹节，尽力抵御突如其来的摇晃。

"陈富贵，搞啥子破坏？你娃给我爬远些！"罗汉怕云青有事，出言警告，但他无法松手，否则和陈富贵已经打上了。

陈富贵觉得，他为啥要爬远些呢？好不容易逮着这个机会，可以让他们乖乖听话。特别是云青这小子，之前被他推入水沟还敢一声不吭，以为自己是不怕烈火烧身的邱少云啊？他最见不得云青的淡定样子，他凭啥骄傲？就像老爹说的，姓凌的没一个好人，他们就是"装得像，吃得胖"，做出一副好人的样子，蒙蔽了大家。

陈富贵和云青的"结"，像是乱线头一般，缠绕得他心中不快。

一年前，云青不过替他哥打了一盘引魂幡嘛，那些人竟说云青什么"老成""一岁看大，三岁知老"。陈富贵气得在家里瘪嘴："凌云青有啥了不起？我要是打引魂幡，比他打得还好！"将儿视为宝贝疙瘩的刘翠芳，听了这话，眉毛倒竖，一声怒吼："龟儿的，你在胡说啥！"附送了一个霹雳大巴掌，狠辣辣地拍到陈富贵后脑壳。陈富贵嘴巴一扯，想要嚎出两声天崩地裂的哭喊来，眼角一抬，撞见陈金柱黑沉沉的脸，顿时不敢说话，贴着墙根退到了门外。

陈富贵委屈巴巴地想：为啥大人这么"双标"？凌云青会打引魂幡就是"懂事孩子"，他才提了一句，差点被自己亲爹亲妈生吞活剥。因为凌云青，害自己吃了母亲的巴掌，这个仇，陈富贵记下了。

陈富贵对云青，既讨厌又好奇。云青不过是一个没爹的娃儿，穿得破破烂烂，长得黑黑瘦瘦，是哪里来那么大的向心力，队上小孩都喜欢围着他转，当他是"头儿"一般？摘野果也好，捡牛屎也好，云青说声"走"，大家像是听了号令，乖乖跟上。富贵呢，除了妹妹吉祥，哪个会听他的？

富贵越想越气，仰着脸故意将话传给伙伴："除非你们跟我一起玩，否则我还要使劲儿摇！"

天狗紧张得要命，生怕富贵捣乱，伤了云青，息事宁人地代表大伙表了态："好好，等下带你玩！"陈富贵"嗯"一声，抄起两只胳膊，交叉架在胸前，饶有兴趣地看着云青爬上了竹顶，将鸟窝里的蛋掏出来，放进了衣服兜里，再环抱竹竿往下滑落。

云青爬树上得也下得，身姿轻盈，稳稳当当落了地，伙伴们发出迎接英雄凯旋般的欢呼。陈富贵肥壮的身体挤到前面，不客气地从云青手心里抢过一只蛋，这枚蛋个头最大。罗汉尖着喉咙骂起来："不要脸！"陈富贵冲云青说道："你们是不是答应跟我一起玩？既然和你们是一伙的，就该见者有份。"

罗汉还想多骂两句，云青打了个手势，罗汉气哼哼地别过脸。大家看着陈富贵得意洋洋地哼哼两声，在蛋壳上敲个小洞，一仰脖子，将稀滑的蛋液一口倒进喉咙，发出满足且欢快的一声"咕"。云青到底没忍住，陈富贵的馋相令他条件反射一般，响亮地吞了一口清口水。陈富贵直起脖子，对云青哼了一声："看啥，连老汉①都莫得的人，神气啥子！"

二

陈富贵是个乌鸦嘴，他骂云青莫得老汉，只当他吃多了豆子胡乱放臭屁，可连村里有些大人也这样说。有些人说这话并不出自恶言，他们自己也相信是善意使然，带着三分怜悯，视线像蚕丝般柔柔细细地缠过来，一边叹气还一边摸摸云青的脑壳："唉，莫得老汉的人，这娃儿造孽！"

云青听得心头一紧，生出了许多迷惘。他明明是有爹的，这些摸他脑袋的叔叔伯伯，他们当时来帮忙抬棺木，云青打着引魂幡走在前头，棺木里不就躺着爹吗？怎么现在又不认账，说他是没爹的孩子呢？

小伙伴们晚上回到家，尖利的童音喊声"爹"，马上就会有或粗或细的嗓子应答，哪怕爹是个哑巴，也能用力跺跺脚，或者从门里露出脑袋，应和儿子这声喊。云青知道自己就算吼破喉咙，爹也不会从茅草屋里闪身跳出来。这么说，自己真是没有爹了？

---

① 四川方言，意为父亲。

云青的心里像是倾倒了一盆糨糊，觉得怎样想都有毛病。自己拥有的，被别人粗暴断定为"没有"，这"没有"中分明又有零零星星关于爹的记忆。他努力回想，记得爹在夜里弓着背大声咳嗽的声音，还有妈跪伏在门板边，想把爹蜷起的拳头舒展开来，却怎么也掰不开他手的情景。

云青忽然明白：爹不是被那些叔叔伯伯们吹吹打打，搬搬抬抬地弄到山坡上了吗？他们一铁锹一锄头地挖个大坑，将爹放了进去，上面覆了厚厚的土，像是棉被一样，怕爹在地下冻着了，又怕"棉花"硌着他，粗土疙瘩碾成粉细，才洒到了棺材板上。爹如今不住家里，不睡床上，就是找到这样一个地方睡大觉。

冬天野棉花山的草枯了，秀英曾经告诉云青，只要土里有种子，第二年春风一吹，又会呼啦啦地长出来。云青隐约觉得，爹也像是一粒种子，被叔伯埋进地里，只要耐心地等一段时间，爹就会重新长出来，那他就有爹了，以后谁都不能说他是莫得老汉的娃儿。

要让种子发芽，不能只伸长脖子，干等老天下雨啊，爹的身子比一株野草高大多了，他需要的水分，也远远超出野草。云青不禁有些怪怨母亲疏忽大意，她成天忙忙碌碌，不是地里的庄稼，就是屋后的菜园，要不就煮人饭煮猪食，忙着洗洗刷刷，竟然忘记给爹的坟上浇水。也许爹在等待一场透透的雨水，发出小苗，顶开头上重重的泥土。可母亲也好，哥哥姐姐也好，似乎遗忘了浇水这件大事。

云青再也坐不住了。他拎不动水桶，找来一只豁了边的土碗，从水沟里舀满一碗水，颤巍巍地端着，倒在爹的坟头上。一碗水在路上洒漏一半，来回往返爹的坟地和水沟很多趟，云青才确定已将坟头浇透。他放下碗，舒心地拍拍手，期盼爹能早点从地里冒个芽出来，夏天开朵花，秋天结个果，果子裂了口，爹就从果子里跳出来。

为了让爹早点"出芽"，一连数日，云青端着家里的大碗跑出去。他担心别人知道了他的秘密，万一爹不愿被人知道云青悄悄浇水灌溉，到时赌气不肯从地里出来呢？便在心里对浇得湿漉漉的坟头说："爹，这是咱俩的秘密，我跟你拉钩，保证谁也不告诉。"

夏天快过完了，就算云青不去浇水，老天爷降下的雨，也足够让云青爹喝的，已经连续好多天来看爹了，他怎么还在睡觉呢？

云青趴在坟头，四下查看，除了茂盛繁密的野草，就没有别的植物和花朵。他不甘心，再找一次，狗尾巴草、水稗草、空心苋、田字草……全是他熟悉的草类，没有一棵残留了爹的印迹，没有一点植物带有爹的气息。

云青想对着明晃晃的日头喊一声"爹"，声音却像纤细的蚊子脚，压扁了从喉咙里挤出来。他感到有点羞耻，拼命回想爹的黑红脸膛，两道粗黑的眉毛，怕到时爹真的长出来了，他却忘记了爹的样子。

到了秋天，云青坐在爹的坟头，秋风已带来一些凉意。爹离开一年，去年的秋庄稼，今年的新稻子，爹都没能尝上一口。

云青轻轻搓着指缝的泥巴，他将爹坟头上的小石子都捡走了，确信没有任何东西"压制"了爹的生长。苦苦等待几个月的心愿，再怎么不甘心不情愿，也要告以破碎了。原来爹不是一颗种子，不能从泥土里再次生长一次。

一群大雁从天上飞过，声音像落在云青耳朵里的羽毛，痒痒的又有点疼痛。

一个老头在坡下赶着一大一小两头牛。小牛贪吃好耍，总是不好好走道，走着走着就停下来啃吃一口嫩草，老头气得在小牛屁股上甩了两鞭。"哞——"大牛的身子挡在小牛前面，摇着尾巴，既像求情，又像威胁。云青直愣愣站着，老头和牛儿渐行渐远，他的眼睛里忽然涌出两行滚烫的泪水。

爹没有从果子里跳出来，没有再次回到他一手一脚修葺的茅草屋。那么到底凭啥子来证明，自己也是有爹的娃儿呢？云青回到家，眼角的泪痕还未吹干，他在家里家外翻箱倒柜地努力搜寻，想要找出一点儿依凭。爹活一世人，连一张照片都没留下，如果有张照片，云青一定天天揣在怀里，谁说他莫得老汉，他就掏出照片来。

云青什么都没有找到。他像大人一样叹口气，视线和嘴角一起往下撇，眼角扫到了墙角的打杵子。打杵子是爹留下的遗物，是爹生前经常用的，拄着它行走山路，背运重物。

这是爹的打杵子！云青内心像是漾着一汪颤巍巍的水，涟漪轻荡，他走到墙角，双手轻轻地放在打杵子上，像是触到了爹掌心的余温。

三

孩子们在春夏季节，就像生长在山野间，风一吹又高一截，到了寒冬腊月，风一吹却缩短了脖子矮了身板。冬天冷啊，夜里北风卷着茅草屋顶，清晨起来，寒霜冻结路面，踩上去硬邦邦的，一天冷似一天，不晓得寒冻啥时才是个头。鸟蛋也找不到了，山上能寻的吃食越来越少，地里被村民翻了好几次，孩子们也想去"捡漏",看能不能寻到指头粗的几根红苕。他们垂头含胸，像犁地的牛一般来回搜寻，光着的脚丫，细心探测着地里情形。可除了土疙瘩，他们什么食物都没有找到。

肚里没有食物，身上越发僵冷。云青的手背、指头、脚趾、耳垂生了冻疮。他想着夏天炎热逼人的日光，也想着春天暖烘烘的太阳驱赶寒意。可他浑身上下，没一处不冷，没一处不在风中哆嗦。

云青的伙伴罗汉、二蛋和天狗，也好不到哪儿。特别是二蛋，常年挂着鼻涕，只是到了冬天，黄鼻涕变成了清鼻涕，晃眼一看，以为流的是眼泪。

陈金柱的家人却有棉袄过冬。但在他眼里，宝贝儿子陈富贵穿上厚厚的新棉衣，倒比平常丑了几分。

棉花是好棉花，布料也是新崭崭的布料。刘翠芳在塞棉花时，不晓得是心不在焉，还是有十万火急的大事等她，塞得这里鼓一坨，那儿凹一块，做出来的新衣，看上去疙里疙瘩，怪里怪气，摸上去也像是麻子的脸——凹凸不平。

陈金柱见陈富贵穿得像一只癞客宝①，心里就有气。攒这些棉花容易吗？队里棉花的收成，交了公家的，剩下的只有那么一点儿，村里哪个不想做新衣新袄？他若不是和队长三不五时地喝喝小酒，拍拍马屁，能拿到这些好棉花？不过再好的棉花，到了自己婆娘手里，也是白白糟践了。

陈金柱觉得，他的婆娘就是上天粗制滥造出来的女人。他常常蹲在院坝边上，一边狠巴巴地吸烟卷，一边顾影自怜地想：我以前找老婆时咋就瞎了眼，要一辈子和刘翠芳这个婆娘拴在

---

① 四川方言，意为癞蛤蟆。

一条绳上呢？

陈金柱认为自己的苦命，与凌永彬的亲爹脱不了直接干系。

三十多年前，陈金柱跟着逃荒的妈，饿得皮包骨头，头发脏成毡片儿，不知从哪里走到观龙村的。金柱妈攒着最后一丝力气，看到村子有稠稠炊烟，感觉完成了送儿到此的历史使命，在村口瘫倒一身病弱疲惫的骨头，再不肯睁开眼。

几岁大的陈金柱顿时成了孤儿。那时凌永彬爹刚得了宝贝儿子永彬，心里欢天喜地，看啥都顺心熨肠。瞅着逃荒来的陈金柱跪在娘的身边，哭得造孽兮兮，心生恻隐，便让他跟着自己回家，端一大碗饭给他。陈金柱将碗里的饭，三下五除二就吃了个精光，还在咂着嘴喊饿。

永彬爹正值青壮年龄，见陈金柱比自己还能吃，赞扬他长大肯定是条种庄稼的汉子。陈金柱又添一碗饭，吃饱了肚子也长了胆子，饭碗一搁，跪在地上，端端正正磕个响头，脆生生地喊了一声："爹。"

凌永彬的爹还没回过神来，周围的人已经在恭喜，七嘴八舌地说，这小子要不了几年，就能长成一个干农活的好手，养他不亏。还没轮到凌永彬的妈出来反对，就这样凭空多出一个儿子来。

全村人目睹了陈金柱的来龙去脉，把他那个要饭的亲妈，草草殓葬在村口，连个木头板子都没插。现在再让他去认坟，记忆都是模糊的，说不准确切位置。

陈金柱越长大，越认为永彬爹当时留下他，不过是贪图他长大帮助家里干活，当一头不吃草的黄牛畜生。这想法一日重似一日，在他心里搁了一块石头，压得夜里常被噩梦魇住，大汗淋漓地抓挠胸口，喘不过气来。

陈金柱从一个孤儿，成了人又成了家，有了自己的女人，生了一对儿女，却还是常常气恨，又不晓得到底该恨哪个，心火烧得实在旺盛了，也会无事生非地打骂刘翠芳两下。

这个白麻子女人，幸好不是黑麻子，否则更像满脸落下的麻雀屎了。这里的婆娘嘛，脱光了躺床上还不都一样？陈金柱也没有那么高的审美要求，可除了脸有麻子，刘翠芳还有个要命的缺陷：狐臭。女人脸模子是美是丑，躺在被窝里不用太在乎，但黑夜能让人闭上眼睛不去看，不能让人憋住气不呼吸啊。陈金柱不得不睡在一个臭烘烘的婆娘旁边，夜复一夜，饱受折磨。

陈金柱心里烦刘翠芳，可刘翠芳看自己时从来都高看一眼，只有盯人家，两只眼角才向下撇，嘴角也跟着撇。想当初她做姑娘时，就因狐臭这一条，不知吓退了多少求亲的小伙子。爹妈在家里急得摇头跺脚直叹气，她还泼辣爽脆地掐着腰在院中间骂："有人嫌我臭，还有人觉得我香得不得了呢！"她这种自信，也不晓得是从何而来。

如今两人已结婚几年生儿育女，陈金柱见到刘翠芳，心头还是腻烦。因为这份顽固的烦，他觉得全是凌永彬老爹的错，才会有了这桩别扭的婚姻。凌永彬为啥能娶当时村里人公认水灵俊俏的徐秀英，而自己就要娶一个狐臭女人呢？陈金柱想不通这个道理，多少年了，他心中没有真正平顺过。

陈金柱明白，凌永彬才是老头子的心尖子，他陈金柱算什么？当时有媒人来家里牵线，说刘家放出口风来，想给家里的姑娘招个上门女婿，老头子马上就答应下来，让陈金柱去刘家相看相看。如果是他自个儿的亲儿，会这么不讲究吗？论起来，陈金柱当年答应和刘翠芳"处一处"，也是明知自己是人家捡来养的儿，向来夹着尾巴做人，"听说听劝"已成为人生习惯。

刘翠芳见陈金柱没像别的相亲对象那么尿——见一次绝不出现第二次——他至少还肯三不五时地上门，帮刘家挑水砍柴，便自认为陈金柱对自己有情，只等捅破一层窗户纸。刘翠芳向来是个敢想敢做的角色，很快就在肚里筹谋了主意。

有天中午，刘翠芳的爹妈去亲戚家吃酒，她非要"留饭"，给前来挑水的陈金柱包韭菜鸡蛋饺子吃，配上大辣椒和蒜瓣，辣得陈金柱直吐舌头。刘翠芳勇敢地贴过去，陈金柱的牙齿蒙头蒙脑地碰上了柔软的唇。那时他也不过二十出头的青皮小伙，哪受得了这个，蒜味浓烈，连刘翠芳身上的狐臭味都掩盖了，两人就势滚成一团儿，裤腰一松，该发生的事都发生了。

陈金柱事后心里生过懊悔。他原先怕惹凌家老头子不高兴，骂他"狗坐筷箅不识抬举"，有一搭没一搭地和刘翠芳交往，心中想的却是缓兵之计，又怎能想到他一个大男人，还是中了一个小娘们儿的道。这下生米煮成熟饭，不娶也得娶了。刘翠芳因为婚前的这份主动，让陈金柱捏住了短边儿。他待刘翠芳并不好，一喝酒就要发酒疯，真真假假捶她几下，骂她是夹不住两条腿的臊气货，以除心头之火。

陈金柱越是这样对待刘翠芳，她反而越怜惜他，听信了陈金柱说他小时候在凌家受虐待受折磨的事。即便她被打得满身青紫，还摸着伤抽抽噎噎地替男人着想：都是凌家老头子坏，看他把金柱欺负成啥样了，搞得他现在脾气不好，一点不对付就鬼火乱冒。冤有头债有主，金柱打了我，我不恨他，就恨那起了坏头儿的老头子！

刘翠芳努力当好贤妻良母，可她越是努力，心情越是七拱八翘，做出来的衣服裤子就越是不忍目睹。陈富贵穿着这样一件别扭难看的棉衣，自己还怪美的，大声叫住了冻得两眼发直的凌云青。

四

陈富贵叉腿一站，像坐山雕一般威风凛凛，挡住凌云青的去路。云青用手背擦了一下通红的鼻尖，今年冬天也不知怎么这样冷，手上的冻疮像是熟透的果子，稍稍一蹭，薄薄的干皮就裂开，流脓流水的令人痛痒。云青懒得和富贵说话，故意不去看他身上的新棉衣，怕自己流露出一分羡慕神情来。

陈富贵这几日好生无聊。妹妹吉祥也不晓得怎么回事，自从出过痘子，身子骨就时好时坏的，三天两头发烧害病，刘翠芳不准女儿大冬天的在外面瞎跑，让她乖乖地待在家里烤火。陈富贵落了单，心里像猫抓一般难熬。

云青不搭理陈富贵。陈富贵眼珠子一转，从新棉衣的口袋里，掏出几个叠好的烟盒板，低声下气央求云青："我们打两盘烟盒板嘛，要是你赢了，我让你到我家烤烘笼子！"

陈富贵掏烟盒板时，云青眼睛已经亮了一亮。在七八十年代，农村的男孩，若珍藏几幅新崭崭硬括括的烟盒板，就会受到其他孩子羡慕拥戴。但就算陈富贵随手一摸便是上好的烟盒板，村里也没有伙伴主动陪他玩耍。

云青能控制自己不去眼馋人家的新棉袄，但他的视线被烟盒板吸引住了，这是富贵新叠好的，还散发着淡淡的烟草味。也是，队上抽得起卷烟的男人，数都数得出来有几个，大伯陈金柱要算其中的一号。而比烟盒板更为诱人的，是富贵说输了可以请他烤烘笼子的提议。富贵今天安了心，要用一重一重的诱惑，来邀云青一起玩耍。

观龙村有劳力的人家，冬天都会用一个"烘笼子"来取暖。所谓"烘笼子"，是用青竹编的一个貌似鱼篓的网状物，里面镶嵌一个陶瓷罐，搁上烧火煮饭后余下的炭灰或未燃尽的炭火。靠近烘笼子，就像靠近了一颗小太阳，浑身上下暖融融地舒坦，能让人在寒冬里僵冷的身体，重新舒展活泛。但云青家里没有这件"宝物"。

凌永彬会编篾活，他在世时也编过烘笼子，但那只旧笼被云鸿不小心摔坏了。永彬过世，秀英一个人忙田间地里的活，哪有闲工夫去学篾匠手艺，给孩子们编一只烘笼子？就算秀英请人编织一只烘笼子，凌家一到冬天，柴火不够烧，吃饭饮水都成问题，也没有余闲的炭火装到烘笼子里。

想着烘笼子，云青露出向往的神色。富贵一看云青表情，往两只手心哈口气，神气活现地宣布："你输了我又不罚你，这么好的事你还不跟我玩？你云青不会是个胆小鬼吧！"云青倒不是受了富贵激将，他是被烘笼子的温暖吸引住了，当即答应富贵的"赌约"。

他们蹲在结了寒霜的路上，专心致志打起烟盒板。游戏规则非常简单，富贵先丢一张烟盒板到地上，云青抓烟盒板来砸，若能让富贵这张烟盒板翻个面，就算他赢了。他们连玩三盘，云青都能让富贵的烟盒板"翻身"。富贵直起腰，不干了，嚷叫着闹起来："不算不算，这次你先扔，我来翻你的烟盒板，如果我翻得转，你就输了！"

烟盒板是属于富贵的，他制定霸王条款，云青也只能随他。哪晓得在云青手中乖乖听话的烟盒板，到了自己的主人手中，彻底不听使唤，连续玩了好多次，富贵没有一次能用极富技巧的一砸，让云青的烟盒板翻过来。

"现在你再来砸我的烟盒板,砸翻才算数!"富贵又要赖了。

云青动了动双腿,觉得和一个要赖的人真是没法交流,富贵永远都有不认输的借口。他将手里的烟盒板往富贵面前一放,作势就要站起,不玩了总行吧。

富贵急起来,"哎哎"地喊云青等一等:"一盘,就一盘嘛。"富贵竖起胖乎乎的手指头:"就玩最后一盘!要是你这次能让地上的烟盒板翻身,我马上带你回家烤火!"

"那这回莫再要赖了哈?"云青捡起烟盒板,认真问道。富贵心想,我就不信你娃手气这么邪乎,每次都能砸中,让烟盒板盘盘翻身。迎着云青认真的目光,富贵也做出严肃正经的样子,重重地点头。

啪哒!云青手指在空中潇洒一甩,其实是腕子使巧力,运用风势,一下子就让富贵的烟盒板翻了个身,"白肚皮朝上"。富贵傻眼了,他鼻孔一开一合地不服:"走嘛。"

云青满心欢喜地跟在富贵身后,两人一前一后跨进了陈家的门。

第三章

一

吉祥身上也套了件疙里疙瘩的棉袄，坐在烘笼子前，安安静静地烤火。出水痘时她没有忍住瘙痒，抓挠了自己的脸，现在脸上留了十几个小疤。邻家妇女仔细看过吉祥的面部，安慰刘翠芳："没事，等娃娃大一点了，皮肤就会长好了。"刘翠芳对自己充满自信，对从她肚里爬出来的两个娃儿也自信得要命，骄傲地回应人家："怕啥？我家吉祥就算满脸麻子，长大了也是个下凡的天仙！"人家好心安慰刘翠芳，倒听她这样一席话，忍着乐"哦哦"支应两声，走远一点，才笑出声来。都说刘翠芳这人脑袋搭错了线，她女儿像她是张麻子脸也就罢了，还偏要将她们母女看得如同天仙，美不可言。

吉祥年纪虽小，性格却不像她妈。也不晓得她是听明白了人家对她的同情和嘲讽，还是这几个月断断续续地生病，身子一直不舒服，愈加安静沉寂。她总是静悄悄的，不爱生事惹事，乖顺地待在家，内心却期盼能和哥哥一样，在外面自由地走动、奔跑和玩耍。

吉祥歪在烘笼子前，见富贵和云青跨进门槛，有气无力地抬了抬头，对着两位哥哥，嘴角咧出笑来。

"你看，吉祥在用烘笼子，不是我不给你烤火，她在用着嘛。"富贵输给云青，心里老大不乐意，还想继续赖账，将妹妹抬出来做挡箭牌。

富贵想不到的是，吉祥撑着膝盖站起身，将烘笼子挪到了云青脚边。她这么吃里爬外也就罢了，还贱兮兮地喊云青一声"哥"。吉祥待在家里太久，感觉自己快要发霉了，说话也带了一点蔫巴巴病怯怯的声调："你来烤嘛，我身上都烤热乎了。"

富贵气得连瞪他妹子，挤眉弄眼地使眼色。吉祥却不朝富贵瞅一眼，坐下来将下巴搁在膝头上，继续殷勤招呼她的云青哥："你后面有凳子，各人^①坐嘛。"

云青感激地看了吉祥一眼。这个小妹妹烤了许久的火，小脸竟然还是苍白的。她主动将烘笼子让给云青，他感受到了吉祥有着和富贵截然不同的真诚和友爱。云青将两手罩在篾竹外面，热力一阵酥麻麻地穿过皮肤，舒服得身体发抖，冻僵的血液开始往四肢欢快地奔流。他扭头对吉祥说道："我烤一会儿就让给你。"

"你烤你的。"刘翠芳不让吉祥出门，她算是憋坏了。吉祥又不是老太婆，在家烤着火，心里就松快满足。她也羡慕哥哥富贵能在村里旮旮角角四下转悠，今天哥哥不但早早回家，还带了云青来陪她。儿童潜意识里是怕孤单的，现在有两个哥哥和自己在一起，吉祥觉得很快活，云青想要烤火，让他多烤一会儿，那他就能在家多待一阵了。

富贵从云青跨进门槛的那一刻起，心头就翻涌起后悔的浪潮来。以前在外面玩，冻得手僵脚冷地回来，他要烤火，吉祥也马上让给他。富贵觉得，这是属于他们兄妹的特权——他不在家，烘笼子归吉祥，他回来了，就归自己。今天咋会引来一个他原本就讨厌的凌云青，由着他霸占了原属自个儿的、暖热

① 四川方言，意为自己。

安逸的烘笼子呢？

富贵忘记了是他自己提议打赌，并且连输几把，才依约将云青给领回来的。吉祥的"倒戈"，"向着外人不理亲哥"，让富贵暗自生了闷气。就凭这臭小子，也配大咧咧地在我家堂屋烤火？

听到陈金柱从外面回来的声音，一股又酸又辣的情绪冲上富贵的心头。他快跑几步，到门口迎接陈金柱，仰头大声告状："爹，凌云青抢妹妹的烘笼子！"

陈金柱眉头一皱。凌家的人会这样不要脸吗？真仗着自己是亲戚啊？他妈的算啥子亲戚呢，还敢到陈家撒野？

"滚开，敢抢老子家的烘笼子！"陈金柱一声怒吼，满脸怒容看向云青。吉祥嘴巴一瘪，吓得哭了起来。

吉祥的眼泪，越发激起陈金柱满心的不快。你们凌家就这么欺负人，欺负老子半辈子就算了，现在连老子的吉祥，病恹恹一个娃娃，你凌云青一个不到碗柜高的碎娃子，都敢上门来欺负她？看来也不是啥好东西，和你的死鬼爹、死鬼爷爷都是一路货色！

陈金柱的怒火，在身体里拱来拱去，他的太阳穴突突跳腾，几乎要将薄薄一层皮冲破。新仇旧恨，一起涌来。

屋里罩上了沉闷的低气压，空气干燥得像一堆焦灼谷草，就等着划燃一根火柴。

云青不是没有感受到气氛的异样，但仍旧没有动弹，他有自己的执拗想法。富贵说他抢了吉祥的烘笼子，吉祥又被凶神恶煞的父亲吓得哇哇大哭，云青横下了一条心：我偏不走，明明是富贵打烟盒板输了，请我来你家的。既然输了，就要尊赢认输。烤火又不是我没脸没皮求着的，本来就是我应得的，凭啥滚开!

陈金柱低头吼叫的口水，射向云青长着冻疮的脸:“你个龟儿子，给老子滚！你再敢欺负吉祥，看老子今天收不收拾你！”

云青的眼睛里也升腾起怒火，寻找富贵的视线，逼他说出真相。富贵见妹妹哭哭啼啼，父亲握紧了拳头，他感到是自己“一不小心”将事情闹大了，大到已经超出他能掌控的范围。别看吉祥现在只会哇啦哇啦，等会儿平静下来，难保她不会向爹说清楚,云青为啥会在他们家烤火的来龙去脉。到时爹就会晓得，他陈富贵不但是个屄包，还是个扯谎精，要向他兴师问罪了……

富贵心里发慌，不敢接触云青的目光。堂屋只有一个搪瓷碗口大的烘笼子，烘笼子也没有在他跟前，富贵却觉得，他像被架在炭火上炙烤一般难受，再多待一秒，自己可能都会被烤煳烧焦……富贵转头往门外跑去，逃跑是唯一的出路，将这一屋子哭的人、凶的人、犟的人，统统抛到脑后。

女儿哭泣，儿子跑掉，陈金柱的怒火彻底按抑不住了。想当年，自己为了活下来，跪在地上咚咚咚地磕响头，额头磕破了油皮，那老东西才肯收留他。收留他也没安啥好心，旁人不早将老东西的心声说出来了吗？他捡这个便宜儿子，就是为了以后家里多一头卖命干活的牛。凌家真把他当儿子了吗？他们当他是畜生，哪里是亲人呢！真当他是亲儿，咋会不给他说个好的媳妇，让他着了刘翠芳的道儿!

陈金柱觉得，好不容易凭着自己的努力当上了大队的记分员，日子眼看越过越顺遂，连那个从小压他一头的凌永彬也死得邦邦硬的。他亲眼看到凌永彬那副薄棺材板子埋到地下，要不是村里那么多双眼睛盯着，他真想上前啐上一口，恶狠狠骂声“现世报应”。这凌家就该遭报应，该让凌永彬不足四十就当了短命鬼。而且凌家一代比一代讨厌，凌永彬压着他，凌云青还要接着欺负他陈金柱的儿女，枉自富贵吃了那么多猪油，长了一身好膘，竟然连个凌云青都害怕，还怕得一溜烟跑掉了。

陈金柱的手，快要掐住云青的脖子。他的咆哮，变成了夏天的惊雷："狗日的，老子再问你一句，滚不滚？"

"我不走，是富贵请我来你们家的。"云青心里不是不害怕，陈金柱一双愤怒的眼睛瞪得圆圆的，离他那么近，吼叫时嘴巴大大张开，云青甚至看到了他粉红的舌头，但越是怕，云青却越是镇定。当年他并不晓得自己有这样一种特征，后来无数次遇到险情，他都比旁人更为冷静，这让他再次回想陈金柱差点置他于死地时，他为何选择不逃离。当时的他不想跑，更不愿随便认怂服输，明明不是自己的错，哪能任由他人将屎盆子扣在自己头上呢？

云青瞪大一双清澈的眼，目光直直地贴着那张暴怒的成年男人的脸，他没有做错，就不会退让。

陈金柱再也忍不住滔天怒火了，飞起一脚，踢到云青肚子上，云青的身子往后翻滚摔倒，被踢中的地方，传来火辣辣的痛感。

"爹，不要打，爹，不要打！"吉祥哭着哀求，她徒劳地举起双手，摇摇晃晃地走向父亲，用手拉拽暴怒的父亲。陈金柱一甩袖子，吉祥跌坐地上，哭得更大声了。

云青挨了一脚，忍住快要流出的眼泪，仍从地上支起胳膊大声说："是你儿子请我来这里烤火的！"

"狗日的还敢犟嘴，老子让你烤，让你彻彻底底地烤！"陈金柱抬起右腿，他的第二脚，不是踢向凌云青，而是踢向烘笼子。倾斜的烘笼子砸向云青，炭火滚出，滚到了云青的两腿中间。

云青穿着一条薄薄的蓝布裤，炭火如同张开的一张血红大嘴，瞬间就撕开了他的裤裆，覆住云青大腿根部的皮肉，贪婪地噬咬吮吸。云青"啊"地大叫一声，惊恐地想往后退，肚子挨了重重一脚，他没有力气从地上爬起，只能用胳膊肘借力，向后退缩，躲避恐怖的炭火。

"你还敢上我陈家来耍威风，敢抢老子的东西，你个龟儿子活得不耐烦了！"陈金柱第三脚，踢到一块燃得最旺的炭火，炭火飞到了云青身上。

硬柴滚动，贴着衣裤和皮肉燃烧。火苗像乱窜的魔鬼，包裹住云青的腿部腹部，舌头一卷，他的衣裤很快就被烧得一干二净，空气中散发出皮肉烧灼的味道，焦臭混合着丝丝缕缕的血腥味。火光明艳裹缠，云青躲不开，他用手拍打，掌心反而燎起了透明的水泡。

云青惨厉地大喊了一声"妈"，在酷烈的痛楚中，一头晕死过去。

二

吉祥用了最大力气，双手扑打着陈金柱的大腿，泪眼婆娑地大喊："爹坏，爹坏！"吉祥苦闷极了，心里明明知道是怎么回事，但她不懂如何表达，云青哥现在是死了吗？像她的二叔凌永彬一样，要被人吹吹打打地抬到山上去埋掉，像她妈妈说的那样"只配被虫虫蚂蚁咬完身上的肉"吗？吉祥发出了干呕一般的剧烈哭声，浑身颤抖。

陈金柱的邻居林老五听见吵闹声，出门一看，发现云青已经成了一个火团。他立即跑到粪池前，舀了满满一勺粪水，朝着云青的下身"哧啦"淋去，熄灭了火焰。云青没有动静，他小小的魂灵仿佛抽离肉身，没有力气多喊一声妈，不能呼喊生命中的依靠和救赎。

徐秀英蹲在菜园间苗，忽然听到乡邻大喊大叫："秀英，你快回去，你儿云青在陈金柱家出事了！"这句话犹如一根尖尖细细的针，刺穿了徐秀英的耳膜，让她心惊胆寒，两眼发黑地弹起身来。

徐秀英拔腿就跑，跌了一跤。散了半边发髻，膝盖擦破皮，她浑然不觉，爬起来继续奔跑。

林老五手里还捏着那只滴答流水的粪瓢，急煎煎地冲着徐秀英喊："快些，快些，云青妈！"

徐秀英看到儿子，像被强烈的阳光猛然照射，狠狠闭了一下眼睛。

天哪，这是她的老四云青吗？他像一只肮脏而恶臭的老鼠，衣不蔽体地躺在地上。儿子的皮肉烧灼翻卷，鲜血浸染地上的黑灰，裹了粪水，变成一种黑黄混杂的红，几乎让徐秀英晕厥在地的红。

但她晓得自己不能倒，她是云青唯一的依靠。这个儿子，还不知是死是活呢，她不能不顾儿子安危。秀英跪下欲抱云青，林老五忙在一旁解释："粪水，消毒的。"秀英忍住奔涌的泪水点点头。云青怎么会躺在陈金柱家的地上，又怎么会被烘笼子里的炭火烧得两腿之间血肉模糊呢？她以一个母亲最大的努力不让自己晕厥，转脸茫然地问林老五："云青怎么会躺在这里的，这是咋回事？"

林老五快六十了，他听到陈金柱大吼大叫，头皮有点发紧。他猜测云青会挨两巴掌，不管咋说，云青还管陈金柱叫大伯，人家是亲戚，他一个糟老头子，哪里好干涉别人的家务事？林老五没有想到，陈金柱会对一个五岁的孩子，生发这样的盛怒，施加这样的惩罚。现在，他该做怎样的证人？和陈金柱隔壁邻居地住着，抬头不见低头见，哪能伤了邻里间的和气……林老五活了半辈子人，是个放蒿屁怕砸脚跟的主，从没和人大声吵过架，"和为贵"嘛。种种念头在他心里飞速一转，林老五伸出舌尖舔舔嘴唇，息事宁人地说道："算了，云青妈，都是小孩子淘气，不懂事。"

秀英不再说话，也不再看圆瞪眼珠的陈金柱，她泪眼汪汪，从地上抱起云青，怀中儿子流血的嘴角，飘出一声呻吟。母亲的怀抱，给了云青极大的安慰，刚刚脱离本位的魂灵，似乎重新回到了他的身上。当下的安慰，也是一种折磨，秀英轻轻一碰，云青破损的肌肤撕裂得更厉害，鲜血混着粪水，滴滴答答。

从陈家到凌家，仅有十几米远。秀英觉得这几十年，自己还未走过这么漫长的一段路，怀中的云青是那么轻又那么重，轻得像一阵随时会离她而去的微风，重得像一块被摔碎的玉石。她不知云青是怎样的"淘气"，才将自己伤得这么严重，当务之急，不是去扯清因由，而是让云青活下来。只要上天还能保留儿子一条命，要她付出何种代价，她都在所不惜。

秀英给云青处理伤口。她指靠不了旁人，采萍帮忙按一下弟弟剧烈弹跳的手脚，双手竟然抖得比云青还厉害，一味地嘤嘤哭泣。采芹吓得不敢进入房门，只肯站在屋外，不知所措地抹眼泪。

云鸿叫嚷杀了陈富贵给云青报仇。秀英担心，云青还生死未卜，云鸿再去报仇，不管是他伤害了别人，还是别人伤了他，又让她如何是好？秀英抓起扫帚疙瘩，朝着云鸿屁股就是几下，泪汪汪地吼道："不准再乱说，听到没有？"云鸿被母亲抽打，嘴巴不肯立马认输："肯定是陈富贵装怪，陈金柱才会火烧云青！"秀英咬着牙，骂声却压得极低："你莫再惹事了，再怎么说，他是你大伯……"狗屁的大伯，他拿云青当过侄子吗？若有一分一毫的怜悯，会下这种狠手？云鸿眼里几乎迸出火来，只恨自己现在还小，如果他再年长十岁，直接就提着菜刀，把那个狗日的陈金柱给砍成两半，一半喂狗，一半丢进粪坑。

儿女们帮不了秀英照顾云青，秀英只能一人面对。云青两腿之间，已无一块完好肌肤，蘸了清水的毛巾轻轻一擦，便如同千万根钢针来扎他刺他。他身体里如同安着弹簧，在床上使劲翻滚挣扎，床单上滴落了斑斑驳驳的新鲜血迹。

采萍眼前的弟弟，哪里是她熟悉的云青？这么大的农家女孩，也懵懵懂懂知道，云青的小雀儿和小蛋蛋受了伤，被火燎去一块块皮，血肉模糊地袒露着，是件可怕的事。她不敢帮着母亲按住四肢乱弹的云青，从家跑了出来，一路不歇地跑到竹林里，蹲下捂嘴哭泣。两个路过的村民，绘声绘色地谈论着受伤的云青。

"晓得啵，陈金柱把他二弟家的娃儿云青烧了。""咋不晓得，这陈金柱做事不地道，就算和凌永彬不是一个爹妈生的，人家凌永彬的爹妈，好歹养了他一场，救过他一条命。凌永彬咽气才过好久嘛，就去整人家的娃儿。"

"云青这娃儿怕是要报废了。"

"莫乱说，说不定治得好，照样好使的。"

"他家穷成那个样子，哪有钱给他买药？云青能不能保住一条命都成问题。"

采萍从兜里掏出一条边角破损的手绢，塞成团儿捂住自己的嘴。她听得似懂非懂，但弟弟有性命之忧，无须人家咸嘴淡舌。

她自己也有这样的可怖猜测：云青会不会嚎着哭着，两条伤痕累累的腿蹬着弹着，就这么活活痛死呢？

采萍失魂落魄地离开竹林回家。一个脸蛋黝黑的少年，急匆匆地经过这里，杨师傅让他回去找师母拿把新锯子。师傅是十里八乡小有名气的木匠，人称"小鲁班"，来观龙村干活第一天，出师不利，折了旧锯子。匠人的工具出了问题，杨师傅将徒弟大骂一顿。小木匠心情沮丧地赶往师傅家，却在竹林发现一个比他还伤心难过的少女。

采萍离开了，小木匠站在她刚刚踩过的地方，暂时忘记了自己的委屈。地上一团白色的东西，牵住了小木匠的视线，他捡起一看，是条皱巴巴的手绢，潮湿而有余温。

三

采萍回去的路上，遇到了周爷。周爷高一脚低一脚地走得很快，他的脑袋上没有一根黑发，犹如一团白雪覆盖了头顶。采萍有着自家的伤心事，没和周爷打招呼，周爷也没工夫搭理采萍。妻子上官云莩在村口拦住他时，仿佛她是堵墙，周爷不说一句话，绕开她继续行走。

上官云莩是个瘦女人，身体里却有一股蛮力，一使劲儿扯住了周爷袖子，冲他低吼："周凤藻，你站住！"

周爷站住了。他好像被人倏然丢进深湖，浑身浸了冰水，恍然明白老婆喊的不是别人，正是他的名字。

上官云莩不喜欢流泪，在那个寒冷的冬夜，她一辈子的眼泪早就流干了。她从双眼射出两道寒光来："周凤藻，你不是答应过我，一辈子不回城里，不回当初的伤心地，也不去见那些伪君子吗？"

周爷脸上的肌肉抽动。他是答应过上官，上官恨透了那座城，那座城有什么好？将一个原本是大学教授的周凤藻变成为人不齿的臭狗屎，还将佑典……上官不敢想佑典，她思绪稍稍朝这个方向一转，心里都会掀起千般的痛楚。周凤藻和她是佑典的亲爹亲妈，这世上没人比她上官云尊和周凤藻更明白这种凌迟一般的痛楚感觉了。他既然许过誓，再也不回城，如今为啥出尔反尔？

周爷恢复了平静神色，向上官轻声解释："乡下找不到一支烫伤膏，云青还在发烧，他需要吃抗生素消炎，用烫伤膏，用云南白药，这些药，城里才有。"上官云尊也去凌家看过云青，云青两腿间被烧得血肉模糊，特别是左大腿根部，已不见一块好皮肉，她晓得云青的伤有多凶险。但周凤藻和她，多年前是从地狱火坑里逃出来的人，他们好不容易在观龙村落脚重生，有了一份平静的生活，难道自己又要去打破曾经发过的誓言吗？

上官云尊的表情，纠结着恐慌与畏惧。周爷拍了拍妻子发抖的肩，轻声安慰："不要害怕，一切都已经过去了，城里再也不是当年那个样子，以前变成鬼的，也有机会再变回人吧……"周爷趋前，愈发压低了声气："你没听广播说吗，国家从今年开始恢复高考了，一队的几个知青都报了名，这是好兆头，说不定……"

周爷还有半截话没说出来。说不定什么呢？上官云尊伤心地看着他，难道这些年的教训还不够深吗？那时一哄而上踢他打他的，将家里抄个底儿朝天的，难道不是他周教授的学生？他还做什么痴心大梦，以为上头还需要他一把老骨头？就算有人需要周凤藻，上官云尊的心已伤透了，彻底冻成了冰坨，她是断断不肯回到从前的城，那儿的一块砖、一片瓦，都让她想到佑典。

云青的伤病要紧，周爷不再多说，朝妻子点点头，颠着他的残腿，义无反顾地向城里的方向奔去。上官云萼呆呆站在村口，风中传来云青撕心裂肺的哭声，她浑身上下猛然一凛，一股为母之人的柔情，湿润了她的眼睛。她没再去截住周爷，拦阻他救人的决心。

全村的人都听见了云青的哭嚎喊嚷。听到的人，心都跟着颤两下，抖两抖，为他的伤势摇头叹息。云青的哭喊被风撕得粉碎，上官痛苦地闭上眼睛，挤出眼角一滴浊泪。既然已经放老伴回城，现在她一心一意期盼周凤藻早点带回药，再听到云青的凄惨哭声，她怕自己比徐秀英还要忍不住，想去投塘或跳井。

家里没药，秀英只能用最笨的土办法，拿条毛巾用清水为云青洗净伤口，再用指头绷上毛巾角，蘸了盐水给创面消毒。云青吃痛，拼命蹬扑，腿间的水泡爆裂，黄白黏液和着血液淌下。秀英眼泪蒙了一层，再蒙一层，儿女们都不敢靠近云青，云青此刻不是他们认识的兄弟，是一头会发出瘆人喊叫的怪兽。他们躲得远远的，秀英无处可躲，无法逃遁，也不能卸下肩上的千钧重担，她只能忍受云青的踢打哀哭，左手尽量按住他，右手仔细擦洗伤口。

云青喉咙发出的，不是哭号，是一缕快要走完生命征程的气息。秀英硬着心肠，儿子再疼痛再挣扎，她也坚持给他清洗伤口。端着半盆污水，秀英走出门口，家里的事，地里的活，纠结成一团乱麻。在云青的哭声中，她耸着肩头蹭蹭脸上的泪，逼迫自己冷静下来，手底下仍旧忙个不停。

周爷进城为云青买药还没有回来。云青反反复复发着高热，他能等到周爷回来吗？秀英在院里剁猪草，儿子嘶哑的哭声，应和着菜刀剁向案板的声音，交织成一支令人肝肠寸断的悲曲，像一尾尾铁丝粗细的小蛇，直往她的耳膜里钻，穿透了薄薄一层壁，穿透了血管和神经。只要是它爬过的地方，要么结满冰碴，要么黑烟滚滚，在她体内搅动了一场天翻地覆的悲鸣。

秀英快到崩溃的边缘。这些天，她守在云青身边，累了就趴在床沿打个盹，醒来就去探探云青的鼻息。她也曾乐观地劝说自己，不用这么担心，云青不是短命的孩子，他不会那么轻易地离开。但她费尽力气，也压制不住内心恐怖的想象，想到云青会离开自己，像永彬一般狠心地一去不回，她的胸口就一阵揪心的疼痛。

秀英机械地将菜刀举起又砍下，砍下又举起，她狠狠剁着，像要将拦阻在云青前方的孽障剁杀干净。正当她将一蓬红苕藤送往刀口，云青喉咙发出喊声，像在梦中挨了毒打，遭到钢鞭突袭。他的喊声是那么急促惊惶，秀英手一抖，菜刀的刃口划过，割开她左手食指，皮肉翻卷，露出里面的白骨。短短的一瞬，鲜血争先恐后地涌出，触目惊心的红，像屋檐处聚集的雨点子，淅淅沥沥地朝地面砸落。深绿的红苕藤，染上了一层血色。

采萍从菜园回来，见到母亲流血的手，慌忙从地上撮一把灰土，覆在伤口上，热烫烫的鲜血很快打湿细土，继续奔流，采萍急得满眼是泪。

"不要紧，一会儿就不流了。"秀英安慰采萍。采萍抬起头，母女四目相对，她发现母亲的神色，与其说是痛苦，不如说是轻松。这让采萍疑惑不解，不明白母亲为何会因自己受伤流血而松快。

秀英不会告诉任何人，这是她和永彬之间的秘密。昨晚云青的状况很不好，身体抽搐了好几次，秀英通宵点着一盏煤油灯，守着他。那盏照明人间的灯，秀英相信也能驱赶小鬼，让它们不敢过来带走云青。可在天色将亮未亮时，秀英还是撑不住沉重的眼皮，趴在床上打了个盹。她梦见了永彬，很久没见永彬了，他倒比在世时胖了一些，脸上的颧骨不那么高了，曾被病痛折磨得佝偻的腰背又挺直起来，他温和地微笑着，眼睛不眨地看向秀英。

秀英的眼泪是开了闸的水，怎么都流不尽。她问永彬，怎么才能让云青好起来？只要让他退烧，伤口不再继续发炎化脓，她愿意代他受苦。她在梦中冲永彬哭喊："我可以流血，也宁可吃苦，让我折寿生病都没关系，只求你保佑你的儿子，不要让他有个三长两短！"

永彬还是笑，仿佛去世的人，微笑成为脸上揭也揭不开的面具。秀英恼怒了，她对永彬低吼："不准带走云青，我晓得你一个人孤零零的，但就算这样也不得行，如果你当狠心绝情的爹，我就，我就……"秀英想了想，才想到威胁他的话："我就永远不再想你！"

雄鸡打鸣，秀英从这个荒唐的梦境中挣扎着醒来。她伸手去摸云青，他依旧发着烧，呼吸和心跳没有停。秀英想起自己对永彬的决绝，心中就酸涩得不行，她多想在梦中拉住他的手，告诉他，自从他离开后，一家人都过着怎样的日子，陈金柱又是如何狠心地伤了云青。但她却硬着心肠，一直在怀疑他甚至恐吓他，逼迫他动用一个亡者的力量，让儿子留在世间。自己这样做，算是对得起永彬吗？

直到菜刀将手指割破，流出了殷红鲜艳的血，秀英才松下心里紧绷的弦，她默认自己和永彬的"交易"已经兑现。他应承了她，她宁可受伤流血，换来云青的伤势好转，作为报答，她当然一辈子都会记得他，想起他。

秀英怀着一种甜蜜的酸楚默念：除非我也入了土，否则，活着的我哪里会不想你，不念你呢？

四

采芹在床头站了很久，才敢伸出手，摸了摸云青滚烫的额头，弟弟身上这么烫，他还一个劲儿地喊冷。家里只有两张床，两床破棉被，采芹从另一张床上吃力地抱了被子来，搭在云青身上，不小心碰到伤口，云青五官顿时皱缩成一团，他眼睛撑开一道缝，看到是三姐，努力按抑住哭嚷。

"云青，你嘴巴都干得起壳壳了，我给你端点水喝吧。"采芹忍不住小声啜泣起来。

"不喝水。"云青的声音怎么变得这样苍老，身体里像是住进一个老态龙钟的人。他拼命积攒着力气，对三姐解释："尿尿，痛。"

采芹愣了一下，倏忽明白过来，她捂住脸往外跑，跌跌撞撞地跑，伤伤心心地哭，恨自己分担不了云青一丝一毫的痛楚。他的疼痛，只能一个人默默承受。

云青早上艰难地尿过一次。原本小雀儿上的烧伤，已经结了痂，但热滚滚的尿液冲出来，脆薄的干痂四分五裂，尿液蜇着破损的肌肤，折磨最敏感的神经，犹如酷刑一般。他浑身哆嗦，既想畅快地撒完一泡尿，又被巨大的痛楚击打得天旋地转。

云青不敢再喝水，即便他现在渴得要命，一滴水也不敢喝。他怕尿尿，怕结痂的伤口再度裂开，怕自己的尿液混了脓和血，变成可怖的粉红，怕疼痛像小刀子一样割他的下身。

采芹哭着跑走了，云青依旧晕晕沉沉地躺着。他在发高烧，嘴里的口水像是烧干了，只剩下苦涩枯败的味道，疼痛一秒不停地折腾他。他恨这种情况下，鼻子竟这样灵敏，他嗅到一股臭味，越来越浓烈的臭味。家里怎么会这样臭呢？不是猪圈的臭，不是茅厕的臭。云青想了好久，才明白是自己身体发出的臭味，是一种腐烂的味道，迅速走向衰败和死亡的味道。

云青想起了这种曾经熟悉的味道。他和罗汉，以前在后山看过一只发臭的鸟，它不知死了多久，羽毛仍乱蓬蓬的，血肉躯体却已变成蛆虫和蚊蚋的狂欢之地，白花花肥嘟嘟的蛆虫，在鸟的尸体上爬来爬去，曾经光泽亮丽的翅羽，挡不住这些不速之客。

我这是在慢慢死去吗？一丁点一丁点的，一分钟一分钟的，说不定明天早上就睁不开眼了，像那只无能为力的小鸟一样，无法再飞向蓝天，只能任由自己腐坏发臭，所有的腐肉都被一点一滴吃掉。吞噬小鸟的，不只是恶心的蛆虫，还有可怕的"死"，看不到的死。

云青昏昏沉沉地陷入噩梦之中。一个接一个的噩梦，他都舍不得醒来，至少在梦中，他不必这么清醒地闻到一步步走向死亡的臭味。这臭味比疼痛更让他心里发狂。

天亮前，周爷终于从城里带回了烫伤膏、退烧药和抗生素。药是一个老熟人给他的，老熟人附在他耳旁轻轻说："中央一些老同志都复出了，老周，你和上官看来回城有望。"周爷没搭腔，将药放进包里，折身走向回观龙村的路。

周爷跛着脚，赶了一天一夜的路，脚底磨出十几个血泡，回到了村中。他带回来的特效药，退了云青的烧，有效控制了炎症，云青的病情得以缓解。

上官云萼在煤油灯下，帮周爷处理脚上的伤口，擦一擦，洗一洗。周爷控制住表情不动，却管不住肌肉的颤跳，上官忽然悲从中来，丢掉蘸有碘酒的棉球，抱着周爷抽抽搭搭地哭了。之前她怕极了，周爷走了多少个钟头，她就担惊受怕了多久，她总是往记忆的深渊滑落，不管怎么努力都管不住自己的念头。

佑典可以不死的，就像父亲周凤藻，即使被自己的得意门生揪出来批斗，生生打断一根腿骨，也可以活下去，带着屈辱也带着希望，带着悲苦也带着希冀。但是周佑典太年少了，无法理解好好的人间，怎么就变成了烈焰滚滚的地狱。当身体单薄的佑典被推到台上，被逼和自己父亲划清界限，他只是低着头一直哭，一句话都说不出来。他们骂他尿包，将他掀翻在地，狠狠踢踹他，佑典惨叫着，还是哭。他腔子里那口气，哭着哭着就泄掉了。这口气，平时看不到它在哪儿，它似乎无形又无色，但都是有赖于它，人才可以堂堂地活着，不会畏惧黑夜，更不会畏惧黑夜过后，睁开眼迎接黎明的到来。

佑典没有挺过这个漆黑深沉的夜。那天夜里，周凤藻腿骨断了，发出疼痛的哀号，母亲被人按着剃了个阴阳头。佑典不知是怎么穿过了疯狂的人潮，与人逆行，爬上城里最高的那栋楼，没有过多犹豫，也许连爬楼时的粗气都没喘平顺，双脚轻轻一跃，身体就轻盈地飞向了夜空，也飞向了脚下坚硬的大地。佑典也许是想逃离吧，以鸟的姿态，飞越他看不懂的疯狂人间。

佑典的离去，在母亲心中留下一道永世无法愈合的伤口。如果连周凤藻都离开她，在这个冰凉的世间，上官云萼还有什么值得留恋的呢？

周爷懂得妻子的焦虑和悲伤，他艰难地俯身，搂住上官颤抖的肩头，轻轻拍着安慰她："过去了，都过去了。"

云青用了药，伤口渐渐结了疤，也能挪出屋子，在院里坐一坐。冬天的太阳是他最大的恩赏，云青抬起手指，阳光舔过的指头，像被水洗过一般洁净，有种干爽的、谷草味的淡香。

"哼，那个该死的陈富贵，晓得自己惹了祸，当缩头乌龟去他外婆家躲起，等他回来，看我松不松他的皮！"云鸿用自己的方式安慰云青，保护云青。云青却没什么反应，伸开又并拢五指，看阳光穿过或被遮挡。"看来真是烧傻了。"云鸿替他四弟不值，他拿出长子的出息，要给家里人撑腰，没想到一个两个都不懂他的苦心。秀英端一盆腌好的酸菜，叫云鸿去趟周爷家，云鸿脖子一梗，大声回答"没空"，趁母亲还没来得及责备他，已经不见了人影。

秀英摇摇头，转身指使晾好衣服的采萍："你送过去，记得好好感谢周爷和上官婶儿，他们菩萨心肠，救了云青一命。"

采萍端着菜盆，脚步轻快地走向山脚。云青能从鬼门关回转，家里人个个都松口气，脸上少却了忧色。经过一排树，采萍专门踩着树叶缝隙漏下的光斑走，走得兴起，她随口哼唱两句："太阳出来啰喂，喜洋洋欧郎罗……"

几个小伙在后面走路，其中一个忽然就停下步子，眼睛直勾勾地看着采萍后背甩来甩去的大辫子。

"曹运强，看啥西洋镜？"同伴捅了曹姓小伙腰眼一下。采萍回过头，阳光明亮，逆着光，她只看清后面有几个高高的人，她害臊地轻吐一下舌头，不敢再唱，加快了脚步。

上官云萼将酸菜倒进自己的缸子，她曾经吃过秀英的酸菜，觉得秀英做的味道醇厚。

上官询问采萍，云青现在的情况咋样，得知他已无大碍，说了声："阿弥陀佛。"接着又说，"这段时间，你妈肯定急坏了，你也长大了，多帮你妈操些心。"

采萍将乌油油的辫子抛到脑后，又抓过辫梢来，在手心里划来划去，忽然扑哧一声笑："上官婶儿，村里人都说你啥都不信的，鬼神都不怕，原来你也信菩萨啊？"

上官云蓦表情淡淡的，抬起小茶壶，抿了一口茶，咽了下喉咙："人活着，总要信点什么，不是这个就是那个。"

采萍不太明白上官云蓦的意思，云里雾里地"嗯"一声，端着菜盆回家了。

第四章

一

采萍回家的路上,听见身后有"喂喂"的声音,忽然一个转身,发现是小木匠喊她。师傅吩咐小木匠去买胶,他看到前面行走着一个似曾相识的身影,打了招呼再说。

"你是哪个?喊我干啥子?"采萍警惕地问道。

小木匠在竹林模糊地见过采萍,他并不能确定她就是当日伤心哭泣的那位姑娘,疑疑惑惑地问道:"你最近掉了东西吗?"

采萍还当小木匠是个不正经的浮荡青年,狠狠瞪他一眼。小木匠赶紧掏出一张洗得干干净净的手绢,当面展示给采萍。这不是她久找不着的那条手绢吗?她也只有这一条,还是以前走亲戚,三姨送的礼物。过去这段时间,全家人都为云青的伤势担忧受苦,连手绢什么时候丢的都不晓得。她赶紧接过"失物"来,他们这就算正式认识了。

过了几天,采萍提着一篮子猪草,从岩坎下面往坡上爬时,裤脚被一根刺藤挂住,差点绊倒,幸亏路上及时伸出一只手,拉了采萍一把。采萍心有余悸地爬上陡坡,看到拉她的是小木匠,采萍露出几分惊喜:"幸亏你路过这里!"小木匠条件反射地回答:"我不是遇巧路过的。"采萍觉得奇怪,问他这话是什么意思,他倒忸怩起来,不肯多说。

小木匠主动帮采萍提篮子,靠近采萍的半边身子走路,感觉像是挨着寒冬腊月的烘笼子,一阵阵热气吹过来,暖得有些过头，连带自己的耳根都红了起来。

"我快到了，那边的茅草屋就是我家。"采萍跂起脚，给小木匠指了指自家屋顶。小木匠赶紧去掏兜里的冰糖粒。布衣贴着身穿，他的体温烘着，原先圆润的几粒冰糖有些融化，淘气地粘在兜底，急得小木匠抠了几下才抠出来。他发急的动作，微红的脸色，让采萍觉得好笑。

小木匠说："黏手得很，莫把你的手也弄脏了，我来喂你吃吧。"

采萍诧异地看了看小木匠，他神色凝重，像是采萍的哥哥，得了好吃的，先让妹妹尝尝。采萍没有哥，她朦朦胧胧幻想过，自己也有一个哥，但看到云鸿对妹妹采芹一不高兴就挥拳跺脚大吼小叫的，又觉得"哥哥"其实是可有可无的，有了还多一份烦恼，就算没有也不可惜。

几粒残损的冰糖，晶莹剔透。采萍不是被食物诱惑了，而是被眼前光闪闪的"美"吸引了。她像是在梦中穿梭，人做梦时随便说什么做什么，都是值得原谅的，采萍启开嘴唇，也可以被原谅。温热的手指，送进几粒甜丝丝的冰糖，小木匠的指头蛋不经意地碰了一下采萍的嘴唇，火灼般快速弹开。采萍身体像打了个冷战，她赶紧抿住唇，企图将失态掩饰过去。

采萍为了寻求平衡，视线上下梭巡，还真被她看到"破绽"。小木匠一边裤腿裂了一道口子，走路时里面的小腿肉若隐若现。采萍找到了熟悉的"姐姐"感觉，从地上拎起猪草篮子，说声"你等着"，脚步飞快地顺坡跑下，扑进家门，从母亲的针线篓里迅速捏一根细针，又气喘吁吁地跑过来。

针鼻上连着一根黑线。小木匠只有这一条裤子，不能脱下来缝补。两人商量，他坐在地上，将扯破裤腿的那只脚跷到一块石头上，采萍低头帮他缝合。缝好裂口，采萍偏过脸，嘴唇几乎贴近小木匠的脚背，用细密的牙齿咬断了线头。

见过几次面，小木匠向采萍讲述自己怎么会跟随"小鲁班"师傅的经过。他是个内向的青年，以前从未向谁说过自己的身世。

小木匠是个弃婴，是师傅在干活回来时从草丛里捡到的。师傅和师娘都快四十，师娘一直没开怀，师傅能捡回一个全须全尾的健康小子，师娘挺高兴。但没过几天，师娘就开始胡乱猜疑，硬说这孩子是师傅同外面相好偷偷生的，偏又抱回来给她养，她是吃了这个赛黄连的哑巴亏。师傅怎么解释都没用，一气之下，说干脆将娃儿再丢到路上算了，喂了狼喂了狗也不管他。

师娘养了孩子几天，激发起自己的母性，这会儿听说又要扔他喂野物，怎么也不忍心，便噘着嘴说："我们养他也行，但不能喊爹妈。"师傅奇怪："那喊啥子？""就喊师傅师娘。"师傅听了，肚里忍不住哈哈笑，觉得这婆娘真是有意思，以后孩子长大了，本来就要收他当徒弟，把自己一身手艺传给他，叫师傅不也理所当然吗？

师傅是男人，哪里懂得女人弯弯拐拐的心思。十六七年了，师娘内心是将小木匠当儿子养，但脸上动不动就挂出冰霜来，两道蚕豆眉毛拧得紧紧的，就是要做出这副脸色给师傅看：他要真是你亲儿子，老娘也不背这个锅，不给他好脸瞧。同时，一辈子你也听不到他叫一声爹。

小木匠别别扭扭地长大，心思比同龄青年沉郁得多。他原以为自己一辈子都找不到一个人诉说衷肠，哪晓得认识采萍没几天，他就竹筒倒豆子一般，将自己羞于启齿的身世，告诉了采萍。

采萍听得认真，淡淡说了几句暖心的话，每一句都像是从小木匠心湖泛上来，再被采萍轻轻柔柔地说出，就像三伏天的冰镇酸梅汤，数九天的红炭小火炉，熨心帖肠。不知不觉间，小木匠将采萍视为自己内心最重要的人。另外两个，自然是抚养他长大，但同时也给他很多纠结与矛盾感情的师傅与师娘。

"采萍，我下次还来找你聊天。"

"好呀。"

小木匠的心跳得咚咚的。他以前不知道，和一个女孩儿聊天，有点像接近篝火，哪怕有危险，冲着美丽的火光，煦暖的温度，啥也顾不上了。

杨师傅和小木匠不是观龙村的人，连续做完几家木工活，他们要赶往下一个村落了。临别时，小木匠告诉采萍："师傅手艺做得细，下次你们村有人要打家具，肯定还是要找我们的，那时……那时我就能再来看你了。"采萍低下头不说话，她将辫子梢拉到胸前，抚摸把玩。辫子如同有灵性的仙草，千言万语都长在里头了。小木匠不知要过多久，才能重新见到这灵巧的大辫子，心里的情绪和期待层层叠叠。

杨师傅带着小木匠赶路，穿过竹林，顺着干沟走一段，就该出村了，小木匠心里沉甸甸的，脚步也跟着滞重起来，磨磨蹭蹭跟在师傅后头。忽然他听到竹林里传来清脆的歌声："太阳出来啰喂，喜洋洋欧郎罗……"精神忽然为之一振，加快脚步，超过了师傅。村口有块床板大的界石，小木匠站上去，伸长脖子往竹林方向看，只看到一片苍翠，绿叶鲜灵，唱歌的人仿佛也知道他在回头张望，抬高了调门，更大声地唱："挑起扁担嘟嘟扯，哐扯……"

秀英也听到采萍唱歌，歌声抚平了她紧皱的眉头，她想到了永彬。家里几个孩子，采萍和云青声音都不错，遗传了父亲的好嗓子，不过还是比不上永彬。干活干累了，生产队的人怂恿："凌永彬，来一个！"永彬也不推拒，张口就唱。他的歌声深情、浑厚，高音处如同刺破云层，低音处又好比小河潺潺。永彬走了，花巧婆来探秀英的意思，劝她"路还长，不怕往前面再走一步"，秀英婉拒了媒婆好意。花巧婆不高兴地噘起嘴，说一个死鬼呀，有啥好日日月月永永远远惦记的？秀英便不说话了，永彬的好，她说给外人也不懂，在田里地里累狠了，她不好意思唱出声，脑子里萦绕的，却都是永彬当年激越欢快的歌声。

二

日子不是长了脚，是肋下生了翅膀，太阳和月亮交替出现，提醒人们光阴疾驰。转眼间，云白三岁了。云白说得最多的一个字是"饿"，饿的感觉，根深蒂固，无比深刻地印进了他的心中。除了"饿"，云白说得第二多的就是"痒"，他还是个小婴儿时，跳蚤与虱子便堂而皇之地在他身上安营扎寨，他无能为力，只好皱着眉头哇哇哭。如今他年满三岁，已从同村家人那儿，学到一些捉虱的技能。

云白趁着日头好，倚在墙角，脱下衣裳，翻出里子，指甲一个接一个地掐虱子。太阳底下虱子跑不快，纵使是云白这样的碎娃儿，慢腾腾的小手按过去，也一按一个准。他抬起手，对着阳光查看染得黑红的指甲尖，还像四哥云青一样，心满意足地弹弹手指，舒口长气。

云青从外面回来，见云白坐在墙角捉虱子，喊了弟弟一声。云白从未吃饱过肚子，身体发育不良，细瘦颈脖上，不成比例地顶着一个大脑袋，抬头仿佛都比别人多费一两力气。他对云青嘟囔："四哥，我饿。"

云青也饿，但弟弟这样子，更让他心里难受。父亲去世时，云白还没断奶，他对父亲毫无印象，在外面和别的小孩玩，有时遇到占强的天棒娃儿①，也骂云白是"莫得老汉"。云白只会扯起嘴巴号哭，云青告诉他："我们有老汉的，只是爹死了两年多了。"云白的眼泪大颗大颗往下滚落，云鸿看到了不耐烦，怒气冲冲地赏给云白两巴掌，骂他是"哭死鬼投生"。云青不打五弟，在他眼里，云白比自己还可怜，好歹自己为父亲打过引魂幡，这一幕如同錾子将记忆深深刻写。云白竟然连自己是否拥有一个父亲，都要回家找母亲和哥哥姐姐们反复问询，连自己的生命由来也心存质疑。

云青转身又往外走，他刚刚拒绝罗汉的事，现在反悔了。他要追出去和罗汉说："我答应你的提议，我们一起去。"

罗汉一大早就来找云青，邀他到村西果园偷桃子。桃子熟了，果园内外飘着一股淡淡的果香，诱惑得伙伴们直吞口水。可这是人家的财物，哪能说摘就摘？

去年云青遭遇了一场生死劫难，好在他挺了过来，创伤慢慢愈合，只留下两腿间大片挛缩的皮肤，再也回不了原貌。罗汉从小就和云青要好，可自从云青烧伤痊愈，他不像以前那么随随便便掏出小雀儿，与小伙伴比赛谁尿得远，谁尿得久。罗汉爹左手残疾，娘又是个睁眼瞎，家里大人没空管教他，他说话直来直去，认为云青不和他一起尿尿，是看不起他这个朋友，和他隔了肚皮离了心。

---

① 四川方言，意为胆子大、无法无天、不受管束的孩子。

这天早上云青尿急，又要避开罗汉，寻个偏僻处方便。罗汉像受了莫大伤害，气愤地嚷叫起来："大人都说你被火烧成了一个女娃儿，烧得小雀儿都拍拍翅膀飞走了，你是因为这个原因，才不和我们一起尿尿吗？"

云青气得索性一把脱下裤子，指着小雀儿问罗汉："女娃儿长这个吗？"罗汉咧嘴一笑，顿时觉得云青还和从前一样，身上啥零件都不缺。罗汉愉快地站在云青身边，两个伙伴一起撒尿，他们迎着太阳，尿线滋射得又远又高。罗汉见云青比他还尿得高，心里更加放心，莫名其妙地兴奋起来，脱口关切地问道："想不想吃桃子？"

谁不想吃桃子呢？想着脆生生甜滋滋的果肉，嘴里都会生出馋津。罗汉附在他耳朵眼，小声献计："这几天守园子的铁锤每天中午都喝酒，鼾声比打雷还响，我们进去摘几个桃子，他肯定不知道！"

云青摇头拒绝了罗汉的提议，觉得去果园，特别是在铁锤眼皮底下偷桃，简直是"在太岁头上动土"。

从铁锤的名号就可以看出他不好招惹。其实一开始村民是管他叫"锤子"的，既因为他一张口就"锤子锤子"的，又因为他打架够狠，拳头像锤子一般有力地砸向对方，嘴里"锤子锤子"地高喊着，仿佛给自己喊口号，又像打节拍。这样极有节奏感地捶上一番，敢和他动手的人先被这盛大气势慑住，再被锤子一般的拳头蒙头砸落，打得个荤素不忌，谁都不敢恋战，拔腿就跑。

若是人家敢喊他"锤子"，他也要挥拳头打人，因为在川北农村，这无论如何都是一句骂人话。后来有人改了一个字，奉送大号："铁锤"，这位身高体壮的莽汉一下子就笑纳了，他认为能说明他拳头有力，行事果断，而且"铁锤"似钢如铁，配得上他一身蛮肉，一副好力气。

生产队派这样一个人守果园，就是为了堵住口水滴答的"悠悠众口"，云青犯不着去惹铁锤，当即冲罗汉摇头。回家后云白那声"饿"，却让云青心思骤转，想着刚刚提裤子时，他拒绝与罗汉一起偷桃，罗汉"嘿"一声，心直口快地评论："云青，我看你小雀儿好端端的，没有变女娃儿，怎么性子变得这么'肉'，前怕虎后怕狼的，你以前多大胆，在竹子顶上掏鸟窝都不在话下的！"当时云青哼了一声，现在太阳晒得身上发烫，豪气自心底生起。去找罗汉的路上，他给自己打气：我是一个男子汉，怕他啥铁锤铜锤，弟弟还在家里饿着肚子，等我拿桃回去哄一下嘴。

罗汉见云青回心转意，高兴而神秘地说："我都没有告诉二蛋、天狗他们，他俩遇事爱咋呼，今天就咱们两个秘密行动。"云青觉得罗汉总算聪明了一回，潜入果园偷桃子，又不是到景阳冈上打虎，本来就不需要大张旗鼓呼朋唤友的。

三

六月天，晌午的太阳已经颇具热力。走到果园附近，云青冒了一脑门的汗，他也分不清是被太阳晒出来的，还是因为紧张冒出来的。他忽然有一种不好的预感，觉得哪里出了问题，随之想到周爷教他写字的情形。

周爷用树枝和沙地，教他学会了写自己的名字。"云青的青，是一种颜色，古人衣服常为青色，就因为这种颜色象征着坚强、希望、古朴和庄重，在古代具有极其重要的意义。"周爷和一个六岁孩子讲这些，云青未必懂得，不过他仍然认认真真、一笔一画地将自己名字学会了，拿着树枝棒棒，在房前屋后的沙地上写了好多"凌云青"。他不太明白"青"到底是哪种青法，但发自内心相信这是种好颜色。当初父亲与周爷商商量量的，给了他这个名字，就是希望他长大做个好人。现在，他和罗汉一起来偷桃，算是好人吗？

罗汉没有云青这些顾虑，他也一头的汗，因为热，还有内心汹涌的激动。他用手指一刮汗珠，往地上一甩，挤眉弄眼道："赶紧的，趁着铁锤在瞌睡，我们去摘桃子，吃了就不热不饿，也不渴了。"罗汉说得自己先馋起来，喉咙口滚过响亮的口水声。

既然已经走到果园，前面是刀山火海，也只能硬着头皮上了。罗汉在前，云青在后，两人弓着身子，跨过了拦住果园的铁丝网。

桃子的尖顶都是红彤彤的，颜色也是白的多青的少。罗汉喜形于色，云青眼明手快地摘下几个桃子，塞进衣兜，低声招呼罗汉快摘快走。罗汉沉浸在"随便我摘"的幻梦中，摘下一个桃尖缀了一抹艳红的桃子，在裤腿上擦了擦，张口"嚓"地咬掉一块，闭上眼睛，一脸陶醉地感叹："太甜了，太好吃了！云青，你也吃一个再说嘛，铁锤喝了酒，雷都轰不醒……"

罗汉正在咔嚓咔嚓啃桃子，身后传来雷鸣般的吼声："哪个说雷都轰不醒老子！"

罗汉的情报原本没有错。如果他们早一天来，这个时间铁锤肯定在呼呼大睡，一线口水拖到下巴。前两天真的有胆大的人，跑进来摘了不少的桃子，铁锤醒来后发现桃子被偷，暗自懊悔，又不敢声张，怕队上怪他守园不力，决定痛定思痛，今日来个"瓮中捉鳖"。只要哪个不长眼睛的敢顶风作案，他铁锤就敢玩一出"杀鸡儆猴"。

这是铁锤作为守卫，急于"将功补过"的第一个原由，第二个原因恐怕就超出两个少年的理解范围了。今天中午，就算好菜好酒堆在面前，铁锤也无心喝酒。为啥他前面连喝两三天呢？铁锤以为快要娶到媳妇了。

铁锤今年三十有三，在七十年代末期，混到这个年龄还没讨到老婆，就是婚姻困难户。铁锤虽脾气大拳头硬，脸上的横肉凶一点，手不残脚又不瘸，算得上一个正常的男子汉，但他就是一直打着光棍。铁锤一心一意找个漂亮女人当老婆，但那些漂亮姑娘，要么就去寻一个"城镇户口"、国营厂的工人或者供销社的正式职工，要么嫁给兵哥哥，实在不济人家也要找个队长、村会计、村文书儿子什么的，哪里能看得上铁塔一般的铁锤呢？他想找个条件出众的姑娘，硬生生地将自己的终身大事耽误了。

这一耽误就是好多年。直到前两天他赶集，一个漂亮姑娘竟然冲着铁锤笑了三次。铁锤读书少，但也听说书人讲过"三笑"的故事，秋香姐一笑二笑连三笑，唐伯虎心里就跟明镜似的，明白秋香心头有了他，他也爱上这位爽朗漂亮的大姑娘。铁锤长这么大，除了他老娘，哪个女人肯冲他一笑二笑连三笑？他老娘平时见到他，都是一白眼二白眼连三白眼呢。

铁锤从集市卖泡菜坛子的老太婆那儿打听到，这姑娘是明月村的人，还没找婆家，这不是"天上掉下个林妹妹"吗？铁锤一回观龙村，就急火火地找人称花巧婆的媒婆买重礼。花巧婆听这事不靠谱，但又舍不得铁锤预先掏出的丰厚定金，好事成了以后还有重酬。她心里一盘算，管他妈的，反正事不成老娘也不会退定金。

花巧婆屁股一扭，带上礼物去明月村提亲，那头铁锤已经按捺不住满心欢喜，大中午的将烧酒喝起，放松警惕，桃子也被小贼借机偷了几十个。昨天黄昏,花巧婆噘着嘴从明月村回来，看她那衰样子就没戏，听到"三笑"的理由更让铁锤火冒三丈：人家姑娘冲他笑，并不是他长得英俊，而是他嘴唇上方，不知是不是吃饭时不小心，贴了一块葱皮，再加上铁锤的绿豆小眼睛、倒三角眉毛，这样一搭配，活像个长了仁丹胡的小日本。人家姑娘不是对他动了春心。

铁锤一番心动，换来这样一个结果，他今天中午，咋还喝得下美酒呢？

"两个不学好的东西，看老子今天咋个收拾你们！"铁锤吼声如雷，大手钳一手抓一个孩子，大步流星地拖往果园，旁边就是他守护果园的房子。

铁锤心中怒火，皆因为那貌美姑娘。他认定为一块葱皮都要笑三次的女人，是实打实的肤浅。他也气这两天，胆敢趁他防线松懈，溜进果园偷桃子的贼娃子。可这些人他逮不住，抓不了，再大的气也只能憋在肚子里，最后变成一串臭屁。这两个小狗日的，胆敢学那孙猴子偷蟠桃，也就休怪他铁锤不客气了。

第五章

一

今天出门"办大事"前,罗汉信心满满,觉得趁着铁锤不备,去摘儿只桃子,那还不是手到擒来的事?他决计没想过,自己会被可怕的铁锤抓住。

罗汉慌乱失措,两条腿软得像面条,磕磕绊绊地被铁锤拖着向前,不仅哭哭啼啼,还弄出些滴滴答答的声响。铁锤觉得蹊跷,两眼往地上一瞅,顿时原地蹦跳了几下,破口大骂:"你个背时娃儿,老子又没打你又没杀你,你眼睛流黄汤也就罢了,咋个下面还湿了裤子?把老子的果园搞得脏兮兮臭烘烘的,今天不舔干净不准走!哪个喊你来当贼娃子的?"

遭受这一顿连珠炮般的痛骂,罗汉越发惊恐,两腿犹如打摆子,索性双眼一闭,大声哭号起来:"观音菩萨啊,玉皇大帝啊,太上老君啊,土地公公救命啊……"他喊得颠三倒四乱七八糟,大概在家里,他眼神不好的妈没事干便诚心祷告,祷告时又觉得请一个神不行,要修个"好神缘",干脆将自己晓得的菩萨,一个二个都请到。罗汉顺溜地喊了一串大神,却没有一个来救他们。

果园本身就是一个明晃晃的诱惑,要说没有碎娃儿跑进来偷偷摸摸,那是不现实的。铁锤虽然鲁莽,但也有几分明白,知道自己手重,碎娃儿经不住他拳头的硬捶硬打。他抓住小娃儿,关在自己屋里,等待家长前来认领。他的一腔怒火,发泄给"莫家教"的大人，不管他怎么尖酸刻薄，冷嘲热讽，有小偷儿握在手里，大人哪里敢在他铁锤面前放个硬铮铮的响屁？这样既惩治了小贼，还让大人在铁锤面前丢尽颜面，比打人一顿还要痛快哩。

罗汉慌张之下，先是尿湿了裤子，又神神道道请这个菩萨那个神仙，搞得铁锤心烦意乱。他把这些流尿滴水的娃儿关在自己房子里，搞得一屋子尿骚味，晚上还睡不睡了？

铁锤从屋里拿了一根麻绳，像是拴蚂蚱一样，将云青和罗汉绑在一起，押解着这两个小孩儿，选定了一棵面向大路的桃树，作为最佳的"示众"之地，将他们绑在了树上。

铁锤退后两步，歪着头打量自己的杰作。以前把这些人小鬼大的贼娃儿关在自己屋子里，当着他们爹妈声讨和斥责，实在是太便宜他们了。早该像现在这样，路过的人来来往往都能看到，让他们明白做贼有多羞。

惶恐令罗汉无法安生，他像网里的鱼，即使失了自由也要挣来动去的。这一扭摆，云青连带遭殃，麻绳直往肉里钻。疼痛放大了惧怕，惧怕又推助了疼痛，彼此交织着，如同一个硕大而透明的茧，从头到脚罩住了云青，他有点喘不过气来。

铁锤冷眼打量被他生擒的俘虏。罗汉嘴里像扯棉线一般，将他所知的神佛又请了一遍。铁锤在罗汉面前挥了挥蒲扇大的巴掌："莫喊那些有的没的，菩萨总没教你干坏事，没教你当偷儿。"

铁锤将眼睛转向了云青，两道目光便是两把锐利的锥子，在云青身上乱戳。云青感到了目光灼热的力量，往日被火围困的记忆涌来，一种巨大的畏惧，慑住了云青的心。铁锤到底会怎样惩罚他们？难不成要将他们绑在树上活活烧死？云青害怕地眨了眨眼，不敢再想。他小肚子传来一阵胀意，想要尿尿的感觉越来越强烈。罗汉尿在地上，激发了铁锤的火气，自己不能再惹恼他了。

云青将全部精力都调动起来，关闭身体的某个"阀门"，不能让它一溃千里。他的牙根荡漾着阵阵酸意，膝盖头软弱而急促地颤动。云青往前面俯身，想抑住小腹此刻的翻江倒海，怒涛奔涌。他这一动，绳子拉紧，罗汉发出尖锐的哭声。

铁锤有些怒不可遏。这几天他真是受够了，上的冤枉当，受的莫名气，哪个能补偿？枉自他一见钟情，还花不少的钱去筹办礼物、请媒婆，哪料人家没将他瞧在眼里。那个没眼色的女人，敢出老子的丑，还笑老子长得像小鬼子……铁锤心头窝了一把火，他觉得连这些屁大的娃儿，都敢来挑战他的权威。

铁锤越想越气，索性站在果园外，准备看到路过的人，就叫他给罗汉或云青家里人带句话，过来领贼娃儿，哪个生养的喊哪个去教育。

路过果园的是小木匠。小木匠自从去年在观龙村认识了采萍，一直期望村里还有人来请他们过来。到了五月间，师徒俩真的又被请来了，村里一家人要嫁女，另一家人要娶媳妇，都要学着城里的流行样式打套时兴家具，小木匠跑来颠去地跟着忙活。这会儿，小木匠翻动脚板，手里捏着墨斗，赶往师傅所在的人家。他被铁锤喊住，抬手擦了擦脸上的汗，一脸的茫然。

十六七岁的小木匠，和人高马大的铁锤在一起，心里有些发怵。铁锤问他是否有时间，他老老实实回答："我送东西去，师傅赶着要用的。"小木匠举了举手上的墨斗。

铁锤挥舞了一下手掌，驱赶一只飞来飞去的苍蝇："我又不让你白跑一趟。"铁锤从旁边树上摘下两个桃子，塞进小木匠的衣兜里。小木匠别别扭扭地站在那儿,领受铁锤的吩咐:"你晓得这两个娃儿是哪家的吧?"

小木匠见云青绑在树上,心里一沉,一声"哎呀"脱口而出。这是凌采萍的四弟,他指了指云青:"认识这个娃儿。"

铁锤腆着肚子,怒出一个响嗝。他嘱托小木匠,去云青家说领人的事。小木匠抱着墨斗,朝采萍家飞奔而去。

二

采萍听说云青被绑在果园示众,大惊失色,丢下手里的箩筐奔往果园。小木匠不敢耽误时间,朝着相反的方向,赶着去给师傅送墨斗。

小木匠到底放不下心,逮着个去茅厕的借口,拔腿又往果园追,迎上了垂头丧气往回走的采萍,却没看到云青跟在后头。

"你四弟呢?"小木匠焦急地问。

采萍脸上浮现一种恨铁不成钢的表情:"他干啥不好,非要去学人做贼!铁锤把我骂了一顿,说我不够资格,让我回来喊妈,要不就绑云青在果园过夜。我不跟你说了,先去找妈。"

"哎,你等一下。"小木匠从兜里掏出两只桃子,硬塞给采萍,采萍沉着脸,将它们随手放进衣服口袋里,左右各一个,憨拙地鼓凸起一个包。

秀英被女儿从地里喊上来。太阳很大,她头戴一个烂草帽,还是晒得脸上发红。永彬走了的这几年,她在地里干活,像是男人,更像一头牛。不拼命行吗?家里五个孩子,秀英咬紧牙关继续送云鸿读书,明年该云青读书了,再过几年又是云白……不是当妈的偏心,但凡有一点办法,她还想送采萍采芹两姐妹上学，但她实在没有这个能力了。家里每张嘴巴都要吃饭，永彬临终前苦苦嘱咐，咽不下气闭不上眼，气若游丝还睁着眼睛说"送儿去学堂读书"。秀英再怎么苦，也不想这三个儿子当了睁眼瞎，现世的文盲，辜负了亡夫所托。

采萍抽抽搭搭地告诉秀英，云青作为示众的贼娃子，被绑在桃树上。

秀英没顾得放下裤脚，朝着果园一通小跑。她跑到果园时，铁锤正在中气十足地骂罗汉。

"你还向老子讨水喝？今天你被晒死、渴死都应该，还敢要水，要你妈个脚！"

伴随铁锤痛骂的，是罗汉哼哼唧唧的哭声，却没听见云青的声音。云青看到母亲一高一低的裤腿，他的视线慢慢往上抬，到母亲脖子那儿，死活不肯上去了。云青忽然害怕视线与母亲交接，现在他宁愿再被铁锤暴晒三个钟头，也不愿直视母亲的眼睛。他拼命夹着两条腿，面部羞得通红，惧意如同尿意一般汹涌。母亲一直教育他们，要坐得端行得正，现在他到底做了些什么呢？他丢了母亲的脸，她会有多么伤心失望，又会给予他怎样的惩罚？

"铁锤……大哥。"徐秀英巴巴结结地向铁锤打了招呼。虽然秀英比铁锤大不了几岁，但按照村里的辈分，铁锤称呼永彬一声"叔"，那他就该喊秀英"婶"的。现在云青在人家手上，秀英暗中给铁锤升了一辈，铁锤倒挺受用，偏偏颈子翻个白眼，哼了一声当作应答。

秀英急忙赔不是："娃儿小，不懂事，冒犯了你，你莫跟他计较。"

铁锤冷笑一声，双臂抱在胸前："不是我说你，一个寡妇人家，要是不晓得咋个教娃儿，早点给他们找个后老汉嘛！"秀英满脸臊红，她不敢生气，只能装聋作哑，一个劲儿道歉："真的对不起，我一定好好管教娃儿，以后他再不敢偷桃了。"

"哦哟，说得好像你家云青得罪了我，我扭住他小辫子不放一样。你搞清楚，不是你儿惹着我，让我生气发火，我是替你的死鬼男人凌永彬不值，他在地底下躺着，这才闭了几年的眼啊，自己的儿子就不学好，长成这样的歪瓜裂枣。我跟你说，小时候偷根针，长大了就会偷金，到时抓起来蹲大牢、敲砂罐①，神仙都救不了！"

铁锤这话是对秀英也是对罗汉说的。罗汉哭哭闹闹这半天，铁锤很烦，怒火上来了，骂人话蓄了一池，关都关不住。秀英一听蹲大牢、敲砂罐，哪个当妈的听到这样的诅咒会善罢甘休？但她又有啥法子，自己儿子真的是不学好，当了小偷，就算被人家唾沫星子淹死，她也要直起腰杆，承受铁锤丢给她的全部责难。

"铁锤大哥，你大人有大量，别和小娃儿一般见识，他们不对，犯了大错，你高抬贵手，饶了不懂事的娃娃这一回吧。"秀英塌着腰，愁苦着脸继续哀求。

铁锤眼里闪烁出愤怒的光芒。不懂事，想干啥就干啥吗？就像那个莫名其妙的女人一样，不懂事就能冲陌生男人一笑二笑连三笑吗？花痴投胎的啊？一句"不懂事"，将人家一片真心当作驴肝肺，倒让老子变成了想吃天鹅肉的癞蛤蟆，实在是气人。

秀英哪里知道电光火石间，铁锤的心思已经转过了七拐八

① 四川方言，意为枪毙。

弯，更不知道铁锤今天惩罚偷桃小贼，是他已经窝了一肚子火。

铁锤冷笑一声："明白告诉你，你儿今天来当贼，就是破坏集体生产。咋的，想来就来想走就走？不得行！"

云青绞着双腿，额上渗出一层冷汗，嘴皮发白，见铁锤对母亲一番责骂，眼泪挂满了腮边。

儿子行为不端，秀英只能低三下四地说尽好话，苦苦哀求铁锤。她的额发汗湿，贴着脑门，准备继续弓腰哀求，偏偏段发财晃着身子走过来。秀英心里一阵发慌，原本一个铁锤，就让她难以对付了。

段发财非但不发财，家里穷得叮当响，种地偷懒，干活耍奸，干啥啥不行，耍嘴皮子倒是头一名。他比徐秀英小三岁，这么个年龄差，竟然成为他追求人家的说辞："老祖宗说了，女大三，抱金砖！"他在村道截过秀英好几次，没脸没皮地说什么"反正你死了男人，晚上连个暖被窝的人都没有，我不嫌弃你是寡妇，咱两家合一家，两床铺盖合一床"。徐秀英见到段发财就头疼，视之为天下第一号瘟神，他要再来掺和，那两个晒得流油的娃儿，啥时才领得走？

段发财的出现，歪打正着地帮了秀英的忙。听铁锤说什么"后老汉"，又什么"替凌永彬不值"，他心头就有了"危机意识"，心想这铁锤也三十好几的人了，一直没讨上婆娘，看他那满脸的"爆豆子"，油亮得吓人，说不定是对这寡妇起了啥心思。这可不行，哪能把秀英让给他……于是，段发财晃着肩膀，流里流气对铁锤说："你该不会是把两个碎娃儿扣在果园，等到天黑也不放，要徐秀英跟你一起留园子，你好找机会对人家下手啊？"

铁锤忽然恼怒起来，表达极度愤怒的举动，是动作幅度很大地去解绳索。云青被扯拉得发疼，龇牙咧嘴，但他忍着疼不

敢吭声。铁锤一边重重抽解麻绳，一边愤然说道："老子才没那
个闲工夫，管这些乱七八糟的鬼事情！"铁锤像驱赶瘟神一样，
将两个娃儿往秀英面前一推："爬，爬远些！"

秀英又是道歉又是道谢，一手拉着一个孩子，像得到赦免
的人一样捣着双脚，急急地转身离开。段发财在后面踮脚歪头
地喊："秀英，好久有空了，来我屋坐一下嘛。"

秀英充耳不闻，跑得更快。段发财恋恋不舍地收回目光，
对着铁锤嘿嘿两声："都当寡妇了，还这么害羞。"

铁锤不理段发财，拎了绳子走进小屋，将段发财晾在那儿。

三

云青冲着一片竹林尿尿。大水急促，冲刷出暴雨般的声响，
罗汉呆头呆脑地站在一边，只抖出几滴尿液。秀英在小路上等
他们，脸上平平的没有一丝表情。她将罗汉送到他家附近，特
意叮嘱他："喊你妈给你换条裤子。"

云青没有一双破烂布鞋可穿，也习惯了光脚行走。铁锤为
了惩罚他们，故意让他们站在一棵断枝和碎石较多的桃树前，
云青的脚板被尖利石子划伤，秀英拉着云青回家，他脚底疼痛，
但紧紧跟上母亲的步伐。

采萍见到云青回来，用眼神恳求母亲：既然云青都回来了，
就莫再责怪他了。秀英不看采萍，将云青带进门槛，转身关上
房门，将采萍拦在门外。

门里传来了秋风过林的声音，还有秀英混着哭腔的喊骂。
云白神色紧张，抱住了采萍的大腿。

一进房门，秀英就让云青跪下。家里孩子多，一会儿这个

惹事，一会儿那个闯祸，门后便是常年搁着的两根黄荆条子。

云青和云鸿不同。云鸿自从上了小学，三天两头和同学打架，同桌的家长常常领着儿子，闹嚷嚷地吵上门来，非要看到秀英用黄荆条抽打云鸿一顿，才会消气或者心满意足地离开。不过秀英打云鸿，除非真的气得眼冒星星，一般她是"雷声大，雨点小"，看起来阵仗吓人，真的落在身上的条子并不重。秀英也不明白，为啥她在面对云鸿时，总有些惯侍^①，对他有些莫名的优待。也许，就因为他是长子，是现在凌家能立起门户的那个男人吗？秀英打云鸿，他真该挨打的时候，当妈的大多是虚张声势。

云青很少出去惹是生非，几乎没人登门告状，算得上省心的娃儿，黄荆条子搁在他身上的机会不多。但今天他去当贼，被人绑在果园树上示众，这一捆一晒，全村都会传遍这个消息，身上贴个贼娃子的标签，以后的人生咋办？

秀英越想越气，心中疼怒交加，云青跪下，黄荆条子狠狠抽到他的肩上。云青感到肩膀仿佛着火一般，烧灼疼痛起来，他忍着不敢蹦跳，母亲手里的黄荆条子，让疼痛叠着疼痛，鞭痕压着鞭痕不断抽打。他从暴晒几小时后的渴热累乏中，努力积攒注意力，听着母亲带着哭腔的教训。

"你啥不去学，偏学偷桃子……以后，你再敢偷一次，莫喊我妈了，我没有一个当贼娃子的儿，我情愿没有生过你，白养了你！"

云青的脸上挂满了泪水，就是没有哭声。秀英终于打累了，手里捏着黄荆条子，两眼看向云青。云青看到母亲流泪的脸，

---

① 四川方言，意为溺爱。

母子俩泪眼相望。

"妈，你莫哭，我听话。"云青眼泪流成了河，母亲说不要他了，他从未听过比这更可怕的话。自己已经失去了父亲，倘若再失去母亲，他就是人世间的孤儿，不如一棵草，不如一粒砂。他的手背被抽打出了血痕，就用这不学好的手，去抱抱母亲的腿，心里如同倾倒了一锅沸汤，终于忍不住地发出了哭声。

妈，你打吧，只要你莫哭了，只要你莫说不要我了，就算今天把我打死，我也愿意。云青的哀号，都藏在心口，在肺腑间荡来荡去，他抱住母亲的腿，嘴里真正发出的，是动物受伤后的惨烈呼叫。就算是一只小兽，这般含血带泪地悲哭，母兽也会激起仁爱之心。秀英蓬乱着头发，瘫坐在地，湿漉漉的泪脸对着云青。

"从今天起，你赌个咒，发个誓。"

"妈，我咋说？"

"就说如果你再偷东西，就不是你爹凌永彬的儿，不是我徐秀英的儿！"

"妈，我听你的……"

徐秀英一把抱住抽抽噎噎说完誓言的云青。打在儿身，疼在娘心，秀英的痛楚，只有她心里知道。永彬是个正直的人，他活着时，对秀英说，自己不像周爷那么有文化，有见识，懂得的道理多，但他也晓得做人不能投机取巧，更不能行差踏错，即使你仅仅偷了集体一把麦，身上从此就背上贼名，怎么洗都洗不清了。想着永彬，秀英浑身发颤，她不能对不起死去的男人，他不在了，自己更该管教好孩子，帮永彬尽一份责任。

云青不知道母亲心中的沉重，他像是跋涉远路的人，受尽磨难，为的是这一秒，能被揽入怀，感受久违的温暖。平时家里那么多活路要干，母亲哪有时间来抱抱他？就算是最小的云白，现在也知道，别动不动就在妈面前昂起脑袋伸开两手，妈太忙了，大多数时候只能让采萍代劳。久而久之，云白习惯将采萍当成第二个妈，趴在大姐背上，大姐背着他去割猪草、洗衣服、捡柴火。睡觉时他也紧紧依偎着大姐，要躺在胳肢窝下温暖的地方，让大姐的手像被子覆在他身上，才肯乖乖睡去。

云白被屋里的抽打声和哭声吓得小脸苍白，采萍将他抱起，默默走向菜园。她从衣兜掏出桃子，递给云白，他大口咬着，第一次吃到这么甜美的果实，抬起小脸，冲采萍笑了。一块桃肉卡住云白的喉咙，他惊天动地咳起来，采萍赶紧拍打云白的脊背，让他趴在自己膝头，吐出了桃肉。云白快速捡起地上令他受卡的桃肉，胡乱抹掉尘灰，又将它塞进嘴里。

采萍不知所措地看着云白，饥饿让她疼爱的幺弟，变成了一头野蛮混沌的小兽。

火车向前疾驶，车窗外的田野和山庄，犹如一幅幅流动的油画，初秋的大地，迎来了收获的希望和喜悦。云青的思绪飘飘忽忽，他觉得这次的远行，让自己的过往，转身就成了一份记忆，曾经的期盼，已经变成了秋天的收获。

　　云青对面坐着一对母子。那个六七岁的小孩好奇地打量云青，发现云青视线转过来时，他也扭转方向，频繁地要求他的母亲。

　　"妈，我要吃苹果。"可他只啃了两口就还给母亲。

　　"妈，我要喝水。"可他嫌弃火车上的开水有股怪味，闻了闻就推开了水杯。

　　"妈，我要吃饼干。"可他吃了半块就不想再吃，抱怨不是夹心巧克力的那种。

　　小孩母亲终于忍不住，冲她的小祖宗发了火："已经快要读小学的人了，还搞这么多过场，羞人不羞人！"

　　云青的目光移向窗外，车道两旁一排排挺立的电线杆，像过往的时光，密密麻麻，纷至沓来。那一年，他也是这个小孩的年龄，走进了村小的学堂……

第六章

一

云青上小学的书包，是秀英用尿素袋子缝制的，结实倒也结实，不过右下方印有一个大大的"尿"字。云鸿指给云青，哈哈直乐："你明天就背这个书包去上学，同学都要问你是不是夜夜尿床，连书包都有'尿'字。"

"莫说这种话。"采芹从地里回来，两条细瘦的腿裹着泥浆，扬着脸劝说云鸿。这倒是她少见的勇敢了，云鸿虽只比采芹大一岁，但他个子高力气大，采芹平日总是怕他。他动不动就骂采芹是"没出息的苕女娃儿"，今天为了云青的书包，她竟然和他叫板。

采芹抓过书包，进屋趴在针线笸箩上一通翻找。秀英指教采萍缝补衣服时，采芹曾经倚在旁边偷师，她觉得使用针线不难，可真的要在书包上绣一朵花，遮挡住那个"尿"字，比想象中艰难很多。采芹手指捏着的，仿佛不是一根小小的针，而是重达千钧的金箍棒。她笨拙而认真地一针接一针绣着花朵，额头渗出一层细密的汗珠。

云青走过来，采芹眼角都没抬，但像老人一般叹口长气："云青，你要多认两个字，认好多好多字，别看二哥现在得意，你以后认的字比他多，让他再也不敢笑话你。"

采芹不时将指头放进嘴里吮吸一下，她又被不听使唤的细针扎出血珠了。外人和家里人都嫌采芹不够聪明，只有云青从小和她要好，晓得三姐嘴上不说，心里也有她的一份盼望和念想："三姐，等我认的字多了，也教你。"

采芹的指头又被针扎了，她含在唇间，一股淡淡的血的咸涩，在口腔化开，她表情复杂地对云青笑了。秀英不认字，采萍不认字，观龙村的女人们，认字不认字，反正都这样过日子。小时候在家干活，长大了嫁人生孩子，还是干活，田间地头，灶前锅边，只要将农活干好了就行，哪个管你肚里装的是草料还是墨水。采芹也晓得自己不该有这种妄想，她一个女娃，哪里配读书呢？既然她这辈子都进不了学堂，能让弟弟云青上学，也是好的。采芹轻声说道："只要你好好念书，懂的道理多了，比啥都强。"

云青走进学校的这一年，也是国家恢复高考的第二年。之前城里也好，乡下也罢，人们对于知识的态度都挺粗疏，抱着无所谓的态度。观龙村小学校舍破败，分来的老师待不了多久，回去了就再也不来了。有的走之前还对学生嘀咕："你们读书有啥意思？我就算拼命教，也不过是把小农民教成大农民。"

云青的幸运，是他在跨进学校时，"读书无用论"的说法，已像乌云一般悄悄消散。附近几个村落的下放知青，去年就有三个靠着自己本事考上了大学，这让人们热烈议论了很久。因为在之前，这是完全不可想象的，这三个年轻人，"家庭背景"都不算太好，其中有一个，小叔叔被抓壮丁，当了国民党，一家人都受拖累成了"敌特家属"，好几年时间抬不起头来。云青并不知道国家正在发生着天翻地覆的改变，之前藐视知识，看不起读书的声音，不再那么"主流"；以前被人讥笑为"臭老九"的"知识分子"，已经悄悄挺直了腰杆。

云青背着采芹绣了红花的尿素口袋书包，高高兴兴地走进了小学校园。

小学校长姓赵，是个四十多岁的女老师。赵校长有两个下巴，在当时农村，放眼望去都是黄皮寡瘦的人，很难见到一个这么富态的女性，于是大伙儿都觉得她是个美人。赵校长笑纳了"美女"称号，给新生训话时，两个下巴高高扬着，尾音也往上翘，老让学生联想到早起打鸣的公鸡。

云青觉得，上数学课的班主任韩老师亲切和善。韩老师家里有三个孩子，幺女韩细君和云青同年入学，就在同一个班上。韩细君不太像乡下女孩，穿得干净整洁，两条小辫儿梳得顺溜规整，辫梢还绑着两个绸蝴蝶结，就这两截鲜亮亮的绸子布，已经把整个班级的女孩比了下去。上学第一天，大家就心照不宣地公认，韩细君是班上独一无二的"公主"。

云青从周爷教会写自己名字那天起，他就日日渴盼着走进学堂。有时他会偷偷去翻云鸿的课本，云鸿一把抢过去，拍着封皮冷嘲热讽："你一个字都看不懂，翻我书做啥子？"云青就会窘得脸色通红。

云鸿大了四岁，多吃四年饭，多上四年学，当然是家里最有学问的一个。他和兄弟姊妹相争，一旦搬出"知识"这个法宝，大家都哑了口，集体看他表演。云鸿得意扬扬："学堂的老师都这样教的，你们又懂不起！"

云青总算能当学娃儿了，他相信有一天，二哥会识的字，他也认识，二哥会加减乘除，他到时也会，还能像二哥那样，坐在煤油灯前，十根指头翻舞，将借来的一把旧算盘，打得噼里啪啦发响。

凌云青和钱金宝同桌。钱金宝和云青同村不同队，以前见过两次，并不晓得对方名字，既然老师让他们共用一张课桌，云青便朝金宝点头示意，算是打个招呼。钱金宝不屑地拧着下巴，从鼻孔里哼了一声，忽然像是发现新大陆，指着云青书包，笑得身上的肉一颤一颤的。

"你是男娃儿还是妹娃儿哦？"钱金宝上气不接下气地嘎嘎笑，"只有妹娃儿才那么妖精妖怪，在书包上绣个花朵朵！"

云青脸红红地将书包翻了个面，让采芹千辛万苦绣上的一朵歪歪扭扭的小红花贴着膝盖，一言不发。钱金宝觉得，一个拿着尿素袋子当书包的娃儿，有啥高傲的，还敢端起脸来不理人了？他就不信这个邪。

钱家在生儿子前，接连生了五个闺女，人称"五朵金花"。钱父在粮站当验收员，是响当当的铁饭碗。每年交公粮，农民为了自家辛苦种出的粮食能顺利过检，少不得会奉上"好处"，钱父犹如土地菩萨，坐收"孝敬"。别人说到他家的娃多，钱父倒也大大方方，话说得昂扬敞亮："老子有本事，生得起，养得活，咋个都要再生个带把的！"到了第六个，真生下一个传宗接代的大宝贝，钱父高兴得乐歪了嘴巴。

钱金宝在家有父母和五个姐姐疼爱，到了学校，他也有"万人之上"的派头。哪晓得凌云青不识趣，笑话他背女生书包而已嘛，竟然冷着脸转头不理人，这不是故意给我钱金宝难堪吗？钱金宝在家耍横习惯了，他不认这个黄 ①。

云青就读的"观龙小学"，以前叫"观龙庙"，屋顶较高，天花板上绘着一些图案。不过孩子们都不太敢抬头观看，村民中流传着一些骇人的传言，说是那些画看久了会吸人魂魄。钱金宝不管教室之前是什么"宝殿"，供奉的又是哪尊菩萨，他看云青不顺眼了，便想着哪天要给他一个下马威，让他晓得，和

_____

① 四川方言，意为不买账，不给脸面。

自己做同桌，是他凌云青的福气。钱金宝盘算着怎么对付云青的事，不时向上翻个白眼，天花板上斑驳残旧的画和那些线条像水一般流动。

乡村小学的同桌，是真正意义上的"同桌"，不仅两人共用一张坑坑洼洼的木头桌子，还共坐一条长板凳。钱金宝拿出尺子和小刀，趾高气扬地对云青说："我们今天要划个'三八线'，以后各人有一方领土，过界了要挨打。"云青指了指他们的旧木桌，在正中间，以前使用课桌的"学长"端端正正刻了一条竖线，这不已经有天然的"界线"了吗？钱金宝下巴一抬，傲慢地将尺子欺过去，只给云青留下三分之一的桌面，指头在那儿一点一顿地说："这儿才是我们新的界线。"

"凭啥？"云青心生不满，忽然立身站起。他忘记了两人共坐一条长凳，突兀起身，钱金宝毫无思想准备，一屁股坐在了地上。这一记摔得结实，钱金宝感觉尾巴骨传来一波一波的疼痛，摸着屁股，伤伤心心地哭了起来，鼻涕和眼泪一起流下，口齿不清地发狠嚷叫："凌云青，你打我！"

放学铃已响，云青将课本和铅笔头小心放进书包，他让三姐绣的小红花光明正大地朝外舒展，不在乎同学是否嘲笑。云青摇摇脑袋："我可没打你，我拉你起来嘛。"钱金宝气哼哼地打开云青伸来的手，云青便不再理他，径直走往校门。钱金宝不敢相信自己真的这样被丢下，对方竟敢扬长而去，他对着云青背影吼出两声："给我等到起，凌云青！"

二

秀英正在灶房烧火，准备煮晚饭。家里一天吃两顿，早晚都是酸菜红苕，或者红苕酸菜稀饭。酸菜是自家菜园子种的青菜，摘一大盆，撒一点毛毛盐腌着，等到酸水出来，挤掉酸水，在太阳下暴晒翻晾，晒干后的干酸菜，可以吃上很久不会坏掉。云青从小吃惯了酸菜红苕，秀英过日子俭省，红苕连皮都不去，切了滚刀块，丢到锅里和切细的干酸菜一起煮成稀饭。说是稀饭，不逢年节，锅里没有一粒米，天天吃这样的饭食，胃里时常瘆肠寡肚。云青也明白，能吃上这两顿饭算是不错了，去年春荒，他们家连烂红苕都断了顿，眼看要饿死人，周爷背了大半背篓红苕过来，续上了一家六口的生活。

秀英切洗酸菜，云青腮帮子不由自主地冒出酸水。他上前喊了声"妈"，秀英"嗯"一声，一绺头发掉下来，她抬起右边膀子蹭了下额头，想把头发压到脑后。就在秀英抬手放手之间，七岁的云青忽然发现，母亲是漂亮的。他以前并未发现这一点，对孩子而言，母亲就是母亲，是带他们来到世上的人，是供给他们吃穿，在田里灶前无怨无悔劳作的长辈，生病时不眠不休地照顾他们，做错事了抓着黄荆条子教训他们。七岁之前，云青竟不知母亲也是"女人"，既是女人，便有美丑之分。要他说，母亲比小学的赵校长还要漂亮。

平生第一次以一个小小男子的眼光看待母亲，云青站在那儿，傻乎乎地发愣。秀英不晓得儿子在想什么，但他站着老半天不挪窝，感觉有些怪里怪气，便指派他干活："今天咋像木头一样？快去圈屋墙角，扯点茅草过来烧火。"云青没有动弹，这个小小的"凌家男人"竟冲口而出："妈，以后我长大了，好好孝顺你，不得让你饿肚子。"

秀英转过脸，深深看了云青一眼。她的儿子，是真的长大了吧？说出的话比他哥还要懂事，又酸又涩的暖流，润过秀英心底。她眨巴两下眼睛,声音粗粗地吩咐:"那还不快点去扯草?"

云青离开灶房,秀英用手背划拉了一下眼睛。以为当年永彬不在了,再多的眼泪都流干了,即使如同嘉陵江般滔滔不绝,也经不起这日流夜淌吧?可哪有泪干思尽的事?只要她活着一天,肩上的重担就卸不下来,心头的眼泪就无穷无尽。即便这样,她也坚持着将每一天过下去,就算顿顿酸菜红苕,也让孩子们填饱肚子,不致饿死。

日子一天天过下去,孩子们像土里的青苗,一点点长高,胃口像小牛犊一样好,光是操心饭锅里的吃食就让人头疼。有时累乏到了极点,秀英恨不能像那些横竖不吝的男人,摊开四肢往田埂上一躺,望着蓝天白云,啥都不想,啥都不说,就像刚来人世间一样,毫无负担与拖累。可她从没做过一次这等"出格"的事,就像她从未有过自己"走一步",甩掉身后五个"包袱"的自私想法。她是孩子们的妈,将他们一个个带到世间,吃苦受罪也好,享福安逸也罢,秀英甘愿了孩子们做任何事,担任何责。

她是当妈的,这担子挑起来,就是一辈子的事。

云青蹲在墙角抱起一捆茅草,风吹过来,飞扬的灰尘迷了眼。他想起母亲蹭理头发的样子,心像被风鼓满,有了温柔的胀痛。他记住了自己的承诺,尽管这承诺还如此懵懂,也缺乏具体规划:今后,一定要让妈少操心,长大了孝顺她,让她不再饿肚子。

农民在土地上累弯了腰,为啥还会常常受饥寒之苦?这个问题太宏大,超出了云青的思考范围。

十一届三中全会的召开,带来了一阵阵拨人心弦的春风。过往就像一潭死水的观龙村,如今泛起了微微涟漪,人们有些紧张,也有些迷惑,不知道到底会有怎样的变化。农民靠种地吃饭，亲近土地是最大的真理，解放后这些年，先是土改，又是人民公社，土地先分后合，现在还要怎么改呢？众人心里有期待，不敢说出来，担心舌头招了忌，惹来麻烦。人们最终等来了政策，观龙村被设为阆南县的试点村，也搞土地下放。大家心里晕乎乎的，用小手指头挖耳朵，挖了左耳挖右耳，面面相觑，彼此探问，确定没听错：土地又要分到各家各户手里了。

队上分土地，包产到户，队长开了几次会。人们闹闹嚷嚷，各自都想占好地，这种节骨眼上，谁肯让谁？于是有人唾沫横飞，有人指手画脚，还没正式分地，已经因为"意见不合"，吵得跟乌眼鸡似的。队长气得拍了桌子，气鼓鼓地吼道："争，争个球！大家来抓阄，好地孬地，全凭运气！"

陈金柱和徐秀英其中的两处地，因为两个小阄儿，成了相邻的两个地块。队长亲手"下锄"，栽了一块"界石"，就像楚河汉界，分开了两家的土地使用权。担当"界石"的，是一个不会反抗不会发声的石头。分了土地没多久，秀英去地里一看，界石像长了脚移了位，陈金柱占去她家至少一米宽。原本耕种土地就稀缺，少了这一米，意味着要少收几十斤粮食，家里六张嘴巴，粮食年年不够吃。秀英默不作声，她为难地想了又想，终究舍不得这块土地被人大咧咧地占去。但她也没咋呼，将界石又搬回原来位置的泥凹里。

秀英重新归置好界石，埋头锄完地，带着满腹心事，回家做好了饭，等着孩子们回家。

云白看到碗里盛装的仍旧是红苕酸菜稀饭，立即拖长了哭腔："妈骗人！说给我搅红苕凉粉吃的。"秀英有些疲惫，但充满愧意地说："哪有时间嘛。"云白还想纠缠，云鸿狠狠拍了一下桌子，吓唬五弟："屁话咋那么多？再不吃，就把你丢出去！"

云白吓得脖子一缩，两眼溢出圆滚滚的泪珠。

采萍瞪她二弟一眼，牵着云白的手，哄他到院子里吃饭。采芹跟着大姐和云白溜出去，桌前坐着秀英、云鸿和云青。

云鸿刚刚行使了一下长兄的权力，止住了云白的胡搅蛮缠。他意犹未尽，转头看了云青一眼："你读书有一段时间了，没遇到啥事吗？"

云青纳闷地回望他二哥一眼。云鸿不太满意老四这种态度，怎么，是敷衍了事，不相信他这当哥的做得了主？云鸿口气很大地说："有啥事跟我讲，我明年就要到镇上读初中了，现在还能照顾你一年。"云青努力地将一块红苕吞下，秀英煮饭，瓜菜能不去皮的一律不去皮，煮熟的红苕，怎么吃都有一股泥土的味道。他伸长脖子往下咽，忽然想到一屁股坐在地上的钱金宝，新崭崭的涤卡裤子，摔得全是灰，哭哭唧唧，拉他还不起。云青偷偷笑起来。

云鸿问他到底笑什么，是不是二哥说的话，他当放屁一般？云青想了想，对云鸿说了自己同桌强划分界线，害得自己摔个屁股蹲儿的事。

云鸿听得哈哈大笑，秀英端碗的手却微微一抖。怎么这么巧呢？家里的地，被陈金柱、刘翠芳两口子占去一块，云青的课桌，也要被同桌强占？这世上咋有这么多不讲理的人？他们偏要来定界石的规矩，人家说的都不作数，只有他们的规矩才叫规矩，视而不见公平是啥意思。

云鸿不知道母亲的心思，对四弟大包大揽："明天要是你同桌找你麻烦，我帮你出头。"

秀英眼神复杂地看了看昂着脑袋的老二，轻声吼道："你们两个给我老老实实读书。"

三

云青和同桌交涉有没有麻烦，秀英无暇顾及。第二天早上，她可遇到了麻烦。

向她发难的是妯娌刘翠芳。刘翠芳将脚下的界石踢得歪到一边。她一蹦三跳："好你个不要脸的徐秀英，凭啥子移动我们的界石？为啥要霸占我家的地？你喊这界石一声，看它答不答应？你喊嘛，喊嘛。你一个寡妇，规规矩矩过你的日子，咋个这么占强？"

换了是从前，秀英不太敢和刘翠芳说这界石"长脚"的事。倒退两年，陈金柱是队上记分员，谁的工分高，谁的工分低，哪里只是单纯的数字呢？那是年底全家的口粮啊，关系全家人的生死存亡，若是少了那么几斤苞谷，几斤麦子，说不定到了冬天就要活活饿死一个人。现在包产到户，土地分给各家各户，阆南县自古地少人多，观龙村更是如此，能耕种的田地金贵得很，多一溜儿地，多下一把种，到了冬天就能多攒点粮食。家里五个孩子，要糊住嘴巴，这点地就是她养大孩子的唯一指靠，让不得啊。

为了孩子们能稍微吃点饱饭，秀英今天到了地头，先未干活，而是鼓起勇气，和扛着锄头准备锄地的妯娌讲了界石的事。刘翠芳却像被马蜂蜇中，跳腾得老高，眼睛充血发红，骂嚷到后面，激动得一把鼻涕一把泪地哭起来。

"别以为你死了男人，我就该让着你？我都忍你这个寡母子[①]

---

① 四川方言，意为寡妇。

好多年了。以前你的死鬼男人，老是欺着我们家金柱一头，啥好处都被你们凌家吃干占尽，现在你也不是省油的灯，要跑来霸占我们的地。莫以为你装出可怜巴巴的样子，大家就要同情你，我刘翠芳一辈子认理不认亲！"

刘翠芳在地里和秀英大吵大闹，随秀英下地干活的采萍，明白她们母女绑在一起，也不如刘翠芳利索巧辩，能将白的说成黑的，将好的说成歹的。情急之下，采萍搁了土筐，拔腿就上田埂，她想要去搬救兵。

采萍原本是想请上官云萼主持公道，上官却不知托着她的小茶壶，又到哪里逍遥去了。她见周爷在自家地里除草，急切地大喊："周爷，周爷！"少女尖利的嗓音，不仅喊答应了周爷，路过的小木匠也听到了。小木匠今天不是到观龙村干活，是跟着师傅到明月村去，路过这里听到采萍的声音，下意识地驻足，向采萍的方向张望。师傅弯腿在他屁股上不轻不重地踢了一脚："快走嘛，啥都好奇，瞎耽搁功夫。"

师傅边走边在肚里发笑，看徒弟刚刚急白了脸蛋的失神样儿，要说他和那尖声尖气的女娃子不认识，骗得了鬼神，哄不住师傅。时间过得真快，当时不比一只小猫大的小木匠，转眼都有自己的小秘密了，自己咋个不老嘛。

小木匠心事沉沉的，他并不知道采萍发生了什么事，但她语调中的紧张急促，让他肝胆都跟着一颤一颤的，真希望自己能扭头奔向采萍，成为她有力的后援。无奈任务在身，不敢违抗师傅，还得赶往明月村。

采萍着急地冲着周爷说了一通原委。周爷顾不上穿鞋，锄头一扔，跟着采萍来到她家的地垄前。

刘翠芳已经将战斗升级。论吵架，在观龙村她不说第一，也至少能上"前三甲"榜单。徐秀英是个笨嘴拙舌的人，打出娘胎，从未和谁吵过骂过，她原先硬着头皮讲道理，刘翠芳啥都不听，一口咬定秀英强占她家的地块，又拍着胸脯保证自己没有做过界石的手脚，都是秀英无中生有，寻衅惹事。她越吵骂，越将自己说的话当成真理，索性跳过界石，抓住秀英头发，谩骂变成了扭打。

秀英头皮吃痛，"啊啊"呼叫。采萍跑回来，看到母亲被大妈扯住了头发，顿时热泪盈眶。她冲过去拉出母亲，刘翠芳眼疾手快，腾出一只手，又抓住了采萍的辫子，扯得采萍脑袋猛然往后一仰，差点摔倒在地。母女俩的头发如同把柄一般，被刘翠芳牢牢捏在手里，踉踉跄跄，无力反抗。

"住手！"周爷大声喝道。

不少村民跑来看热闹，他们嘻嘻哈哈看着三个女人拉拉扯扯如何"解交"。在农村，男人间打架，当官的来了还管用，婆娘们的抓扯才最要命，女人气上心头，打得猛了，抓脱对方一大绺头发，连着血淋淋的头皮扯下，或是直接伸出白牙，也不管伸到嘴跟前的是脸蛋还是屁股蛋，重重咬下一口再说。村里的干部们，最虚火 ① 的就是拉女人的架。

周爷不虚这些，他的一声"住手"，刘翠芳却像是听到了"加油"声，越发得意地猛扯秀英母女头发，脸上是一派咬牙切齿的狰狞神色。周爷不再废话，一瘸一拐地跳下田埂，快步走到三个女人面前，拧住刘翠芳的手腕，狠狠往后一别。刘翠芳杀猪般地"哎哟"叫唤着，作势往地上卧倒，大叫："打死人了！"周爷看也不看她，吩咐一脸是泪的采萍："把你妈扶起来。"

---

① 四川言，意为怕。

　　周爷斩钉截铁地提出了解决办法："你们都莫闹了，让队长带上量尺来，重新确定界石。"

　　刘翠芳刚刚跳得那么高，闹得那么凶，这下哑了火，收了骂声。

　　队长的肩膀常年披着一件蓝黑色的中山装，也不正经穿它，就当斗篷披在肩上。披久了，倒成为一种身份的"象征"，一种领导的"派头"。远远看到一件中山装晃呀晃的，村民就会默契地分开到两边，给队长让出一条路来。有周爷和队长主持公道，重新量了两家田地，队长亲手揳进界石，刘翠芳再怎么耍横，也无济于事，反而惹得看热闹的村民一番指指戳戳的嘲笑讥讽。

　　"这个刘翠芳，占人家孤儿寡母的便宜咋子嘛！"

　　"肯定是陈金柱的主意，他以前当记分员，常常占我们的好处，上头有一年拨了救济粮，他竟然同几个干部私分了，咱们一颗豆子都没落到。"

　　"啊，还有这种事？"

　　"嗨，这种事多了，你看陈金柱家的人，哪个不是喂得像头肥猪？"

　　"陈金柱也不想想，若是没有凌永彬的爹收留，他这条命八百年前就报销了……"

　　陈金柱阴沉着脸走过来，议论的人赶紧收了声。看他那模样，像是要杀人一般，他倒没有找别的人算账，直接揪住他老婆的衣领子，向上一提，高吼一声："看你干的他娘的好事！"

　　刘翠芳被勒得面色通红，两眼是泪，跟着陈金柱，身不由己跌跌撞撞地回家。秀英张开两只手，想要去拉或去劝一句。采萍抱住母亲，辫子被扯得乱糟糟的，脸上眼泪还没干："妈，莫去管大伯家的闲事。"秀英小声嘀咕："是个误会呀，你大伯要是打了大妈咋个办？"

"她活该！"采萍狠狠地吐出一句话。她心里为母亲不值，善良反而成为她的软肋，任人欺辱压榨，难道母亲从没想过去反抗去报复吗？

四

云鸿喜欢在学校打架生事，这几年徐秀英已经习惯帮他"擦桌桃子"——解决问题了。但这次不一样，押解云鸿回来的是赵校长，后面又跟着低头耷脑的云青，身上背着他哥和自己的书包。

赵校长身体较胖，走了几十分钟山路，累得直喘大气。秀英赶紧搬来凳子请她坐下，又去塞柴草烧开水，赵校长拉住她："我来就是和你说一声，云青惹了祸。"

秀英脑袋"嗡"的一声，眼神在两个儿子脸上来回切换。她还没搞明白，为啥云青惹了祸，赵校长又押送了云鸿回来。赵校长喘匀粗气，三两句言说倒也让秀英明白过来——还是之前云青说的"界线"惹了祸。

钱金宝向来跋扈，哪里晓得会遇到一个不肯服软的凌云青，根本不把他划的界线当回事，还让自己摔在地上。钱金宝越想越怄气，他找到自己念高年级的堂哥来收拾云青，准备给云青一点颜色。可巧的是云鸿心里也惦记着要给钱金宝一点好看，两个哥撞上了，乌眼鸡似的打起来。

云青去拉没拉开，云鸿急眼了连他都打。正是气势如虹打兴正浓的时候，先来一个扫堂腿铲倒了钱堂哥，几拳下去，对方夺路而逃。云鸿还未尽兴，再转身过来，将钱金宝骑在身下，揍了个鼻血长流。

云鸿一人打两个，看起来很英雄，闯下的祸端却不小。赵校长说了钱金宝老爹名字，秀英变了脸色。她认得那个"钱同志"，每年去粮站交公粮，就数这个"钱同志"脾气最不好，他拿一支长长的铁钎子，眉头紧锁地戳进粮袋，向外抽取几粒小麦、玉米或谷子来，一会儿黑着脸说"不够干燥"，一会儿又说"杂质太多"。他的话，比圣旨还威严，能让农民一张巴巴结结的脸，立马变得伤心至极欲哭无泪。农民交一次公粮，路远耗时，连背带扛地到了粮站，排成长队等待半天。若是检验不通过，又要花不少时间回去晾晒或除杂，再受一次苦，再遭一回罪。

云鸿竟然打了钱同志的儿，这还了得？秀英一时不知如何是好。赵校长软了心肠，她是女人，也是当妈的人，晓得秀英一个寡妇，带五个儿女，光是糊弄一家子的嘴巴就够吃力了，管教不周，有所疏漏，算不上大错。但千错万错，就错在云鸿云青两兄弟，竟然不知天高地厚，得罪了钱同志的儿，谁不晓得钱同志这把岁数，才得了这么个宝贝疙瘩，平时把儿子看得比命还重，如今被凌家哥俩打得血泪横流，这可咋办？

赵校长见秀英焦急茫然，失了主意决断，点明了自己的来意："我今天来，也是想把这件事处理妥当，莫伤了大家的和气，我陪你一起，去趟钱同志的家，赔个不是吧。"

赵校长能这么热心相助，秀英的泪珠在眼眶打转。赵校长也有她的打算，家里有田地要种，每年都要交公粮，若是此事处理不好，得罪了钱同志，到时多折腾几次，老不给公粮票据上盖个戳戳，害得她家人跑几个空趟子，谁也吃不消。

钱金宝在学校里蒙受了委屈，家里乱成了一团。他的鼻血早就止住，不过衣襟上脏兮兮的一片污迹，看起来像是受了多大的伤，挂了多大的彩。他和挨捧的堂哥一路回来，攥着拳头赌咒发誓，说要报仇雪恨。钱母见了，惊呼一声："儿啊，你这是咋个了？"钱金宝立马入了戏，配合他老妈的一惊一乍，作势捶胸顿足号啕大哭起来。

钱金宝这一哭，五个姐姐急得团团转，递毛巾的递毛巾，喂冰糖的喂冰糖，找药棉的找药棉，紧张得像是战地医院，要火速抢救受伤英雄的性命。赵校长敲了两次门，才有人搭理他们。

钱父是农民兄弟佩服的"钱同志"，儿子和同学打架这种小事，按理说他不该掺和，但被打的是普通人吗？那是他视为命根的金宝啊！于是钱同志也不避嫌，端坐在堂屋，两腿叉开，腰板打直。他的老婆和五个女儿，左右三个，呈扇形站在两边，从气势上看，像是皇帝早朝，列了一排宫女，而坐在他旁边的，是哭哭啼啼的太子爷钱金宝。

钱同志是公家人，堂屋布置得比普通农家上档次。"宫女"后面，是一个长长的案桌，左边是一只红玻璃花瓶，右边放着一只花花绿绿的暖水瓶。花瓶里并未插花，而是插着一个鸡毛掸子。

"我儿的鼻子都被打破了，也不晓得有没有后遗症，你说咋个办？"钱同志终于吐出一句话，问询赵校长。

"这个……"赵校长心里也没了底。她内心腹诽，屁哦，娃儿家打架好大个事嘛？还有后遗症，莫非冬天淌清鼻涕都要找人家算账？眼下我都带着家长登门道歉了，你还吹胡子瞪眼睛，做出这种不依不饶的样子来。若不是看在你要验我们公粮的份上，我才不愿搭理你这号人！

赵校长自然不敢将心头的话说出来，只能将假笑的脸转向秀英，压住烦躁轻声道："你说呢，云青妈？"

"赔，我们赔娃儿的医药费。"秀英一只手掐着裤缝，怕自己抖得厉害，赶紧表明了认错态度。

钱同志为了彰显自己尊师重道，是个讲理的人，让其中一朵金花搬了凳子请赵校长坐下。秀英的儿子打了人，她就是"万恶的罪犯母亲"，罚她站算是轻的了，没有让座的待遇。

秀英身子微微前倾，嘴唇哆嗦。她害怕钱同志狮子大张口，医药费定得高高的，其实现在的家里，耗子都不做窝，哪还拿得出来钱呢？

"不要你赔钱！"钱金宝一声吆喝。

钱同志转头看他的宝贝儿子。钱金宝心头的怒火，岂是一点"医药费"能消解的，他倒简单，三下五除二替他爸妈做了主。钱金宝年龄虽小，在家里说话是有分量的，钱同志马上点头称许，又继续亲切地问儿子："乖儿，那你到底想要咋办呢？"

"他们打我，那就要打他一顿，还回来！"钱金宝的眼睛狠狠地瞪向凌云青。别说徐秀英，连赵校长都有点发蒙，打他们的是云鸿，钱金宝怎么一心一意恨上云青了？但钱金宝认为，他和云青是同龄人，云鸿比他们高几个年级，自己不是"高年级"的对手，眼下若抢了风头，日后说不定结下梁子，吃更大的亏。再说了，在钱金宝心里，从始至终，他讨厌的目标都很明确，就是自己的同桌凌云青，一切祸端都是云青惹出来的，冤有头债有主，他是让自己不顺心的根源，不打他打哪个呢？

儿子掷地有声拿了主意，钱同志一言不发，但两眼露出赞许的光。他身边的六个女人，都将眼睛转向秀英，其中一朵金花，赶紧从花瓶里取下了鸡毛掸子，冷着脸塞到秀英手上。

赵校长有些看不下去，但钱同志又是万万不能得罪的，只好慢吞吞地起身，抱着大事化小、小事化了的想法，小声对云青说:"你快跟钱金宝说声对不起,诚诚恳恳道个歉,以后大家还是好朋友。"

"我不道歉,我没有错。"

凌云鸿已经忍了很久,他被赵校长押来押去时就想发火,看在母亲的份上,一直强忍怒气。哟,现在看来,这个胖胖的赵校长,果真和钱金宝是一伙的,凭啥让他弟弟道歉?云青哪点做错事了?

凌云鸿决定将弟弟保护到底。他跨前半步,捏紧拳头,还未想出一句有力的话来声援云青,秀英已经倒捏鸡毛掸子,"啪"的一声,木棍子狠狠抽到了云青身上。打了第一下,仿佛顺手多了,秀英并不说话,鸡毛掸子狠狠地抽打这个死不低头的孽种。

云鸿被母亲突然的怒打搞懵了,一时不知去拉还是去劝。挨打的云青一声不吭,他咬着牙默默承受这突如其来的暴风骤雨。今天就算被母亲打死,他发誓绝不在钱家哭出一声。

没有人阻拦秀英对云青的抽打。赵校长不敢再看,肚里搜罗出一百句骂人的话,讨伐钱金宝一家人。她觉得他们缺少人性的怜悯,逼着云青妈当众痛打儿子,就为了给钱金宝出气?

"我为什么要挨打?"云青将注意力集中在这个问题上,正因为找不到答案,才让他更加聚精会神,无形之中,转移了肉体的疼痛,却无法转移他的羞耻——所有人都是看客,看他的手臂后背,如何隆起一道道触目惊心的红痕。

"啪嗒"一声,鸡毛掸子的柄棍折断了。秀英硬生生地打断了刑具,这场惩罚才告结束。钱金宝站起来,像是看完一出好戏,心满意足地擦了擦鼻子:"好了,你们走吧。"

回家的路上,凌云鸿一脚踢向路边的一棵桑树,桑树枝叶乱颤。秀英喝了一句"云鸿",他便怒哼一声,使劲一跺脚,转向另一条小路，瞬间跑得不见了人影。秀英对赵校长挤出苦笑，赵校长心烦意乱，胃里像有一把火在熊熊燃烧，沉着脸摆摆手，在下一个岔路口和凌家母子分道离开。

云青默默地跟着母亲，母子俩将长长的山路，走成了一部无声的电影。

云青夜里浑身疼痛，无法安心睡觉，他悄悄起床，摸着墙根坐上院子的街沿。院子里黑黢黢的，晚风撩拨又抚慰了他的痛。一只带有泥巴味、柔软而熟悉的手抚过他的脸庞，云青才知道自己哭了。

"三姐。"云青瓮声瓮气地叫了一声，吸溜了一下鼻子。

采芹挨着云青坐下，带着哭腔问他："妈打你，咋都不服个软呢？"

云青感到好受多了，在黑暗中坐了好一会儿，他的双眼已适应了黑暗。头顶星光微弱，不比采芹眼里的泪光闪亮。云青迎着三姐的泪眼，委屈地说："不是我的错，三姐，我没有欺负钱金宝。"

"我晓得，所以才说你是瓜娃儿。"

第七章

一

正午的太阳暖暖地晒着，采萍在村口的槐树下，让云白将脑袋靠在石桌旁，用篦子给他篦虱子。家里人人都长虱子，观龙村里没有哪个不长虱子，像云白这种嫩娃儿，更容易被虱子欺负。采萍眯眼一看，篦子上密密麻麻白白亮亮的一层都是虱子下的蛋，怪不得云白这么痒。他的头皮成了虱子的安乐窝和游乐场，它们在上面安营扎寨，生儿育女，繁衍种族，喝的是云白的血，让一个小孩儿痒得常常将头皮挠破，弄出头破血流的恐怖效果。

"这样捉虱子，断不了根。"上官云莩端着茶壶走过来，建议采萍试试"敌敌畏"，兑水稀释洗头洗澡，更能除虱子灭跳蚤。采萍也晓得这种农药有效，但家里哪有钱去买？她感谢了上官婶儿的好意。上官云莩后知后觉，也明白采萍欲言又止的背后是没这个闲钱，索性大大方方地说："下次老周去城里置办东西，叫他给你们捎点回来。"

上官这两年不像当初那么畏惧城市了，周爷偶尔回城见个朋友，采买点货品，甚至留宿故友家喝个小酒，她也不拦着。但她也不跟着去，在她心里，那是一座早已死去的城，而她是城里早已亡故的孤魂野鬼。既然已经尸骨无存，她不愿再踏入伤心地，再去凭吊自己。

上官和采萍闲话了两句，向着野棉花山下自己的土坯房走去。人真是奇怪，不管怎样的环境，住久了都会当成是自己的窝。想当初在城里，她是随老周住的"专家楼"，红砖房屋，实木地板，每家都有独立的卫生间，还按照专家待遇，安装了抽水马桶，线绳一拉，哗啦啦水响，一年四季，厕所没有臭味。

那时的上官云苧，想不到这世上没什么东西是长久不变的。专家楼也好，抽水马桶也罢，彩云易散琉璃易碎，没什么是彻彻底底属于他们的。这不，一场风暴，他们一家人被赶出小楼，如同丧家之犬。倘若只是流离失所，没有那处房子也没多大个事，可心肝儿子佑典……多少年了，上官依旧不能想起佑典，佑典是她内心永远流血的伤口，她只要念起佑典这个名字，内心马上会被再度撕裂，袒露鲜血淋漓的伤口。

阳光这样好，可往事依旧寒彻心扉，也许是错觉吧，脚下的野草，在光照下泛出铁锈红色，这颜色让上官有些呼吸急促，头脑晕眩。她咬着牙根，催促自己加快步子，能早一点回去躺下，翻滚的胃液也许会随之平和下来。

上官在沮丧难过时，被村里两个妇女缠住。她们远远看到上官和采萍说话，耐心等到只剩上官一人时，才特意绕过来，挤眉弄眼地打招呼："上官大姐。"上官没情绪搭理她们，冷着脸"嗯"一声，她想快点走回自己的土坯房，躲起来，一个人都不见，连一只蜂子一只蚊子，都别想打扰此刻的她。但那两个女人不愿放过她，她们在脸上编排出了同情而诡秘的神色，开始击鼓传花一般两相递话。

"上官大姐不容易啊，心胸要多开阔才能像你这样。"

"就是，还是太善了，人一善，俗话怎么说来着？人善被人欺，马善被人骑。"

"不怪上官大姐嘛，也不怪周爷，都是那寡妇作怪……"

上官被这两个女人拦了道，她们说的话又像在打哑谜，她心烦意乱地听了几句，越听越听不出头绪。此刻偏头疼的老毛病又犯了，眼前仿佛冒出千万颗红的黑的星星。上官云萼急于离开，沉下脸孔不客气道："有话就说，有屁快放！"

两个长舌妇还以为，上官这是勾起了内心的嫉妒和好奇，急急忙忙讨要一个真相。于是两人靠近上官，拿出说知己话的亲密派头儿："上官大姐，你不晓得，你家周爷，是上了那狐狸精的道儿……"

"哪个狐狸精？"

"哎呀，还有哪个？就是徐秀英嘛！"

其中一个长舌妇，兴奋起来，唾沫星子喷了上官一脸："上官大姐，上次徐秀英和她大嫂争界石你晓得不？你家周爷竟然帮着那寡妇，嗬哟，谁会相信周爷去拉偏架嘛，将刘翠芳手腕子掐红了好大一块，半个月才消！"

"就是就是，你不晓得，还有一次，周爷原来在你们田里忙着秋收，眼看天边飘来厚厚的乌云，马上要下急雨了，大家都在收割自己的稻谷，能和老天爷多抢一点就是一点，哪里晓得你家周爷，竟然丢掉你们的稻子不去管，一路小跑到徐秀英的稻谷田里，帮她先收稻。估计那次你们家粮食损失了不少吧？"

"那寡妇就是有手腕子，周爷这么正直的人，都敢去勾引……"

上官云萼感到有一柄尖尖的锤，在不断敲打和揳进她的太阳穴，每敲一下，她浑身的血液都要热上一分。这些嚼舌根、编排徐秀英一个寡妇是非的人，和当年城里那些指鹿为马、将白辩黑的人又有什么不同呢？语言在某种情境下，可能会成为杀人的利器，见血封喉，杀人无形。一种锐利而旷远的痛感，袭击着上官的脑袋，她忽然生出恶毒的想法：要对付这些魑魅魍魉，何不对她们以毒攻毒呢？

两个村妇没有想到，当她们谄媚地说了徐秀英这么多坏话，"善意提醒"上官云萼，莫放任自家男人被寡妇迷得晕头转向时，这个怪里怪气的上官，这个又喝茶又抽烟的老娘们，这个据说会讲外国话的"省城大家闺秀"，竟然诡异地一笑，冲她俩勾了勾手指。她们非常激动，以为上官要敞开心扉讲述秘密，而她俩是观龙村唯二获得这项殊荣的人……

两张兴奋的脸凑近上官，近得能看清彼此脸上的毛孔和雀斑。上官的笑容覆了一层冰，对她们轻声说："这些事都是我喊老周去做的，我还跟老周说，身正不怕影子歪。你尽管去帮徐秀英吧，哪个吃饱了没事干，在嘴里嚼蛆的，就等他们说去。"

上官说完就走。这两个女人傻呆呆地站了好一会，她们回过神，明白自己被上官狠狠挖苦了一番。自己觍着脸去贴人家的屁股，她们气得脸色铁青，遂将上官和徐秀英连在一起大骂：她们都是不要脸的货，两个臭味相投的坏婆娘。

二

村里的福喜婆婆今年满七十。按照阆南县"男庆虚，女庆实"的古例，今年就该做大寿。福喜婆婆这辈子也不容易，年纪轻轻守了寡，一手一脚拉扯大膝下一对儿女，老人过大生，是该好好操办一下。

家里杀头猪，宰几只鸡，菜是自家园子里收的，去年冬天晒的干菜也泡了一大盆，还缺什么呢？豆腐。农村办坝坝宴，豆腐是不可或缺的好东西，它明明是黄豆制成的，但是怪得很，一味素菜，自带"荤味"，吃在嘴里味道好，摆在桌上看相好。

福喜婆婆儿媳妇想了想能帮上忙的人，心里确定下目标，量了豆子，提着口袋便来找徐秀英。

秀英制作豆腐，有双常人难及的巧手。点制豆腐最难的，不是推磨累得头晕眼花，也不是三伏天煮豆浆热得汗流浃背，而是"点卤功夫"。俗话说："卤水点豆腐，一物降一物。"但这卤水什么时候放，该放多少，放进卤水如何搅拌，速度和节奏该怎么掌握，啥时加柴，好久撤火，这些都是极有讲究的。

秀英小时候母亲去世得早，父亲很快娶了一个后妈。后妈对待前任的孩子说不上好，但也不至于虐待他们，总是隔了一层，彼此不亲不热。秀英从小心细手巧，后妈每次磨制豆腐，她都跟着帮忙，主动抢着做粗重活。人心都是肉长的，几个孩子中，后妈倒高看秀英一眼，对她算是最交心的，也只给她一人传授过点卤的秘诀。后来秀英嫁到凌家，永彬身体康健时，小夫妻也算度过了一段快乐无忧的日子。永彬爱吃豆腐，家里有了余下的黄豆，磨成豆腐，有时还给左邻右舍送上一块，这倒让她会做豆腐的名声，在左邻右舍中早早传开了。

福喜婆婆的儿媳拿了豆子来找秀英，开心的是秀英的孩子们。特别是云白，他过年跟着秀英走亲戚，人家看他眼巴巴地馋上了案板上摆放的菜，给他夹了一小块豆腐，云白小嘴吧吧地吃下去。他在回去的路上，兴奋地问母亲："妈，那个又白又滑的东西，比你搅的红苕凉粉还好吃，是啥子呢？"母亲心里发酸，老五啥子好吃的都没吃过，她这当妈的，连豆腐都没给儿子做上一回。云白当晚回家，睡梦中不断吧唧着嘴，似乎回味无穷。

福喜婆婆的儿媳刚刚离开，采萍就蹲下身，悄悄告诉云白："妈要在咱们家磨豆腐了！"云白苍黄的小脸，顿时现出红亮的光："大姐，那我们有豆腐吃了？"

"嗯，就算没有豆腐吃，到时剩下的豆渣都归我们。"采萍非常高兴地说道。

村里有这样的规矩。大家都不富裕，口袋里难得摸出几张毛票来。但你请人家帮了工，该有所付出，做豆腐剩下的豆渣，作为酬劳，归属心灵手巧的帮忙人所有。云白不懂什么叫"豆渣"，他将采萍所说的"豆渣"，等同于人家在席上，夹给他的那一筷头白嫩柔软的豆腐。

为了不误福喜婆婆的寿宴，秀英凌晨三点起床，穿好衣服，擦燃火柴点亮煤油灯，准备推磨豆浆。几个孩子，晚上睡觉前都踊跃得很，争抢着报名，说一早起来帮妈推磨，现在一个个摊手摊脚睡得香喷喷的，发出梦中均匀舒坦的呼吸声，秀英也没舍得叫醒他们。

采萍一直是母亲的帮手，不过这几天她来了"红"。她在初潮时，刚好遇上父亲下葬，那时秀英恍恍惚惚的，什么都顾不过来，还是好心的上官婶儿，给了采萍草纸，又教她怎么处理。不晓得是不是那时落下了惊恐的根儿，这几年采萍每个月来一次红，肚子都会痛得要生要死。家里没那个闲钱给她抓药调理，只能一个月接一个月硬生生地拖下去。秀英想着长女，便觉得万分对不起她。这两天又是采萍肚疼腹痛的时候，她洗净手，独自端上泡好的豆子，心想能让采萍多睡一会儿，就让她多休息一下。

"妈。"秀英回过头，云青捂嘴打个呵欠，睡眼蒙眬地走到磨盘跟前，微微埋怨："咋不喊我起来嘛。"石磨又笨又重，推着走上几圈，秀英从脚踝到小腿，都微微发酸。现在云青和她一起推着磨杆，虽说只是个不到七岁的孩子，使出了全身力气，真可以抵半个劳力用了。秀英往磨眼里灌下豆子和清水，心中欣慰而踏实，感觉力气像开春化冻的河水，往上涨了一些。

都是一母同胞，云青和他哥哥弟弟并不太一样。永彬刚刚咽气时，秀英心里慌张恐惧，她当时也曾苦涩地想过，今后要靠云鸿，成为凌家顶门撑户的男人。哪知云鸿后来的所作所为，令秀英有些失望，他连给父亲打引魂幡的大事都能不顾，若不是云青及时救驾，恐怕他们要受一村人的耻笑……也许秀英自己都未曾察觉，不知从何时起，她已经下意识地将云青视为能为这个家遮风挡雨的希望。

云青和母亲推着沉重的石磨，他的身子前倾，小腿绷紧了力量，每走一步都用尽全力。秀英让他休息一会儿，去给磨眼喂黄豆和清水就行，云青摇头不干："你歇一下嘛，等会儿还要煮豆浆。"孩子长大了，晓得心疼自己的母亲，秀英当即眼底发潮，她怕自己情绪受到波动，故意找闲话问他："现在和学校的同桌处得好不好？"

说起新的同桌，云青就有很多可聊的话了。

凌云青和钱金宝同桌，害得云青挨打受罚。老祖宗说"否极泰来"，好像有些道理，云青在钱家挨了一顿饱打后，钱金宝忽然对他生了三分怯意，也明白自己欺压人，把事情做过了头。同桌读书，还要提防云青哪天回过神来，想出个主意，狠狠报复他，于是钱金宝又向韩老师提出更换同桌的要求。韩老师巴不得他这么说，将两个撕破脸的小孩儿硬要安在一桌，还要提心吊胆他俩啥时闹出乱子来。

调换同桌时，发生了一点小插曲。班上孩子知道钱金宝老爸手头的特权，他现在欺负凌云青，大家再多腹诽，也不好站出来直接声援。韩老师让云青收拾书包站起来，正发愁将他安排到哪里，韩细君举起了手，细声细气说道："让云青坐这里嘛，我同桌上课老是抖腿，让我都没法安心听课了。"

韩细君的同桌面对班上的"公主"，韩老师的掌上明珠，自然是敢怒不敢言，黑着脸收拾了自己学具，搬到钱金宝同桌，冲钱金宝挤出一个比哭还难看的笑脸。韩老师朝云青示意，让他坐到韩细君旁边。云青挠挠头，他还没想明白，韩细君为啥选他当同桌？

韩细君和别的女孩儿不一样，衣服很少沾染泥巴灰垢，头发也洗得乌黑发亮。这样干净卫生，大概她是观龙村极少不惹虱子的人。最让云青稀奇的是，韩细君还拥有一个正儿八经的泡沫文具盒，用一块小磁铁来关合盖子，上面印着他不了解的白雪公主。文具盒中橡皮擦是整块的，铅笔修长，削得尖细易写。云青的橡皮擦，是哥哥云鸿剩下的黄豆粒大的一块。铅笔只能算个铅笔头，短短的，成人的手根本握不住，也只有小孩儿才能抓紧它。他们没人提出划上"三八线"，做作业时，彼此好奇地打量一下对方学具，韩细君惊讶于云青用这种快要报废的笔，都能将字写得工整耐看，忍不住当面夸他："你写的字好漂亮哦。"

云青和母亲讲起新同桌韩细君，便眉飞色舞，说她小名原来叫"细妹子"。有次上数学课，韩老师抽女儿回答问题，韩细君偏偏回答错了，韩老师情急之下，脱口而出："细妹子，昨天才教了你，这个知识点怎么还没掌握好？"全班都哄笑起来，韩细君小脸恼成了猪肝色，从此同学都知道了她这个乳名。

秀英少有这么心情轻松的清晨，乐呵呵地听着。时间真是过得太快，好像只是躺下打了个盹儿，眨眼却三年过去。永彬呢，他在地下一躺就是三年，他是否早已上了天国？如果他顺顺利利地到了没有烦恼没有病痛的地方，也该托梦告诉自己一声，让她稍稍安心啊。

秀英用肩膀头蹭了一下脸颊。天还未亮，云青看不到母亲眼角忽然涌出的泪花。一颗启明星，在天边若隐若现，风吹树枝低，沙沙作响。

三

生产队长家里的公鸡，是村里第一只打鸣的，大概什么人养的畜生和家禽，都随了主人个性。以前生产队长"铛铛"敲铁，召集大家下地干活，如今马口铁在他家院角锈蚀，红冠子大公鸡倒主动承担重任，每天准点报时，风雨无阻。

鸡叫三遍，母子俩在说说笑笑间，不知不觉磨完了豆子。秀英用洗净的纱布过滤了豆渣，浆水倒进铁锅熬煮。豆浆的白雾升腾起来，有种"膏腴之香"，这让云青觉得，黄豆真是太独特了，熬出的豆浆也有别于植物清淡的味道。

雄鸡的打啼，浓郁的豆香，叠加成一个特别的清晨，将孩子们从床上催了起来。云白揉着眼睛，脸上压出熟睡的道子，还没完全从梦中醒过来，坐起身嘟嘟囔囔地："妈答应让我看咋个做豆腐的。"秀英从炉膛里撤出一根燃得正旺的硬柴，豆浆快好了，火太大会让它糊锅，借助现在微微的火势刚好。她头也不抬，言语中却浸着温柔："云白莫急，妈还没开始点豆腐嘛。"

采萍有点不好意思地洗脸梳头，她明白母亲是心疼自己，才没叫她起来帮忙。那么多豆子，都是母亲和云青一起磨好的，她是老大，一点忙都没帮上，心中有些内疚。云鸿拿上一个煮熟的红苕，出门上学。

担心云青上学迟到，采萍也赶紧挑了一个大个的红苕，递给云青。云青回身摸摸云白脑袋："你在旁边看就可以了，莫捣乱哦。"云白很不高兴地挺着青蛙肚子，朗声回答："我才不会捣乱，我也要帮忙的！"

秀英见云白积极性这么高，嘱咐他洗净木勺。自己能派上用场，云白殷勤地跑到大锅前，递上木勺子，见没有赶他走的意思，高高兴兴站在灶台旁边，观看母亲点制豆腐。

点制豆腐说起来容易，做起来却不好把握分寸，过之或者不及，要么豆腐味道苦涩难咽，要么无法凝固成型。能精准地将豆腐点制成功的人，全凭自己的感觉。秀英的继母也手把手地指点过她，虽说多年没点豆腐，她心里有谱，手下不慌，每个动作都没有多余的，连贯自然，一气呵成。

秀英握着木勺，匀速地往一个方向搅拌，直到豆浆开始出现絮状沉淀物，再渐渐变得浓稠，结成团状，云白惊喜得"啊啊"叫起来。采萍已经打扫完院子，给鸡投了食，这会儿过来，让云白靠在她的膝盖，揉揉弟弟热乎乎的脑袋："妈接下来要压豆腐了。"云白不解："为啥要压它？它不乖吗？"采萍怜爱地刮了一下云白鼻子："乖，豆腐和云白一样乖，但要将里面的水分压出来，豆腐才能变成一块一块的。"

采芹深吸一口锅里的豆香，是热腾腾的浓郁之香，她伸出手，情不自禁地想在锅里拈一点洁白的豆花。秀英"啪"一下打在她的手背，这一记倒不会打痛采芹，但采芹脸上蒙上了一层愧色。

秀英明白孩子们个个都馋豆腐。若这些豆子是自家的，她大大方方做一屉嫩白光滑的豆腐，孩子们想吃多少就吃多少。出锅的豆腐蘸酱油，切成小块烧白菜或煮汤，甚至加辣椒酱烧成美味……秀英会很多种吃豆腐的法子，但她也只能想想而已，这一锅是人家福喜婆婆寿宴上用的，咋能让自己儿女偷了嘴？

"妈，给云白尝一点嘛。"采萍犹豫了一下，大着胆子提出了要求。她见五弟直勾勾地看着铁锅，心里很是不忍。采芹被母亲打了手，还在羞惭之中。她们都在往喉咙里咽口水，吞下白雾弥漫的豆香。秀英看看锅前几个孩子，个个都眼含期待地望着她。要尝鲜，只有现在从锅里捞一丁点儿给云白，等会儿豆腐压成了型，是万万不能抠动的，那样做既不美观，也显示自家眼底浅，手脚不干净，秀英丢不起那个人。

秀英不去看云白的眼神，她将木勺子递给采萍："只能尝一丁点儿。"采萍欢快地答应，俯身从锅里舀了一点点豆花到勺上，给了云白胡豆大一块，见采芹眼巴巴看着，又给采芹黄豆大一粒。勺上只剩绿豆大一小珠了，云白吃完他那份，几根手指头舔得干干净净，他又望着大姐，眼神里满是渴望和期待。采萍将剩下的"绿豆"，放进了云白小小的手心。云白喝进嘴里，伸出舌头，舔了舔唇圈儿："真好吃！"

云白欢天喜地地跑出去玩了。采萍和采芹帮着母亲，将锅里一层水撇弃，把豆花舀进木头制成的模具中，上面覆上一层干净的白色纱布，盖上锅盖，娘仁合力抬起一扇废弃的小石磨，压在上面，"沉沉重压之下必有好豆腐"，水分挤出来，豆腐就能完好成型。

采萍压制豆腐时，觉得妈太老实了。小木匠告诉她，他们做匠人的，有时偶尔也"淘点沙"，多多少少留下一点边角余料，主家明白没那么精准，一切都在可解释的范围。比如豆腐老一点嫩一点，所含水分有差别，重量体积都会有差异。就算再精明的主家，算得出一斤黄豆能做多少豆腐，但只要说一句"压豆腐时间稍微长了点"，哪里不能自圆其说呢？可秀英从不这样做，她的底线，就是让云白和采芹尝了那么一丁点儿的鲜，采芹还没尝出黄豆大一块豆花是啥滋味，那细滑软嫩之物，已经溜下她的喉咙。

采萍长大了，倒不像小时候那么贪嘴，但嗅嗅手上的豆香味，还是会勾出记忆中豆腐的味道。如果爹还在世就好了，爹爱吃豆腐，那时她也跟着享了不少口福。采萍的视线转向清洗铁锅的母亲，现在剩她一个人操持这个家，也真是难为她了。采萍赶紧接过母亲手中的竹刷把："妈，你累了一大早，去歇会儿吧。"

四

熬更守夜地磨制豆腐，秀英真有些累了。她捶打着腰坐下来，一眼看见后门倚墙靠着的打杵子。川北农家，居住在丘陵地区，山地起伏，几乎家家都备着一根打杵子。打杵子状若手杖，只是握柄处更宽长一些，上山爬坡背重物，歇气时不方便卸下背上重负，便将打杵子作为支点，杵垫着身后的夹背或背架子，能暂时停脚歇息。遇到陡峭山路，它还能发挥手杖的功能，探路或增加平衡度，人们能走得更加稳当踏实。这个打杵子是永彬亲手做的，手柄的木头磨得发出釉光。他不在了，秀英心里空落落的，仿佛丢失了支撑自己爬山过坎的打杵子。

"秀英，上次你想买的花布，我买回来了，还有一对有机夹子，好看吗？"

"好看，花不少钱吧？"

这是什么时候的事呢？那时他们第一个孩子采萍还没出生，永彬是个勤快人，浑身都有力气，挣着队里的高工分。农闲时，他还偷偷帮人运过几次山货，夹背驮了重物，手握打杵子，来去要花十来天，但他从不说一声辛苦，每次收了钱，舍不得抽烟喝酒，都去集市给秀英买点女人的小东小西。

秀英在梦中哭了吗？也许没有，她只是靠坐着，打了一个小小的盹，绝不肯让自己的眼泪流下，让梦变得潮湿滞重。

门外响起了吵闹声，她从迷怔中醒来，揉揉眼窝，打杵子还好端端地放在那儿。几只小麻雀惊飞了，细脚杆重重一踩按，也能让门外的梨树枝摇摇颤颤。

"妈，岳婶在骂云白，你快出来看看！"十岁的采芹，扑到秀英面前，急得嘴里说不出囫囵话。

岳红花？云白咋又惹上她了？秀英着急地从凳子上站起，后腰闪了一下，她顾不得腰疼，飞快朝外跑去。采萍牵挂五弟，来不及清洗满手的豆渣子，跟在母亲后头。

岳红花龇出牙齿，两只眼睛灼亮，揪着云白的后领窝，像是逮着一个小鸡仔，得意扬扬地对前来看热闹的人说道："小娃儿不打哑谜，不说谎话，你们猜凌云白说啥了？他说他妈让他吃豆腐。这是他们凌家的豆腐吗？我亲眼看到福喜婆婆的儿媳妇拿豆子去找徐秀英的。云白妈真能干啊，乡里乡亲的，明面帮人家做豆腐，暗里自己捞好处，还让小儿子吃得饱饱的，这叫啥？这叫监守自盗。"

岳红花非常满意自己学到了这句成语，这原本是孙铁树吵架时骂来羞辱她的。她当姑娘时，有次跟着送队上的花生，她在麻袋上钻个小洞，一路都在偷吃，花生油性大，害得她滑了肠，回来臭屁连天地拉了半个月肚子。这是岳红花恨不得拿十床棉，来压来碾来藏的窘事，孙铁树知道后，竟然在夫妻斗嘴时毫不留情地说出来，揭她的短，打她的脸，让岳红花心中又羞又气，又恼又急。但她不怎么恨自己男人，恨的还是那八竿子都打不着的徐秀英。在别人眼中，她偷不偷队上的花生，会不会被自家男人骂"监守自盗",和人家徐秀英没关系,在岳红花这里,咋会没关系?她男人皱个眉毛放个蔫屁,都和那寡妇有千丝万缕的关系。如果不是世上有一个该死的徐秀英,男人敢骂她吗?恐怕要将她当成宝贝,当成娘娘供在神龛上呢!

岳红花满脸红光,仿佛不是抓住了偷尝豆腐的云白,而是抓住了"幕后黑手",那个养儿不教、罪该万死的徐秀英。

徐秀英一张尴尬的脸,让岳红花心花怒放。你徐秀英洁身自好有什么用?管得住四岁娃儿的嘴吗?云白和小伙伴玩耍,炫耀自己吃了一块豆腐,太香了。岳红花听见了,按捺住心中窃喜问他:"快告诉岳婶,你好久吃的?"云白有口无心:"刚才!"岳红花觉得这下算是抓住徐秀英痛脚了。

岳红花借云白生事,大吵大闹,她不愁福喜婆婆的儿媳不闻声出动。福喜婆婆的儿媳人称啬皮,从来只有她借人家一根扁担,没有人能借走她家一根针。她为人抠门,倘若不是福喜婆婆广结善缘,人们根本不愿搭理啬皮一家。

岳红花的吵闹叫嚷,果真引出了啬皮。

啬皮很是愤怒。此前要给福喜婆婆过大寿,心里就一百个不乐意。福喜婆婆二十多岁时守寡,手里拖了一个流鼻涕的女儿,背上背一个哇哇哭的儿子。女儿长大了,老天爷赏饭吃,凭着一条亮嗓子,一个好身段,竟被选去县城念戏校,长大了进川剧团,顺顺当当吃上了皇粮,嫁了个城里人。如今年岁大了,不怎么上舞台,倒当上了剧团干部,成了观龙村人人羡慕的金凤凰。

这次要给福喜婆婆办寿酒,也是啬皮这位大姑一锤定音,承诺她出大头,到时席面上的肉啊酒啊糖啊茶啊,都不用兄弟两口子操心。啬皮不过出点菜和柴,顶大的开支也就几把霉干菜、做豆腐的这十几斤黄豆，但啬皮还是觉得心里被割了一小刀似的。岳红花专挑啬皮来烧这把"火"，非要烧得那徐秀英焦头烂额不可。

秀英无法解释，她只给云白吃了胡豆大一块豆花儿，在别人眼中算不得什么。但岳红花闹嚷得比天还大，再说云白年纪小，他又扯掰不清楚，岳红花硬说他偷吃了一整块，他弄不懂量词背后的意义，只会呜呜哭着："我就吃了一块儿，一块儿……"

"听听，听听！"岳红花得意地对一脸怒火的啬皮说："你好心照顾那寡妇，人家把嘴都偷到你家碗里来了。一块，她给小儿子就吃了一块！她有五个孩娃呢，你数数，到底损失了多少块！"

身体肥壮的啬皮，被岳红花的话激得横肉乱颤。天呐，如果岳红花说的是真的，那整整五块豆腐，都被这看似忠厚实则藏奸的女人偷掉了。她真是不要脸，偷了人家的豆腐，还敢杵在这儿，做出一脸无辜的样子！

啬皮不听秀英解释，怒气冲冲地一甩袖子，蹬蹬走进凌家的茅草屋，使劲儿一跺脚："把豆腐还给我，豆渣也不能给你们了，老子倒了八辈子霉，快点把东西统统还给我！"秀英和采萍的脸色显得尴尬无奈，采芹被啬皮的做派吓得眼含泪水，但她并未体悟到，母亲和姐姐此刻心中翻腾的屈辱。

在观龙村，自古付出劳力帮人家做了豆腐的人，都要收下豆渣作为酬劳。现在啬皮执意要拿走豆渣，明明白白将屎尿盆子扣到凌家，向全村人昭告：凌家就是一窝小偷，就算拿走了豆渣，都不足以弥补自己的损失，实在是便宜了他们。

啬皮找盆装豆渣时，岳红花在外面冷嘲热讽："这家死了男人，从当妈的到碎娃，哪一个手脚干净了？"刘翠芳担着水桶经过，岳红花赶紧叫住她："翠芳，你说是不是？"刘翠芳听了几句原委，兴奋得脸上的麻子泛出红来："就是，上回这家老四不就被铁锤捉了个现行，绑在树上示众吗？真是龙生龙凤生凤，老鼠生儿会打洞，上梁不正，下梁哪能不歪？"

她们笑得前仰后合，嘲骂之声犹如腥臭洪水，向茅草屋一波波袭来。采萍将哭啼的云白拉到身后，她不敢抬眼怒视这群嘴巴比大粪还臭的女人，但她至少能将弟弟塞回屋里，重重关上房门。

破烂木门发出"砰"的一声，岳红花和刘翠芳愣了片刻，同时发出得意的大笑。

五

采萍下腹疼痛如同刀绞，她无暇去更换草纸，任由那滚滚烫烫的热流，从身体里冲越而出，如果怒火也能这样痛痛快快地流泻，他们就再也不用憋屈地生活了。采萍既恨岳红花无事生非，挑拨是非，也恨自己嘴贱，恳求母亲，让云白尝一点豆腐滋味。小孩不设防，他吃了好东西，在外面随口一说，哪知成为岳红花对付秀英的利器。这样说来，自己才是那个惹祸的人，是她凌采萍亲手用木勺舀了一点儿豆花，不关母亲的事……

"采萍，莫说这些了。"秀英像是被甩到岸上的鱼，她累极了，有气无力地摆摆手，又招呼云白过来。云白畏畏怯怯的，他明白是自己闯了大祸，越说越说不清楚，号啕大哭一通。

云白以为母亲会迁怒于他，骂他甚至打他，母亲不就经常打哥哥吗？可秀英只是用粗糙的手掌，抹去了云白腮上的眼泪："莫揉眼睛了，眼珠子会发痛的。"

采萍忍着泪，抱起云白，带他洗脸。茅草屋大白天的光线昏暗不明，但并不妨碍秀英看见门后的打杵子。她心中泛起了破碎的涟漪：永彬啊永彬，你晓不晓得，你走了之后，我们过的到底是啥日子？

云鸿和云青从学堂回来，听说豆渣被端走，云鸿抬起一脚，踢翻了面前的小凳子。采萍又惊又怕："你干啥子？拿我们的板凳出气有啥用？"云鸿脸色涨得通红，指着自己鼻尖，喘着粗气质问采萍："板凳没用我有用，我这就去找那个啬皮算账，她是地主啊，是强盗啊，是黄世仁啊，让妈半夜三更就起来，辛辛苦苦推磨豆腐，现在连豆渣子都不剩地端跑，这不坐实了我们偷了她家豆腐吗？"

"你莫去找人家，再说现在去也晚了。"云青神色冷静，拉住气冲冲的云鸿。云鸿正愁自己没处发气，指着云青鼻子："还不是因为你，都是你这个惹祸精，如果不是你去偷铁锤桃子，被人绑在树上，大家都晓得你从小不学好当了贼娃子，若不是你树立这个'好榜样'，妈今天也不至于受这种气。"

"云鸿，你莫说了。"秀英不去看云青的脸，不去看老四脸上的惊愕与愧疚。就算云青偷过桃子，难道你云鸿和别的同伴就没偷过吗？你们只怕比弟弟偷得还多些，只是没被别人抓住，没被人当作贼娃子示众羞辱。外人羞辱他也就罢了，云鸿是自家人，怎么还要欺负弟弟？

自从永彬去世，秀英察觉云鸿性情发生了变化，平时一个不对付就暴跳如雷，和人家大打出手。小时候打一下他，云鸿还能夹着尾巴收敛两天，装模作样听听话，现在他一天比一天大了，秀英对他的教育，也感到越来越力不从心了。她尽量说教云鸿，渐渐不再骂他一句，敲打他就行。今天若不是云鸿这样讲云青，她也不会制止他胡说八道。云鸿到底还是顾忌母亲威严，哼了一声，拔腿出门。

云鸿在门口撞见了福喜婆婆，他硬了硬脖子，福喜婆婆没理他，从容地跨过门槛，走进昏暗简陋的茅草屋。

福喜婆婆是专程来送豆渣的，一点不剩，全都拿了回来。除了豆渣，她还用搪瓷大碗，装了一块白生生的豆腐，那么规整的豆腐，只有徐秀英才做得出来。秀英看到福喜婆婆带来的东西，泪水瞬间模糊了视线。

采萍将弟妹们带到外面，轻轻掩上门，让福喜婆婆和母亲说话。

"婶子。"秀英喊了一声，百感交集，嘤嘤地说不出话来。

福喜婆婆拍了拍秀英手背："你的为人，旁人不晓得，未必我还不知道吗？"她用掌心暖着秀英的手："我媳妇那人，一根针看得比一头牛都大，你莫跟她一般见识。我和媳妇说了，要是她再这么闹，就会跟女儿说，不办啥寿酒不寿酒的。我瞪了眼，骂了人，媳妇才消停。"

福喜婆婆嘿嘿笑起来，像是找到了天大的乐趣。她幸好有个能撑腰杆的女儿，否则和全村公认的啬嗇儿媳一起生活，不知道要受好大的气。看在大姑姐的面子上，福喜婆婆又拿豆渣又切一方豆腐走，啬皮也是敢怒不敢言，只能眼睁睁地看着婆母，去那个"不要脸的贼娃子家"。

福喜婆婆的女儿在县城里过着舒坦日子，从未忘记孝顺母亲，多次想要接福喜婆婆去县城住，福喜婆婆却执意跟着儿子。在她的观念中，女儿是泼出去的水，儿子才是给自己养老送终的人。只是儿子懦弱，媳妇啬皮的做派又令福喜婆婆看不上，屁大一点事，得了人家恩惠，都能闹得鸡飞狗跳的，可见是个没脑子的货，自个儿心里没有打米的碗①，让福喜婆婆好生失望。

福喜婆婆按住秀英的手，不许她再推却豆腐。临走前，她忽然回头，说了句意味深长的话："我也是年纪轻轻就守寡，那种滋味，我晓得，苦了你了，秀英。"

秀英埋下头，眼泪又大又圆，一颗一颗直往地上砸落。

福喜婆婆是"解放脚"，小时候包过几天小脚，后来又响应"政策"，放开了，布鞋前头塞了棉花，一双畸形的脚再也回不了原初模样。她不肯让秀英送，托着搪瓷大碗慢慢走，瘦小的身子摇摇晃晃，后面斜斜地跟着一个长长的、高大的影子。

那天晚上，秀英家里餐桌上，出现了一碗过年都难得一见的辣豆腐。孩子们不敢挑来吃，秀英端起碗，给每个孩子碗里分了一大勺。她没吃那碗豆腐，福喜婆婆说的话，比珍馐美味还宝贵千百倍，暖流般地熨帖着她的心。

---

① 四川方言，意为衡量是非曲直的标准。

第八章

一

云青升上小学二年级了，连着好几天，本队的同学都跑到秀英家来传话："赵校长喊你去学校接云青！"

云鸿的同学一旦这样叫喊，秀英就心惊肉跳，猜想他不是把哪个鼻子打破，或是又将哪位女同学的小辫儿绑在了一起。但留堂的是云青，秀英不会做这种瞎猜胡测，一颗心，只会越来越沉地向下坠，坠到沙土地上，砸个凹坑儿。

云青被赵校长留堂，不为别的，就为他迟迟交不起一学期八毛钱的学杂费。

第一次去接云青，赵校长还算客气。她和秀英打过交道，晓得她一个寡妇，养几个娃儿不容易，因此手里一边打毛线，一边平静地说话："这八毛钱也不是我要收你，是学校有这个规定嘛，其实也不是学校的事，是上面教育局给学校定好的规矩。当然了，自古以来哪有读书不交钱的道理呢，你说是不是？孔夫子教弟子，学生还要割刀肉孝敬他呢。扯远了，我不是说割肉的事，说的是学费应该交，再说又不是笔大数，八毛钱嘛，你明天让云青带来好吗？全校就他一个人没交钱了。"赵校长说得这么知冷知热了，秀英只得唯唯诺诺地答应。

出了学校大门，秀英的脚步也带了沉沉心事，走得又滞又重。她想去亲戚家碰碰运气，自己有个妹妹，是继母的女儿，就嫁在后山洼。有年闹春荒，妹妹家快揭不开锅，过来借粮食，永彬二话不说，舀了半口袋麦子接济他们，至今也没让妹妹还过。秀英想，去找妹妹借八毛钱，应该没有多大问题。

秀英加快步子，云青撵了几步，奇怪地问："咱们家不在这个方向吧？"秀英点头："我们去找你三姨，看能不能借点钱。"云青边走边和母亲闲谈："三姨夫还喝酒吗？""不清楚，好久没看到他了，可能还喝嘛。你爹还在世时，有次他过来拜年，把坛子里存的苞谷烧全喝光了，结果发了酒疯，躺在地上乱叫乱嚷，你三姨怎么扯都扯不起来。""我咋没印象？""你那时还不会走路，咋会有印象！"

母子俩有说有笑，仿佛不是来找三姨借钱，而是体体面面地串门子走亲戚。

后山洼晚饭烧得更早些，秀英带着云青找到她妹妹家时，三姨和三姨夫还有家里几个孩子，已经围坐在院子里，端着饭碗呼噜呼噜地喝着稀饭。云青看了一眼他们的碗，三姨家的稀饭里除了切细的酸菜、红苕块块，竟然搭了少许碎米一起熬煮。

"姐，你怎么来了？"三姨看到秀英，脸上浮现一种吃惊的表情。秀英不好意思当着妹夫和孩娃们提借钱的事，她们姐妹俩拉着手，站到门外说说话。

三姨的院子里栽着一棵枣树，云青靠着枣树坐在小凳上。他不好意思看他们一家人吃饭，但三姨夫仿佛毫无顾忌，当云青不存在似的，将碗里的稀饭喝得稀里哗啦作响。喝完稀饭，三姨夫伸出长长的舌头，绕着圈儿将土碗舔了个一干二净。他的表兄弟们也学着父亲的样子，没有谁故意将视线瞥过来看看云青，更没人去给他盛一碗饭，大家沉默地将脸伏进碗里，吃了个底儿朝天，舔了个溜光干净。

云青吞咽着口水，明知"眼馋向嘴"不是好事，他就是没办法让自己的视线从亲戚的饭桌上挪开。

母亲和三姨谈完了话。暮色渐渐合上来，云青看不清母亲眼角，是一滴眼泪，还是一滴水珠。三姨走出去一圈，像是被谁捣了一拳，身子软塌塌的，走到桌前坐下。母亲顾念礼数，与一声不吭的三姨夫告辞："妹夫，我们先走了。"三姨夫像一块石头，眼角不曾抬一下，也未"嗯"一声。

秀英带着云青，走出十几米远，三姨又焦急地唤着"姐"，追了过来，往他们母子手里，一人塞了一个温嘟嘟的红苕。她表情有些抱歉，什么都没说，转身离开。

云青一边啃着红苕，一边想着三姨家能喝带米的稀饭。他们也不请他喝半碗，只是干吃红苕，实在噎人得很。秀英不知在想什么心事，半天没说话，红苕举到唇边也顾不上咬一口。云青连连喊她几声才回过头，一脸怔怔地问："啥子事？""我看三姨家稀饭有米粒，你说以前三姨还找我们要粮呢，现在他们日子应该好过一点了。"秀英仿佛没听出云青话里有话，只顾沉浸在自己的思绪中，沉默了一会儿，忽然艰涩开口道："云青，明天你和赵校长说一声，再宽限一天，妈去别的地方想想办法。"

云青"啊"了一声，虽说三姨夫当他是根木头桩子，杵在人家饭桌旁，没混上一口带米的稀饭，但他想着三姨总是念亲情的人，不会连八毛钱都不借。秀英没有说明原委，云青失望地跟在后头，也不再多问。翻过一段缓坡就能到家了，母亲没头没脑地开了口："你三姨也命苦，家里藏不住一分钱，都被三姨夫抢去打酒喝了。"

赵校长既然是有两个下巴的富态人，心胸自然也不算狭窄，她体谅云青家里真的有困难，也就真的宽限了两日。但到了第三天，云青还未交上学费，赵校长脸色就不好看了，觉得自己一番善意好心，他们却无视她的招呼，这不是把她堂堂一个校长的话，当个屁放吗？

赵校长保留着师者尊严，没有当即批评云青，只是这晚放学，又将他留在了学校。

二

黄昏将尽时分，西边的火烧云红彤彤的，将这一日最后的光芒，毫无吝啬地照向人间。秀英走向学校，抬头望望天空，干干地咽了口唾沫，抬手整理了一下头发，拍了拍裤脚，拉了拉衣摆。

秀英走进教室，赵校长坐在云青班级的讲台上，手里不耐烦地编织一件小孩的毛衣。云青面对讲台的墙壁站着。赵校长心想，心慈手软果真办不成事，连八毛钱学费都收不回来，都是这家人太能拖，不罚学生站着，也显不出我这个校长的能耐，拿人当软柿子呢。如今我宽也宽了，限也限了，家长再不好好想办法，那就说不过去了，毕竟云青是当妈的身上掉下的肉，眼睁睁地看着儿子受罚也不交钱，那是后妈做派。

赵校长坐着，更显庞大笃沉，站着的秀英，更显矮小单薄。瞧着赵校长脸色不如上次好看，秀英心里提前揪疼了一下。

赵校长说的话，像是硬扎扎的木棍尖儿，专选秀英的软肋捅："不是我没给你机会，给你机会要珍惜嘛，你看我都宽限多少天了？上级领导都找我谈话哩，说我工作没做细，你这是不支持我们学校工作嘛。真的不支持，也好说，给凌云青办理退学手续就是，我也不当这背时倒灶的恶人，放学了还守在这儿，你说我家屋里的娃儿，还管不管呢！"

赵校长越讲越生气，索性将手中未织成的毛衣，往讲台重重一摔，吓得秀英浑身一抖，忙不迭地并拢膝盖表示："校长，请再宽限两天，我一定想办法借到钱。""宽限宽限，你自己说的话，别到时不认账哈。"赵校长也不喜欢自己像个泼妇，胖胖的手指头去点人家学生家长的鼻尖。讲台多砌一道台阶，赵校长身高体胖，此刻居高临下看秀英，简直像张开口就能吞掉人家似的。云青不愿这时去看校长和母亲，他们都不像自己熟悉的女人了，一个太过凶巴巴，一个快要将头埋进尘埃里。可他忍不住，眼神从面前的墙壁，如同游丝飘过去，不无痛楚地想要搀扶母亲。

云青跟着秀英离开教室，一句话在心头翻来覆去地打滚，在喉咙口跃跃欲试。云青终于讲了出来："妈，实在交不起钱，我干脆就不读书了。"

云鸿每学期读书也要花钱，秀英之前卖鸡蛋攒的一块多毛票子，给了云鸿，云青这边便闹了饥荒。家里母鸡并不善解人意，越是缺钱花，它越是矜持，以前一两天能下一个蛋，如今两三天都不见下一个。秀英愁得快将鸡屁股看出火星来，恨不得母鸡能通人性，和它打个商量，至少这段时间辛辛苦苦下蛋，先将云青拖欠的学费应付过去再说。

云青自己说不读书，秀英并未觉得压在心头的石头搬开了。她喉咙滚过又酸又苦的滋味，这滋味如此难受，嗓子仿佛着了火，她嘶哑着声气，郑重告诉云青："你要退学，不在学堂念书，去当那睁眼的瞎子，我不愿意。"

云青不敢再说话。秀英生气地推开他的手，蹬蹬前行。她心里乱麻麻的，再面对云青纯真的眼睛，怕自己会忍不住先哭起来。

接下来的两天，秀英将自己能想到借钱的人都找遍了，他们冷嘲热讽，说秀英心大，家里供一个学生已经够可以了，一个寡妇还想供出几个状元不成？

永彬闭眼前，最不放心的就是膝下这三个儿，没有读书机会，长大了像自己那样，成为大字不识一个的文盲。永彬觉得自己这辈子最值得称道的事，就是认识了周爷，周爷懂的东西，打破他脑袋都弄不懂呀，如果自己的儿子，长大了能像周爷这么有才学，也不枉他活一世人了。

秀英并不十分懂得读书的好，她只是固执且伤心地想，那是永彬的最后心愿，我咋个艰难，都要送云青上学的。

秀英用指肚擦去眼角一点湿，掰着指头，盘算着还能去哪家试试运气。

福喜婆婆上了年纪，总感觉身体不是这儿不舒服，就是那里不舒服。女儿接她到县城医院检查身体，她在女儿家住了一段时间，倒是觉得和啬皮相比，与亲生女儿朝夕相处更为惬意安逸，心里也生了想法，觉得自己好歹是过了七十的人，为啥不能按着自己想法生活呢？遂在女儿家中耽留下来，不说回观龙村的话。啬皮畏惧大姑子，自然不敢冒句闲话。

上官云萼这段时间身体也不太好，周爷好说歹说，磨薄了嘴皮子，把佑典都抬了出来，夫妻俩抱着头伤伤心心哭了一场，终于说动她回城看医生，做一次全面检查。

秀英能求助的人，一个都不在村里。

云青背着"尿素书包"出了家门。秀英感到虚弱无助，后背紧紧倚着墙，明天也是赵校长给的"最后期限"，如果再借不到钱，云青是不是真的要被赶出学校？

"凌云青，这个你拿着。"韩老师刚转过身，在黑板上写数学公式，细妹子将一个手绢包塞到云青手中。之前细妹子也塞过东西给他，比如一块鸡蛋糕、一包铁蚕豆、一袋麻辣干子等。女孩子爱吃零食，一个大课间，都能窸窸窣窣嗑出小半桌肚的五香瓜子壳。她"逼迫"云青一起享用，并振振有词："你若不和我一起吃，我觉得旁边守着一尊石狮子，瞪着眼珠子监视我，压力大得很！"云青拗不过，只好"笑纳"一点儿，以示自己不是冰冷无情的石狮。可今天，云青生气了，他重重地将手绢包推了过去，动作坚决。

里面是八毛钱的纸票，够解云青的燃眉之急。云青表情生硬，从未见他眉眼这么孤冷。细妹子惴惴不安地熬到下课，其他老师敲响了悬在檐下的一段生铁：当，当，当。云青在铃声中侧过脸来："你硬要给我钱的话，我宁愿不来上学了。"

这个大课间，细妹子没有再吃零食，她伏在自己交叠的双臂上，悄咪咪地湿了眼睛。她检讨自己，一番好心反而伤了云青的心。

云青的学费，最终是采萍解决的。女儿能有这样的本事，倒让秀英吃了一惊。日子快得就像地里的苞谷杆，一天蹿高一节，十七岁的采萍脱去了之前的稚气，原来圆月般的脸盘，现在也有了少女清瘦的线条，不说不笑时，显出沉默清俊的动人姿态。秀英发现这几年，自己对采萍的关注和照顾，实在是太少了。女儿大了，当妈的若还当她是小娃娃，那就是失职了。

秀英狠心卖掉家中生蛋的母鸡，催采萍赶快将钱还给人家。"人家说……不急。"采萍开了口，才觉得这个"人家"有多难，又有多甜，她的脸色红透了。秀英有些心惊，自家女儿从小就懂事，就算现在有了个雾隐雾罩的"人家"，相信她是能够把握好分寸的，可一个母亲该有的担心，秀英一点都不少，她语重心长地说道："人家急不急，是别人的事，我们不能当赖账客，何况你一个年轻姑娘，欠别个人情像啥样子，欠下就不好还的。"

采萍晓得母亲是拿话敲打她，心里又惶恐又委屈，不知道怎么对母亲说。采萍忐忑不安地思忖，母亲或许见过小木匠，几年前，他就随杨师傅不时来观龙村干活。小木匠不像他师傅那么活络，三五分钟便能和妇女打成一片，所以更大的可能性，母亲即使和他打过照面，对他也并无深刻印象。就算母亲晓得有小木匠这个人，又能怎样呢？采萍已经出脱得青春年少，真是一眨巴眼，就到了当妈的该操心的时候了。倘若母亲晓得这几年，小木匠只要来观龙村，就要想方设法和采萍见见面说说话，她心里该咋想？

采萍顾不得母亲咋想，她现在一心一意想把八毛钱还给小木匠。母亲说女孩子最怕欠人情，吃人嘴软拿人手短，这话稳稳落进采萍的耳里，细细琢磨，觉得不无道理：人家一个学徒娃儿，大大方方借八毛钱给你，倘若真有啥想法，那不是亏欠了钱财又亏一份人情吗？

当木匠是吃手艺饭，但做的也是力气活。小木匠脱去了少年青稚，两天不刮，下巴就会冒出一片青黑，很有青年的模样。他不如师傅高大，中等个头，肤色黝黑，身体却像小牛一般壮实，特别是上臂隆起的腱子肉，那是常年拉锯练出来的。观龙村的一些妇女，对杨师傅玩笑开得嘴都淡了，有时也开开徒弟玩笑："小木匠一身的结实好肉，小老鼠似的还会滚滚地动弹。谁做了他媳妇，那可吃不消！"小木匠虽是大小伙子形貌，但他跟着师傅师娘长大，身旁缺少同龄朋友，在两性方面，比旁人更显懵懂。这些妇女嘎嘎笑，他皱着眉头，心下茫然，不晓得她们在乐什么。

小木匠见到采萍，看她兴致不高，他就当那些妇女的话是笑话趣话，说给采萍。哪晓得采萍本来受了母亲敲打，"疑心生暗鬼"，这下登时翻了脸，将捏得汗湿的钞票，往小木匠手心一塞，扭头就跑。

采萍的奔跑带着一股气恼和溃逃的味道。小木匠怎么喊也喊不住，纳闷地站在路边吹冷风。

云青在坡上打猪草，将坡下情景看得一清二楚。小木匠原本拔了野花，一边撕花瓣，一边焦灼等待，采萍走来，他眉开眼笑地迎着她走过去。他俩没说几句话，采萍不知怎么就变了脸，踢踏踢踏地跑开了。

云青并不切实知晓采萍和小木匠的关系，但大姐此时面带愠色地离开，如同受到了天大冒犯，这令云青心头难过，他自责地想：为了我能上学，妈和大姐，都连带着受了好多委屈……

三

"云青，咋还不睡？"

"这就睡。"

秀英是掌管家里煤油灯的"灯主"，晚上云青写完作业，她还要多熬一会，洗洗刷刷，缝缝补补，家务事日复一日，看不到尽头在哪里。秀英有时觉得，自己就像煤油灯的灯芯，慢慢燃着，短了一截，再短一截，也不知啥时熬到油枯灯灭。至少，要等五个孩子都平平安安长大，能靠自己力量生存吧。

秀英"扑哧"吹灭灯，她有忙不完的活计安排，云青一个八岁大的孩子，也有了自己的"筹资规划"。

云青琢磨了很久，当他将自己的想法提出来时，心里已经做好了前期的准备工作。往前推十年，村里没有哪个敢"倒买倒卖"，就算卖自家地里一窝葱一把蒜都不行，逮住就说你是在"投机倒把"，抓起来要判刑。后来随着包产到户，从农村到城市，从中央到地方，不识字的农民，也从队上的铁皮大喇叭筒里，"嗅"到了一股"搞活经济"的气息，这种气息是如此鲜活，令人心潮澎湃。观龙村里，倒也有几个带头"鸭儿凫水"的，敢走村串镇地买卖东西，一来二去，荷包就比旁人鼓了一点，屋里办喜事，还敢大大方方置办起"三转一响"。有几个汉子，利用农闲时间去卖卖米花棒，就这个小本生意，多多少少也贴补了家用。云青思量再三，决定利用星期天的时间，去做这门小本买卖。

"我可以帮忙去县城换米花棒回来！"采芹主动提出来，她和云青对望了一下，云青感谢三姐这个时候对他的支持，成为他的有力后援。

秀英思忖，这次卖掉了一只母鸡，让采萍还了"人家"的钱，下次再有用钱的时候，还能卖什么呢？她苦涩地看了看漏雨的茅草屋顶，轻轻点了点头。云青明白母亲眼中的惆怅："妈，等我赚到钱，找人将屋顶茅草换一下，夜里下雨就不用怕了。"秀英挤出一个微笑，孩子们懂事了，就放手让他们试一试吧。

采芹曾经跟着队里的大人到县城卖过红苕。从观龙村步行到县城，要走五六个小时，采芹这次是一个人行路，只等天亮了才敢出门，当她背了一袋米花棒回来，太阳已经落山。她在回来的路上，心里像是爬满了毛毛虫。加工爆米花的机器出了故障，店家为了修好它，花了半个小时。

那半小时把采芹愁苦坏了。修理工拿了铁榔头，"哐哐"地敲打，又握了扳手一圈圈拧扭，当机器再度"突突突"地吼起来，柴油味噐张弥漫时，采芹的脸上绽开了轻松的笑容。

机器的"大铁口"吐出米花棒，女工折断了放进塑料口袋。采芹收敛了笑容，她是个喜惧都形于色的女孩，刚刚极度高兴，现在又有些害怕。

采芹担心的是回家太晚。云鸿曾经捉弄过她，此前水塘淹死了一只鸡，云鸿骗她吃鸡苦胆，说那是"宝石糖"。采芹咬了一口，哇哇地呕吐，吐出了黄胆水。云鸿责怪采芹，不肯"以胆补胆"，真的吃下鸡苦胆，她就不会这么胆小如鼠啦。

采芹在山里住了这么多年，还是害怕太阳一旦落山，传说中的鬼怪会从灌木或树丛中跑出来吓人。她心头敲着小鼓，脚板快速行走，穿过一片树林时，是噙着两粒眼泪小跑过来的。夜幕像一只黑色的大鸟，就要让它翅膀的阴影，罩住天空最后一丝亮色。采芹背着米花棒袋子，一头冲向熟悉的茅草屋，扎进让自己心安的灯光之中。

云白看到这么多米花棒，像阿里巴巴进了藏宝的山洞，眼里迸出光来，嘴里吞着口水。秀英对全家人发出了指令：这是我们省下的口粮拿去换来的米花棒，是要换成钱的，谁都不能动一根。

云白绕着装有米花棒的口袋转了几圈，恋恋不舍地爬上床睡觉。

夜深人静，云青不能安然入睡。他翻身起床，米花棒的袋口已经绑上了绳索，他再绑一道麻绳，害怕夜露深重，米花棒受了潮，明天就不好卖出。云青躺了一会儿，担心耗子进来啃了口袋，再次下床，将袋子提到木桌上。

折腾了半宿，云青刚打了个浅浅的盹儿，秀英就推着他的肩膀，唤他赶紧起床。他揉着眼睛坐起来，外面天还没亮，锅里的水已开了，秀英转身去灶前给即将出门的云青，煮一碗带有玉米糊的红苕稀饭。这碗玉米糊稀饭，秀英刻意没有放进酸菜。

"云青，你晓得路吗？"

"不晓得。"云青回答，"你以前教过我，鼻子底下就是路。"

"就是。"秀英感到难得的欣慰，"出门在外，莫怕去问人家。"

云青吃过早饭，拿起一根竹棒做成的扁担，挑着装有米花棒的塑料袋出门。扁担前后各绑着一个塑料口袋，秀英担心米花棒受潮，又在塑料袋外面缠了两层塑料薄膜。

云青到了临近的村落。这里的房屋比观龙村盖得齐整，青砖黑瓦，在太阳下泛着微微亮光。村口晒坝滚铁环、弹烟盒、跳皮筋的小孩，膝盖和肘弯的补丁，用了鲜艳的厚布，倒添了几分喜庆。云青擦了一把额头的汗，将装有米花棒的塑料袋，放在一块青石板上。

云青捏了捏拳头，吸了一口气，但他嗓子痒痒的，试了几次，还是不能顺当地喊出："卖米花棒哟，又香又脆的米花棒哟！"

云青的第一个买主，竟是主动向他打招呼的。这个婆婆有点像福喜婆婆，都是那么瘦怯怯的身板儿，脑后挽了发髻，脚上穿了一双青口布鞋，走路有些颤巍巍的。

老婆婆指了指地上的塑料袋："多少钱一根呢？"云青轻轻答了"一根八分钱"。婆婆掀开外面的对襟外套，从贴身衬衫的口袋里，掏出一个手绢包："五八四十，这是四毛钱，买五根。"云青的第一笔生意，像是在梦中梦里糊涂地完成了。婆婆买了米花棒，没有马上离开，她招呼路过的两个妇女："买米花棒不？看着新鲜松脆。这个小娃儿是个生脸孔，既然到我们村了，大家多少买点嘛。"

老婆婆帮云青招揽了生意，转头对云青加重口吻："既然你要卖米花棒，就莫羞答答的，该吆喝要吆喝，该揽客要揽客，这才是做买卖的样子。"有了老婆婆的引领，几个买主在掏钱了，在晒坝玩耍的那些小孩，也撒着脚丫子，拿着毛票来了。

云青的喉咙一热，略带羞涩的吆喝声到底滚了出来："卖米花棒喽，香香脆脆的米花棒！"

云青走向下一个村子，他的心里暖烘烘的。他偷偷按了一下自己的荷包，母亲在他内衣里缝了一个口袋，他将一张张毛票叠得整整齐齐揣到里面，像是揣了一份温暖。

第一次卖米花棒，一天竟赚了三毛多钱。八岁的云青心头一阵狂喜，他后悔自己没有早点发现这种挣钱路径。虽说一大早出门，就靠着肚里那一碗红苕稀饭，走到星星布满天空才能回来，肚里不知唱了多少出"空城计"。但卖米花棒所得的欢喜，盖过了疲累和饥饿。以后每周周日放假，还有寒暑假，都能去卖米花棒。赚的钱不仅能应付自己学费，家里买盐巴煤油，母亲手头都能多有两个活钱，免得母亲经常瞅着母鸡屁股念叨："鸡屁股管着我们吃咸点灯。"

四

云青初有所获，令他心花怒放。但他却不明白大小生意，既有收益，也有一定的风险。

又是一个周日，天上起了厚厚的鱼鳞云。俗话说，天现鱼鳞云，地下雨淋淋。卖了一个上午，扁担前后挑着的袋子，还剩一多半米花棒，若当天卖不完，又要等到下个周日才能售卖。七天时间，他担心的事可就太多了，怕受潮，怕老鼠啃，怕野猫抓。

云青决定继续前行，他乐观地安慰自己，很快就能到达下一个村落，运气好的话，能卖出很多米花棒。就算运气不好，到时天落急雨，也可以找到躲雨的地方。

雨水不打招呼，是突然袭来的。那一片片厚沉沉的鱼鳞云，瞬间化成冰凉的雨线，哗啦哗啦狂呼乱叫着砸向人间。

云青有多余的塑料薄膜，但他没有用来遮挡头顶。当他看清四处都没有能避雨的屋檐或大树时，飞快地掏出塑料薄膜，在米花棒口袋上再缠一道，多绑一次……

大雨毫不留情地击打着云青，他向前不停地奔跑。一个村落的房屋，高高低低地建在山坡上，他向着最近的房屋跑去，如同从线条模糊的世外边缘，欢快地跑向烟火人间。

云青喘了很久的粗气，撑着膝头打量四周。怪不得他一下子就能闯进来，这儿原本就没有门，只剩一个粗糙的门框。这是座石头房子，屋中间有个废损的磨架，云青明白原来自己闯进了荒弃的磨坊。他甩甩头，晶亮的水珠溅落，他又用力甩着手，让双手尽可能变得干爽。他蹲下来，去看他的米花棒。

云青痛苦地闭上了眼睛。也许是在奔跑时，不怀好意的风解开了系口，也许是大雨肆无忌惮，突破了塑料布的遮挡，撕开了最后一道防线。云青恨自己，刚刚没命地往前奔跑，怎么就不回头看一眼。他的米花棒已经变成了袋子里的稀软渣滓。

云青控制不住自己的眼泪。他在山路上，饿得头晕眼花，闻着袋里一阵阵喷香的味道，忍着不去偷吃半根米花棒，尝过的那一点点，是掉落在袋子角落的碎渣。他也好，云白也好，家里的兄弟姊妹馋得双眼发直，却没人为一己口腹之欲，吃掉大家省下的口粮。

云青恨死自己了，恨不得狠狠抽打自己两耳光。自己这是有多糊涂多大意，才让牙缝里省下的粮食，被雨水泡得一文不值呀。

云青无力地蹲下，默默流泪，抑制不住地抽泣，夹杂着他心碎的悔恨。

一场大雨，几乎折光了云青前期积攒的全部利润。到底还要不要继续卖米花棒，家人产生了严重分歧。云鸿反对得最厉害，他认为云青就是"乱弹琴"，之前云青将这门生意说得花好柳好，但事实上，也存在着非常不利的因素，比如米花棒松脆容易折断，遇上大风天气，若是脚步凌乱，稍不小心撞着树磕着墙，就会将整节的米花棒折成小节，没有卖相，亏钱处理也没有人购买。即便没有雨水，没有霜露，稍微有点潮湿，买主咬一口就要吵着退货。

云青心有不甘，但他不为自己辩护。采芹很想声援四弟，但一见云鸿的脸色，嘴巴开合好几次，不敢张口。云鸿搬出一套套大道理反对，这次竟是大姐采萍给了云青坚定的支持。

采萍盯着云鸿，直截了当地问："除了这门小生意，你还有更好的主意吗？如果有，你也可以去试试。"云鸿神色愕然，忽然有了愤怒表情，大姐这话是什么意思？是在批评他身为长兄，还不如弟弟，为家里分忧解难？

云鸿梗着脖子哼了一声，他没想到大姐会因为这事和他抬杠，遂语气很硬地说道："我不管了，我还要准备升学考试呢！随便你们咋办，妈你就尽管偏心，家里就那点粮食，被老四败光了才好。"

云鸿丢下一串话走到院坝，秀英沉默不语。

"明明是妈最惯他，还说妈对云青偏心！"采萍不甘示弱补充了一句。

在大姐的争取下，云青利用周末，得以继续售卖米花棒。吃一堑长一智，云青学会了抬头看天，什么样的天色是阴是晴，什么样的天色是干是涝，他都能将老天看出个子丑寅卯来。不能再让天气因素影响小本生意了，若再发生一次大雨淋坏米花棒的事，云青都不能原谅自己。为了让他继续升学念书，母亲才一次次纵容他，让他去试、去闯、去赚钱，他不能辜负母亲的这份期待。

云白偎在云青身边，学着四哥的样子，仰着脖子望向天空。"四哥，天上连颗星星都没有，你到底在看啥子？"云青神神秘秘地一笑："我在做明天的天气预报！"云白瘪嘴："花巧婆也那么说，她说她的'天气预报'灵验得很。"云白不提花巧婆还好，一提就让云青皱眉。

媒人花巧婆一张巧嘴，村里村外谁人不知，谁人不晓？她这些年不遗余力地"拉郎配"，看到谁单身，就赶紧伸出援手，纵然有些媒不是月老结红线，而是明显的挽了死疙瘩，她还要跑上门，兴冲冲去劝女嫁汉，劝男娶妻。

花巧婆不知得了段发财什么好处，三不五时就要跑来和秀英说媒。她是个"老风湿"，天气一变化，腿脚就会又僵又硬、又干又疼，走路时像膝盖不会打弯儿，得拄着根棒子。即使这样，花巧婆还"身痛志坚"，想着水滴石穿，哪一日就能将秀英的工作做通，免了光棍汉段发财的多年熬煎。

云青不明白，为啥一定要结婚？男人和女人结婚就那么好吗？母亲想一个人跟她的孩娃过，咋就惹了那么多人的眼，招了这么多的恨？全村老小，哪个不知道段发财是个满嘴跑火车的二流子呢？他没有一句实话，若嫁给这样的人，岂不是自跳火坑？

云青烦躁地摇头，云白有点吃惊地看了他一眼，讨好地问："四哥，你看出来了吗，明天天气好不好？""好，好。"云青有点心不在焉。

云青云白在院里抬头望天，秀英也抬头看了看窗外的夜空。这么多年了，永彬是投胎转世，还是一直在天上看顾他们一家人呢？如果永彬担心一家大小，不肯转世投胎，秀英想和他说，以后就把心放回肚子里，不要太牵挂了，你儿子云青也长大了，现在都会卖米花棒贴补家用了……

秀英想到永彬，心头猛地跳了一下。她让云青早点睡觉，又问他明天是不是去老鸦乡赶场。云青判断次日是个大晴天，说"要去的"，逢大集，又是周日，天气还好，云青觉得有信心，明天能赚上几角。

云青的判断本没有错，如果他没有遇到"三条龙"的话。

第九章

一

"三条龙"是孙大龙、孙二龙、孙三龙的简称，孙铁树不知是偷懒呢，还是肚子里缺墨水，就这么敷衍地给三个儿子取了名。就这一点，岳红花吵架跳脚时也拿来说事："一肚子的花花肠子，心思不用在正道上，吃着碗里的饭，惦记凌家的锅！就连给咱儿子取名都不上心，有你这么不负责任的老汉吗？"孙铁树嘴巴不如岳红花，偏又是不服软的性子，说急了就砸东西，岳红花平时一个子儿恨不能掰成两半花，现在好好的东西被砸，气得单挑男人，哭着嚷着去挖孙铁树的脸。人家是两口子床头打到床尾，他们却从屋里打到院坝，院坝打到晒场，弄得左邻右舍都来看热闹。

孙大龙、孙二龙、孙三龙自幼做派强悍，信仰"谁凶谁是老大"。三兄弟最大的今年十一岁，最小的七岁，打架时一哄而上，在观龙村提起"三条龙"，加上他们有一个不好招惹的老妈岳红花，别人都对他们忌惮三分。

三条龙在通往老鸦乡的坡上砍树枝。"你看那边过来的是哪个？"孙二龙吸溜了一下流到嘴边的鼻涕，兴奋地对孙大龙说。孙三龙踮脚一看，"嘿"了一声："老二你瞎啦？不就是凌云青那小子吗？妈说他们家没一个好东西！"

"但这小子挑的是好东西啊。"孙二龙的口水也跟着淌下来。他觉得老大和老三都是猪脑子，难道看不出在这条偏僻的小路设下埋伏，凌云青跑得脱？

"足智多谋"的孙二龙对老大老三一阵低语，老大眉心挽了个疙瘩，犹犹豫豫道："我也想吃米花棒，如果这小子回去告状咋办？爹不准我们抢人东西，说发现了要打断咱们的手杆！"

孙二龙哀叹老大脑子不好，他从口袋里掏出一根脏兮兮的红领巾，快速地绑在脸上做示范："这样凌云青还认得出个球哦？"

孙大龙也从口袋里掏出了已经布满污渍的红领巾。孙三龙还未加入少先队，但他脱下小褂，包在头上，露出两只眼睛。

毫无察觉的云青走了过来，光脚板踩在小路上，有种麻麻痒痒的感觉。赶老鸦乡的场集时，云青想卖光所有的米花棒，顺便买点煤油，续上煤油灯。

"此山是我开，此树是我栽，要想过路去，留下买路钱。"孙二龙做戏做全套，一本正经地跳出来，学着戏腔迷惑云青。

孙大龙等不及老二说完剪径的套话，右手一挥，喊声"冲啊"，老三屁颠颠地跟过去，老二也不甘示弱，三兄弟同时围向云青。

云青听到熟悉的腔调，明白了他们是谁。他明白的同时，已经被孙家兄弟叠罗汉般压倒在地。他们又抢又夺，云青双拳不敌六手，两个装有米花棒的口袋，成了两张撕烂的塑料薄膜。他一身灰土，像打了败仗的溃兵。

"妈，是孙家的三弟兄，他们扑过来压在我身上，抢了米花棒。"

"那么大两袋米花棒全都不见了？"秀英撩起蓝布围裙揉了揉眼角，声音像是浮在水面的冰，格凌凌的冷。

"他们躲在路边……"云青还没说完，秀英的巴掌已经扇了过来，拍打在云青膀子上。云青不躲不闪，承受着母亲的怒气。

"两袋米花棒，是一颗颗粮食换来的，我们要省多久，你就这么让人抢了。"秀英越说越火，索性操起旁边的扫帚疙瘩，劈头盖脸地打下来。

云青还是不躲，额头破了皮。刚刚和"三条龙"搏斗，原本就扯破了裤子，挂在腿上摇摇晃晃，抽打发颤。秀英的抽打，云青不躲不哭，再大的痛楚，他也咬牙忍着。母亲率先受不了，丢掉扫帚，抽泣起来。

"妈，孙家……"

母亲打断云青的话："莫提孙家！"

这么多年过去了，秀英想起当年的孙铁树，心里还是有一丝淡淡的别扭，经年的恩怨结成了一道密密的网，秀英尽可能回避孙家，但她躲得过，自己的儿子却躲不过。

二十多年前，孙铁树喜欢徐秀英，观龙村老少皆知。可秀英心里没有他，即便他央媒人送来彩礼，秀英也要退回去。秀英父亲暴跳如雷，吼着要将女儿绑起来嫁过去，免得丢光他这张老脸。秀英的继母说了句公道话，劝老伴儿消消气："牛不喝水，死摁着头又有啥用？"

继母心知肚明，自己和徐家前妻生的几个儿女，关系始终淡淡的，她也不指望人家当她是亲妈一样，但面子上总要过得去。秀英平时看起来脾气柔顺，强迫她嫁孙铁树，瞧她又嚷又闹的样子，若真是绑着摁着拜了堂，人家不会说老汉的是非，当继母的肯定成了大罪人，到时村里人嚼舌头，单单议论是她心狠，搞封建婚姻包办那一套。再说除了自己身上掉下的几块肉，继母最喜欢的孩子也是秀英，她替秀英说话，一半为理，一半为情。既然秀英没和这小伙对上眼，何必硬要将他俩牵上一条绳？孙铁树送来的东西，也是继母提过去，客客气气还掉，附带说了不少好话，没损他自尊，没让他难堪，总算没伤和气。

秀英嫁给凌永彬，是心甘情愿和这个男人成一家，人家两人情投意合，按说也不关孙铁树什么事。可孙铁树心头一直过不去这个坎，直到采萍都好几岁了，他才心灰意冷娶了岳红花。岳红花不是当地人，她是来观龙村走亲戚时认识孙铁树的，算是"女追男，隔层纱"的典范，挖空心思追求高高大大不苟言笑的孙铁树。可真正嫁进孙家，耳眼里听到的尽是自家男人年轻时如何对秀英痴情的传言，她就恨得牙痒痒。她不仅自己恨，生下儿子后，号召全家一起恨：凌家那女人坏，生下的一窝孩子，也没个好东西！

二

云鸿从学校回家，遇见云白蹲在路边，拿一截树枝在地上瞎比画。他喊老五跟他一起回家，云白摆了摆脏兮兮的小手："二哥，我不回去，妈吓人。"云鸿奇怪："妈咋个吓你了？""妈打四哥，凶得很。"

云鸿皱了皱眉头：云青又惹啥事了？

云鸿得知云青被打的原委，气得跺脚，回家去抄了扁担，要为老四报仇出气。凌家的东西都敢抢，孙家这是骑在他们头上拉屎撒尿，太不将他们放在眼里了。云青这小子嘴巴说得好听，他去卖米花棒是为家里分忧，看他到底是添乱还是分忧？被孙家三个土匪抢了，屁都不敢放一个，算啥顶天立地的男子汉？

云鸿觉得关键时刻，自己才是凌家顶门顶户的老大。云青所受的侮辱，他这个当哥哥的，一定要去帮他讨要回来！

云鸿揣着一肚子火气，却跑了空趟子，孙家"三条龙"并不在家，大门上挂一把"铁将军"，鬼影子都不见一个。他一腔怨怒无处撒，索性冲着孙家大门，痛痛快快撒了一泡尿。岳红花回家，开门时不知地上的水渍是啥，迟疑地抬头看了看天，只见碧空万里，云朵洁白，也没见落偏东雨啊。

卖米花棒的生意，接二连三遭遇了天灾人祸，现在就算秀英将一家人拉到一起来商量讨论，也没人给云青投赞成票了。但云青不甘心就这样算了，寻思一定要找出别的法子来帮家里。二哥性子急躁，三两句不对付，就在外面和人大打出手。云鸿心里也是焦急，想要通过一双拳头，尽快建立凌家的尊严。

云青也想家人活得好，能活得伸伸展展的，想法却和二哥大相径庭。拳头能打出一时意气，可回到家，过的依旧是缺衣短食的生活，菜里无盐灯中缺油，母亲的叹息，肚里的饥，身上的寒，并不会减轻半分。云青的精力想好好攒着，不为聚在拳头和人相争高下。既然卖米花棒的路子行不通，那么还能找到另一条路径吗？

云青想到了一个新主意。

云鸿听说云青要做破烂生意，从鼻孔里哼出一声："你咋想一出是一出？"云青不理会二哥的嘲讽，转头对秀英说："妈，村里那几个收破烂的人，我挨个都去请教了，纸板多少钱，烂掉的塑料鞋多少钱，女人剪掉的发辫多少钱，到时卖到县城的废品回收站，人家又出多少钱，我大致都摸清楚了。这生意和卖米花棒不同，风险更小，不怕风雨，一买一卖，就是赚个中间价差。"

云鸿还是反对："你不好好读书，成天都想的啥子。"平日里云鸿说什么，云青都默不作声，也不和他辩论。爹在世时，曾格外看重自己第一个儿子，觉得云鸿胆子大，不怕事，长大恐怕还是个人物。永彬过世，秀英一时心下惶惑，没个主心骨，也一度将长子视为依靠，家里人便都让着云鸿三分。不料云青今天牙尖嘴利地回敬他："二哥，我不操心，就没钱读书，我收破烂，不得影响学习，我语文数学都是考的满分。"

云鸿当即像被红苕噎住，吞不下吐不出，只好哼一声："到时你的破烂生意做不好了，莫在妈跟前哭鼻子！"

秀英不答云鸿的话，吩咐采萍，去找家里的杆秤。这是变相同意云青再去"折腾"，给予他必备的装备。

云青的破烂生意上手没几天，已经将这门小本生意捋顺。他之前是个嘴笨的内向孩子，罗汉、二蛋、天狗等小伙伴尊他是"头儿"，并不是云青嘴皮子利索，而是他做事公道，能服众，不要嘴皮子。罗汉心里尊敬云青，晓得云青从此要当"破烂王"，专门来献计献策："你多说两句好听的，人家就愿意把破烂卖给你，我妈常说，想要人缘好，嘴巴切莫擦大粪。"

罗汉的瞎子妈还能说出这些直白的俗理，云青嘿嘿笑起来，继续请教："那要咋个说呢？"罗汉急道："你一个考试老得'双百'的人，这个都不懂？"

云青一阵傻乐，背起夹背，杆秤抓在手里就出发。云青倒没像罗汉传授的那样，见人就瞎奉承，但也逼着不爱说话的自己，主动与人打招呼。他一个小孩儿，过秤时从不要奸，口算又快，一来二往，便摸到了这门生意的"关节"，手脚也舒展许多。

愿意将家里破烂卖给云青的人渐渐多起来，此前人们还疑疑惑惑，笑话一个小娃儿，恐怕连账都算不清。云青不仅算得准确快速，从不故意压价，也不短斤少两。一些村民觉得和这个小娃儿打交道，倒比和一些奸猾的成年人踏实。假期还没过半，云青竟然已经有了他的"铁杆顾客"。他早上背一个空着的夹背出门，过了晌午，塞了满满一夹背的废品回家。

炎夏酷暑，狗都不在外面跑来跑去浪费体力，云青却背着破烂走村串户。现在饥饿不是重要的，他早就习惯了饿着肚皮干事，难受的是酷热的天气。七八月的太阳，向人间射下的是万道金箭，一支支扎进云青的肉里，向外逼出一层层的油汗。云青停下脚步歇气，田野里的玉米正在灌浆，在烈日的照耀下，它们都弯腰低头，露出蔫相。更远一点的田地，腾起"海市蜃楼"的白烟，云青明白那不是着火，是高温蒸发了水汽，看上去便有几分雾腾腾的景象。

云青的脸颊和后颈脖子晒脱了皮。像这样的午后，最肯下力的村民都掩上门，往篾条席子上，四仰八叉地一躺，睡得鼾声大起，他们知道这时在地里干活，非中暑不可。云青感到自己也快中暑了，嗓子又疼又干，头皮被酷热的细针扎得一跳一跳地疼痛，四肢乏力。夹背里的废品，每走一步，便增加一分重量，他觉得不等走拢①家，后背的"小山"将会变"大山"，将他死死压在下面。

云青看到了一个小堰塘。在川北农村，特别在云青家乡那一带，由于缺水，为了灌溉农作物，村里会安排劳力，挖出堰塘储水，方便灌溉禾苗。现在看到堰塘，云青像是见到救星，他放下夹背，来不及脱衣服，激动地一头跳下去，连连捧了几捧水，润了嘴巴的焦渴，将整个身子浸到水面之下，感受水的抚慰。

水并不凉，太阳让它变得温温的，但和直接经受暴晒相比，这就是令人惬意至极的凉快和清爽。云青会简单的狗刨式，可他没有精力和心思在堰塘游泳。他从头到脚，每个毛孔有了水

————————

① 四川方言，意为走到。

的清凉，从堰塘起来，穿着一身湿漉漉的衣裳裤子，背起夹背继续赶路。

云青在烈日下，一次次地扑到堰塘中，用水降温，起身穿着打湿的衣裤行走，拿自己当活动的晾衣架子，竟为日后埋下那么大的祸根。

三

天气实在太闷热了，云青感觉向家走去的最后几步，不是他的腿脚在动，而是循着一种梦游的节奏，浑身发飘地向家扑去。云青将夹背靠墙一搁，走进厨房的水缸舀水喝，水缸里只剩浅浅一点了，他喝了半瓢水，喉咙不再那么干渴。

"家里的水要用光了。"云青跨出门槛，对正在收拾那些破烂的采芹说。采芹点点头："妈和大姐去井边排队了，等会儿我去换她们。"云青活动了一下酸疼的肩膀："我去，你还规整破烂。"采芹鼻尖聚了一层细密汗珠："趁着天还没黑，我把这些赶紧收拾出来，明天我们一起去县城卖掉。"

云青收了破烂回来，采芹和他打配合。采芹将废品分门别类捆好扎好，带去废品回收站，工作人员夸赞姐弟活儿做得漂亮，又说起他们村有些人偷奸耍滑，有几回他们卖的废纸板夹层中，竟然提前洒了水，以此增加重量。工作人员摇头："他们没有你们两个小娃儿实诚。"

那次回去的路上，采芹悄悄问云青："人家说的该不是段发财吧？"云青摇摇头："段发财那个人，才不会做破烂生意，他眼睛长在头顶，看不起这种小买卖。"采芹嘿嘿笑："他就算头顶生出一对牛角来，妈都不喜欢他！"在云青眼里，也是如此，不过他想得更极端一些：母亲谁都看不上，除了地下的父亲，也没有哪个男人配得上母亲。

没有男人能帮衬秀英，云青索性让自己变成那个"支柱"，变成母亲可以依仗的"打杵子"。他顾不得刚走了很远的山路，小腿累得直打战，这会儿歇也不歇，赶紧前往村人共用的水井。

这口井的历史，和村庄一样悠长。多少年了，还能源源不断地流出清澈甘甜的井水来，成为全村人生存的依靠。今年的老井有点特殊，不知道是因为天干，还是地下水渐渐枯涸，原来桶一甩下去，就能听到撞着水冷冷的声音，感受水的温柔浮力。现在呢，是一声闷响，要拉一桶水上来，需要耐心十足地等待，等水从稀软的井下黄泥中一点点渗出来。哪家哪户不吃水用水呢？排队的人一多，便有强蛮不讲理的人，硬要"后来者居上"，将自己的桶，插到人家前头。

云青走拢时，大妈刘翠芳正在"舌战群儒"。刘翠芳明明后到，硬说她早就拜托了秀英帮忙占位，还排在秀英前头。人们七嘴八舌，谁都想排第一个，打了水好回家，屋里一箩筐的事等着要做。刘翠芳来了就想插队，她以为还是"工分时代"，队上的人看在他男人记分员陈金柱的面子上，多少让她三分。她也不想想，包产到户都这么久了，哪个犯得着巴结她？

刘翠芳心里也明白，今时不同往日。她虽嗓门大，并不真的和群众为敌，只揪了妯娌一个人说事："你们要怪莫怪我，是秀英口口声声说帮我占位的，要不我早就来了。是不是啊，秀英？"

采萍刚想瞪眼睛，秀英捏了一下女儿的手，将自家的桶往后挪了挪，招呼刘翠芳："大嫂，你排过来吧。"队伍里顿时嘘声四起，有些女人阴阳怪气地说道："以后我们都不排了，老老实实排队有啥用？人家来了放个屁，马上插到前面去，就说帮人占位吧，咋连一个证物都莫得？"

刘翠芳马上抢着话头，将火引到了秀英身上："这哪能怪我，秀英说采萍去家里拿桶，帮我占个位，结果姑娘人大了心也大，不晓得挂记着啥，正经事倒搞忘了。"

闲嘴的妇人们，眯眯眼都放出光来，她们最乐意听到这些花边新闻。采萍脸色瞬间变得通红，见云青过来，秀英便让她先回去，留云青和自己排队打水。

打完水回家的路上，秀英一直默不作声。云青以为母亲还在为刘翠芳生气，小心挑着木桶，尽量不洒出一滴水来："莫理大妈那个人，她生性爱占便宜。"秀英"啊"了一声，神情呆呆的，她想的并不是刘翠芳，而是采萍的事。采萍今年十七，时光混起来快得很，再过两年，该给采萍找婆家了，可家里眼下这种情况，又少一个顶梁柱，到时能有好人家看上采萍？采萍嫁过去会不会被婆家看低？还有采芹，这个女儿更让人操心，跟她说话声音大一点，她都要发抖，到时还不知能不能找到合适的门户。

采芹夜里睡得迷迷糊糊，起身去如厕，她舍不得点亮煤油灯，摸黑前行。回来时梁上老鼠跑过，"吱吱"叫两声，扑下一头灰，采芹出了一身冷汗，慌了腿脚，尖叫一声，跌坐在地。

"三姐，你咋了？"

"脚崴了！"

云青扶起采芹，回床休息。采芹忍住剧烈疼痛，辗转难眠。

早上起床，采芹脚踝肿了起来，不能承力行走，咋能和云青一道翻山越岭，前往县城出售废品呢。云青安慰她："我一个人背得起的。"

"不行，这次还有废铜烂铁，重得很。"采芹将求助的目光投向云鸿："二哥，废品卖了，云青的买卖才有钱周转，这次你替我去县城好吗？"

云鸿看了采芹一眼："我今天有事，早和人约好了，你脚崴了，好了再去嘛。"

云青将采芹夹背中的废品，全部放进自己的夹背中。他发现采芹尽可能将沉重之物，放在她夹背里了。前几次去县城，云青走得还算轻松，今天他才明白，三姐一直以来对他的这份关爱和体贴。

采芹扭伤脚踝，母亲用上土方子，拧了个热帕，搭在脚踝让她敷一敷，随即带着采萍去地里劳作。云鸿吃过早饭，碗一推便跑得不见人影。云白在屋子里待不住，去找邻家孩子玩耍，家里只有采芹，她很少有这样的机会，单独一人待在家里。

茅草屋顶严重漏雨，墙壁出现了道道裂痕。采芹不敢多看，仿佛看久了，墙角一只蜘蛛都能变成磨盘大，而原本衰朽破旧的房屋，越发的摇摇欲坠，仿佛要坍塌下来将她一人埋在废墟之中。摸着热敷之后尚未消去红肿的脚踝，采芹既伤心又害怕。她平静情绪后抬起头，怔怔地想：这会儿云青该过黑水塘了吧？过了黑水塘，去县城的路就好走一点了。

四

云青负重前往县城，回来时很轻松。夹背里一把秤杆，一个秤砣，一罐煤油，几张膏药。云青一路小跑，抄着近路回家。要抄近路，就得翻过一道偏僻的土梁。

云青穿行的僻静之处，耸着大大小小的坟包，这里是附近几个村庄公用的坟地。永彬的坟头离这儿很远，并不挨着路，大概阴阳先生认为，永彬不热衷交际，给他选的坟地也较为清幽偏僻。云青特意踮脚寻望父亲的坟包，不过山势起伏，遮挡了视线，没有瞅见安葬父亲的那块坟地。他心中闪过一声默念：要是爹还在就好了。

岭上只有风吹过，听不到父亲的响应。云青落寞地低下头，耳畔忽然传来"啾啾"的声音。他警惕地转身，三只野狗中，由一只黑眼圈黄狗打头，另外两只野狗一左一右排列，正向云青靠近。

云青脑子"嗡"的一声，他竟然遇到了传说中的坟地野狗。

山坟附近野狗较多，当地人都知道。这里的野狗凶残而放肆，它们平时拱翻人家祭拜的食物享用，有些野狗丧心病狂，将一些草草埋葬的婴孩尸身刨出，啃得面目全非。云青早就听过野狗的传说，但野狗真正杵在他面前，他的心还是往下一沉。

领头的黑眼圈野狗觉得，云青才是一个八岁娃娃，是极其美味的食物，香喷喷的人肉，脆生生的骨头，全身上下，皆是犬类的盘中美餐。

云青告诫自己，一定不能慌张。他极力控制住微微发抖的身体，两眼盯着领头的野狗，纵使心中害怕，眼神毫无畏惧。云青迅速将夹背中的东西倒在地上，左手抓着夹背的背索，让夹背作为他的掩体，右手抓紧秤杆，依旧与领头的野狗对视。

跟班的野狗等得不耐烦，脚爪刨地，耳朵和毛发竖立，汪汪叫嚷，像在催促它们的头儿，赶紧做出一个决断：这小子是撕还是不撕？

野狗每叫一声，就如同一个响雷在云青耳畔滚过，但他依旧没有慌乱，盯着野狗的动向。这群"坟地幽灵"，虽说连刨挖婴尸的事都干得出来，但它们毕竟是狗不是人。云青想起周爷说过："人总比畜生办法多，因为畜生毕竟是畜生。"

秀英曾经带过云青去三姨家，路上也遇到过拦道的狗。秀英假装在地上抓石子，嘴里喊出"嘿嘿"的逼退声，并让云青用手使劲抓土，弄出烟尘弥漫的效果，那只拦路狗仓皇失措，夹着尾巴逃跑。那时有母亲，他们是两个人，现在只剩自己一个，面对三只野狗，这该咋办？

犹豫的念头闪了一下，便从云青脑中消退。正因为现在只有他一个人，一旦露怯，就像拦住洪水的堤坝打开了一个缺口，会一溃千里，或是像乌龟去了壳，将所有软弱都暴露给敌人，那会一败涂地。

云青慢慢将右手的秤杆换到左手，猛然蹲身，在野狗还未回过神来时，他抓住了地上的一把沙土，看准领头的野狗砸去。沙土没有砸痛野狗，但它被云青的偷袭吓了一跳，连打三个喷嚏。云青没有给领头野狗反扑的机会，也防范着领头野狗的跟班，将秤杆换到右手，高高举起，大声叫喊着，向领头的野狗冲过去，秤杆打中了它的头部。

领头野狗头部遭受重击，哀号一声，觉得低估了这个小孩，转头飞快逃遁。云青依旧不管跟班野狗的想法，一根筋地盯住领头野狗追打。跟班狗们见领头的野狗认怂，被一个凶神恶煞的小孩追打，平常都是它们追人，很少遇见人追撵它们。既然"老大"夹着尾巴仓皇逃顾，它们也各自跑开了这片坟地。

云青赶跑野狗，装好地上的膏药和煤油罐儿，背上夹背，快速地跑回村庄。

五

云青又去县城卖了一次废品，他用积攒的零花钱，买了一把自己用的刷子。采芹很好奇，捏着刷子的长柄翻来覆去地查看："你真的要拿这个毛刷子，在嘴里捣来捣去啊？"云青苦笑："三姐，和你说过了，这不叫毛刷子，这是牙刷。"采芹不以为然："我看到人家夏天站在河滩，给牛洗涮牙口，才用刷子，你又不是牛，干吗要用这个？"

云青对采芹解释不清，牙刷是让牙齿变得更白更干净，张嘴说话时，免得先发出一股熏人的气味，让人不敢靠近。

采芹是和云青一道见识过"真正的牙刷"的。云青卖米花棒去过最远的地方，就是老鸦乡，没到过县城。后来"改行"做废品生意，云青才与采芹到县城，打听废品回收站的具体位置。

县城废品回收站是公家单位，工作人员都是"吃皇粮的"，在村民眼里是了不得的身份。云青和采芹走进回收站，一个阿姨骂她儿子："一天到晚只晓得吃糖，还要不要你的牙齿了？今天又给你买了一把新牙刷，回家好好刷，要不到时虫吃了你的牙，满嘴牙都得拔光！"云青好奇地往桌上一看，见到一把天蓝的牙刷，他心中像被一根线牵了牵，若有所思。

回去的路上，云青忍不住对采芹说："等我攒够钱，我也要买一把牙刷。"采芹惊奇地问他："买那个干吗？"云青也不知道该怎么说，他看到县城的人逼着自己孩子刷牙，这件小事，好像一下子就拉开了城乡之间的距离。他在寒假作业本里早就知道这样一种东西的存在，它能让口腔变得清洁卫生，就算到了六十岁七十岁，一开口不会先是臭气熏天，然后看到犹如虫洞的黑色蛀孔。

云青固执地想要一把牙刷，采芹觉得四弟读了书，上了学堂，想要过高级一点的生活，与他们不一样。云青却说："等下次攒够钱，我给你也买一把。"采芹赶紧摆手，如果让她挑，她宁愿选一面蛋圆的小镜子，或者一把水果糖，一双新袜子，要牙刷干什么呢？牙又不疼，哪里需要它在嘴里，拉风箱一般捣来捣去的呢？

秀英也觉得云青行为有些怪异。每天清晨起来，或者睡觉之前，他就上端半碗水，去院坝里刷牙。他的零花钱只够买牙刷，不够买牙膏，便漱一口淡盐水，秀英听到齿刷刮过牙齿的声音，全身就起一层鸡皮疙瘩。她摇摇头："云青，你这是搞啥子？"云青给母亲普及爱牙知识，母亲回复他："你福喜婆婆一辈子没刷过牙，人家七十多岁了，还不是照样吃炒胡豆，咬得咯嘣响？"

云青承认福喜婆婆牙口好，但老人家张口说话，难免有一种黏臭味道。云青敏感地想到自己的嘴巴，应该也是有异味的，只有坚持天天刷牙，才能将这种味道消除。这一年，从城市到乡村，各个学校都在号召学生们"五讲四美"，其中一"讲"就是"讲卫生"。云青搞不懂，既然班上同学都听了老师说的要讲卫生，为啥他刷个牙，还被当成怪异的事？

云青每天蹲在自家门口刷牙，竟成了观龙村的"一景"。有些好奇的女人，专门跑来查看，提些千奇百怪的问题。

"云青，你这样刷，牙齿痛不痛？"

"不痛。"

"刷来刷去有啥好处呢？"

"保护牙齿。"

"真的啊？但我们不保护，牙齿不也好好的吗？"

"还能清洁口腔。"

"口腔，口腔是啥东西？"

"就是嘴巴。"

"那你能不能把牙刷借给我用一用，我也试试呢？"

"不行，牙刷只能自己用，借一下就不卫生了。"

女人们像是看了一出西洋景，遇到秀英，说他儿子做派像城里人，就是恁小气，借他牙刷都不肯。秀英怕对方生气，赶紧表达歉意："不晓得云青咋想的，一天到黑，臭假得很。我看到他把那根塑料棒棒戳进嘴里就来气，他哥多念几年书，也不像他这么臭假。"

采芹对云青小声建议，以后莫再刷牙了。观龙村就是一潭死水，如果人人过得差不多，就是每家每户都在泥水里打转，在苦水中扑腾都没关系，但不能见到哪一个冒了"尖儿"。云青是村里头一个刷牙的人，让别人生出满心的嫉妒了，凭什么他一个寡母子带的娃儿敢抢在前头呢？大伙儿不乐意了。采芹担忧大人们嘲讽云青，让他心头难过，云青却梗着脖子回答："我刷我的，又没把牙刷捣进人家嘴巴，别人爱说啥说啥，我管不了。"

采芹怕惹云青不高兴，不再多说。云青虽和采芹争执一番，却没有感受到太大的压力，更没有她所担忧的畏惧与委屈。他反而觉得，熟悉的生活河流之中，在悄然起着变化，像是之前滞缓的水，蕴藉着时间的力量，慢慢冲散了一些淤泥，流淌得越来越畅快了。

自己的人生，也会像溪流奔腾一般，越来越畅快吗？

第十章

一

观龙村的"承包土地到户"，不仅仅是田地，山地和荒坡也都划给各家各户，彼此间设有界石，明确"领土权限"，但具体到山坡，情况就更特殊一些。比如一棵树，它原本是长在张三的地头上，但枝丫又落在李四这边，李四要砍掉树枝以免影响庄稼生长，张三不干了，说李四无耻，李四便怒发冲冠，就会与张三吵闹。有时就为一根纤细的树枝，原本和和气气的两家人，闹得和仇人一样。

云青一有空就去野棉花山，到自家的坡地瞅瞅，尽量看顾着柴火，减少一点损失。他将书包也带上，捡完柴火，便拥有一段山顶看书写字的时光。周围静寂，无人相扰，偌大的天地，仿佛是供给云青一个人的书桌。

细妹子答应借一本课外参考书给云青，云青随口说了声野棉花山上见，她满口应下来。她选择了野棉花山北边的小路，在山顶找到了云青。

云青来过野棉花山很多次，从没发现山上长着野棉花，就连"家棉花"都没有一朵，与附近其他山丘比起来，野棉花山格外陡峭雄伟。但山坡长满了各色野花，春夏秋季节，都有不同类别的花开，带来不同的山花烂漫。到了冬天，坡上草叶枯萎，休眠般地贴着地面，寒霜板结，冷冷凄意，却有一种空旷苍凉之感。

细妹子顺着云青的视线望去，那些飘飘散散的炊烟，从观龙村袅袅升起。第一次观看自己云遮雾绕的村庄，瞭望升腾的炊烟，她的脸上浮起一层激动的神情。

云青奇怪地问："难道你没有爬过野棉花山？"

细妹子脸上现出一片红晕，说早就想爬这座山，大哥却说山里住着怪物，吓得她不敢上山。云青哑然失笑。

茅草屋升起了炊烟，意味着要回家吃晚饭了。云青问细妹子回家怕不怕，怕的话就送她一段路。细妹子心里打着战，但她不愿在云青面前露怯，不就是一座山吗？不怕的！

云青和夹背渐行渐远。暮色渐渐合上天空，山坡的草木深染了一层褐色，就像土壤之下或灌木之中，躲藏着什么未知之物。细妹子一路小跑，回到了家中。

韩老师一家是村里公认的"书香之家"，韩家老二能考上清华大学，给韩老师脸上争了不少荣光。别说观龙村的乡亲，就连老二韩智君就读的镇中，也都知道韩老师大名，他们夸耀韩德庆育人有方，培养了一个聪慧能干的儿子。韩老师矜持而谦逊地接受着人们的恭维，但他更为冷静地提醒自己，抓一抓娃娃们的学习，说不定这些小学生里，还能冒出几个像智君一样的学生，也有机会"鲤鱼跃'农门'"。

韩老师批改作业，眉毛微蹙，腰板打得笔直，两只手肘处缝上了两个补丁，补丁上染了一些粉笔灰，看上去灰不灰黑不黑的。细妹子从小闻惯了父亲身上的粉笔灰味道，觉得这是比花草香麦子香更好的味儿。刚刚回到家的细妹子就像一只小猫，悄无声息地走进来。

韩老师抬头叫住细妹子，问她去哪里了，妈妈叫了十几声都没应答。细妹子挨着父亲手肘，细汗贴着头发，她揭一绺在指头上缠缠绕绕，不正面回答，倒问起父亲：大哥小时候去过野棉花山吗？

细妹子的问话，将韩老师拖入了痛楚的记忆。义君是在一个春天的夜里，忽然发高烧的。

当天韩老师在上课，窗外滚过两声闷雷，个别胆小的学生发出了惊呼声。韩老师安慰他们："同学们莫怕，惊蛰天，响早天雷是正常的。"有学生举手，问什么叫惊蛰。韩老师推了推眼镜腿："惊蛰是咱们老祖宗定下的二十四节气中的一个，春天到了，天气回暖，春雷鸣响，蛰伏冬眠的昆虫都被惊醒了，所以这天被称作'惊蛰'。"

韩老师的讲解，及时消除了学生们的恐慌。

与此同时，还没有上学的韩义君约了几个伙伴，在野棉花山顶玩耍。春雷炸响，雷声仿佛不是从天引向地，而是从地底忽然爆炸，一路沙尘滚滚地引往天空，天地成为共鸣的腔体，在空旷的山谷四处回响。

"快跑，怪物来了"。带着哭腔喊叫的韩义君，没头没脑往山下奔跑，跑出一身大汗，当天半夜莫名其妙地发起了高烧。

韩老师急忙去找赤脚医生，服下退烧药。义君看上去睡得沉稳踏实，可过了几个钟头，额头又烫成了一块炭火。如此反反复复，他的病终于好起来时，韩老师发现，义君变得有点不一样了，看人的眼神有些发直，说的话也常让人摸不着头脑。

韩老师原本不肯承认义君智力减退的事实，他重复读了三个一年级，再也无法升学，只好回家干点农活。

父亲讲述韩义君的这段经历，细妹子把脑袋靠在父亲胳膊上，手掌抚玩他肘上的补丁："惊蛰的雷吓狠了大哥。"韩老师还未开口，细妹子又小声问道："那我去野棉花山，应该没关系吧？"

韩老师松口气，老大如今已半傻，将野棉花山视为怪物出没之地，幸而老三长大，有了自己的判断，也有了自己的胆识，不会再受愚昧和无知的禁锢。韩老师当即应允，她能去野棉花山玩耍，但要注意安全，毕竟那儿坡陡岩高，莫要一个不留神，摔到沟沟坎坎上了。细妹子回答："不怕，我和凌云青一起去。"

韩老师嘴角溢出放心的笑意。作为老师，他也喜欢云青这个好学的孩子："你也可以邀请凌云青到我们家里玩嘛，让你妈妈冲醪糟蛋汤给他喝。"细妹子"嗯呢"一声应答。

二

云青家的麦子地在野棉花山腰的一块平整处。从他家出发，走到地里需要爬几段坡，其中有两段山势陡峭，路面狭窄，只容一人通过。地上的土楞子像是尖刀一般竖立着，增加了爬坡的难度。

秀英大病了一场，发着低烧，出着冷汗，身上压了两床破被子，还在一个劲儿地喊冷。她缓过一点劲来，靠在床头，愁眉苦脸地问采萍："妈身上没有力，咋把粪肥背上山哟？"

"妈，我去背嘛。"

秀英看着采萍单薄的肩膀，摇摇头。采萍不争气的泪花花在眼里打转，这种时候，家里是指望不上云鸿的，云鸿总说自己要用功读书，秀英也不准采萍打扰他。

"妈，我背。"云青跨进门。逆着光，秀英看不清儿子的脸，但她从云青的语气中听到了一份坚定。这让躺在病床上，如同身在针板上的她心头一暖，但随即心里一痛，那么重那么多的干粪，云青背得了吗？

秀英剧烈喘咳，待稍微平静一点，对云青说："实在不行的话，莫要硬来。等妈病好了，晓得背粪上山的。"

"我要是走不动了，还有打杵子当拐棍。"云青走到墙边，摸了一下靠着墙壁的打杵子。

云青将夹背的干粪装得满满的，采萍让他装一半就好，他并不理会，埋头往里面铲塞粪土。

沉甸甸的粪肥像一坨生铁，摁住云青肩膀，在后背狠狠往下挤压，直到压进肉里。他每走一步，都像有恶毒的监工，手握钢鞭，冲着肩背，一鞭紧接一鞭地无情抽打。汗水铺天盖地而来，从头皮渗出，从额角渗出，聚成豌豆大，汇成汗流往下滑落。打杵子捏在云青的手上，手柄的木头已经被磨得油光锃亮，云青有了一份支撑，也有了一种力量，他感受着从地心渗出的力，修补他此刻的筋疲力尽。

今天是礼拜日，细妹子特意穿了二哥从北京寄回的新衣服，扎了崭新的蝴蝶结，跑来想和云青一起做作业。云青告诉过她，家里活路不断，他想要安安心心做一会儿作业，只能将书本带到野棉花山。

细妹子看见了挂着打杵子艰难爬行的云青。他被压弯了腰，气喘吁吁地爬行，头部快要贴近陡峭的山路。云青没有看见细妹子，拐个弯慢慢爬上了山坡。

细妹子穿着新衣，扎着红亮亮的绸带来找他。她忽然对自己这身打扮感到羞愧，有了无地自容的负疚感。她慌慌张张地跑走了，边跑边用手背擦拭眼睛，她想为云青做点什么，可她又能做什么呢？

细妹子冥思苦想，已经二十岁的大哥义君，能将院子里的石锁，轻轻松松举过头顶，倒是很有力气的。细妹子心思一动，转身回家。

韩义君一听细妹子要他去帮凌家背粪，立刻冒火："你再提这个名字，小心我揍你！"

韩义君之所以有这样大的反应，和他的好朋友陈富贵有关。

陈富贵纡尊降贵，实在是有深刻的无奈。去年大年三十，陈富贵藏在树丛中，看到有人走来，丢出个"二踢脚"，将一个老太太吓得一屁股坐在地上，这惊慌一摔，竟让老太太尾巴骨裂开几道缝。虽说不是太要命的事，但老太太家里人不依不饶上门吵嚷，说理索赔。陈金柱实在没办法，赔了对方不小的一笔钱，搭送很多营养品，弄得陈家过年时鸡飞狗跳，又是打骂又是哭嚷。从那以后，村里更加没有孩子愿和陈富贵玩耍，吉祥长大也不再当哥哥的跟屁虫。陈富贵只好打起了韩义君的主意。

韩义君看上去像个大人，心智还是个孩子，这两个"没人理"的伙伴，年龄相差好几岁，竟因为打烟盒板的共同爱好，成了一对"忘年交"。

陈富贵陪韩义君玩耍，有时不忘对他说起凌云青："你家妹子瓜得很哦，被凌云青那小子骗得团团转，你还不晓得。"韩义君鼓起眼睛重重一掌，拍得地上的烟盒板受了惊吓般地弹起："他龟儿敢？如果欺负我家细妹子，看我不打断他的狗腿！"

细妹子不知道这些原委，韩义君在陈富贵的反复灌输下，如今一听凌云青的名字，就气不打一处来。

云青熬过了放学和周日背粪肥地的时节，疼痛却并未随之戛然而止。他在教室僵着身子熬坐，感觉肩膀仍然压着虚无的沉沉重担。挨到了放学铃响，云青想看看肩上疼痛的伤口，来不及整理书包，一头跑向茅厕。

钱金宝也要上茅厕。云青肩上的伤和衣服连在了一起，调整衣服时，疼得脸上一阵抽搐。

云青回教室拿书包。上完厕所的钱金宝蹿到云青身后，重重拍了一下他的右边："凌云青，借下你的课堂笔记本！"云青"啊"地一声低呼，肩膀像是地陷房倒，额头迅速凝起了细密的汗珠。原本结痂的脆弱皮肉，又再度爆裂。云青忍住钻心的疼痛，抓起书包跌跌撞撞跑出了教室。

细妹子看见了钱金宝使坏的情节。但她什么都做不到，憋出了两眼的泪花花。

细妹子来到了野棉花山，抬起泪痕满面的脸，发现云青也在这里。她擦掉眼泪，泪水却再次在她脸上奔涌。

云青最害怕女生掉眼泪，每次三姐采芹一哭，他觉得天都塌了一半。细妹子不知何故这么伤心，他想说句玩笑话缓和气氛，张口却像吓人的话："你哭这么大声，就不怕招来野棉花山的怪物？"

泪眼汪汪的细妹子一字一顿道："怪物要吃也吃钱金宝，他身上贼肉多，嘴巴坏心肠黑，妖怪肯定先吃他！"

云青心念一动，这才明白细妹子伤心落泪是为了啥。

云青站在山顶一块石头上，手臂平伸，指向很远很远的地方，像是自言自语："晓得那里是哪里吗？"细妹子并肩站到云青旁边，学着他的样，绷紧小腿，踮起脚尖，伸长脖子，往远处眺望："不晓得。"

"我也不晓得那里是哪儿。"云青露齿一笑，他的脸随时板板正正的，难得笑一次。细妹子屏住了呼吸，两颗圆圆的泪，秉着惯性，擦着睫毛滚下脸颊。

"虽然不晓得那儿是哪里，但有一天我会到那儿去。"云青的声音，在野棉花山上空回荡。

细妹子脸上的泪痕被风渐渐吹干，肌肤有了紧绷的感觉，被勾起好奇心："你不晓得是哪儿，为啥要去？"

"我想走远一点儿，虽然不知道那个地方叫什么，但它肯定是一个令人向往的地方！"

云青用力望向远处："现在我哪里都去不了，如果有一天能到那些地方去，也肯定是因为这个。"云青扬了扬手中的课本，"就像你二哥一样，到外面去看看。"细妹子没有说话，目光充满敬佩地望向云青。

云青坐在地上，膝头上方放了课本，下方是作业本。他忘记了肩上的疼痛，开始专心做起作业来。细妹子有充足的时间做作业，没有打扰云青。她犹豫了一下，从口袋里掏出一张叠得方方正正的花手绢，铺在地上，与云青并肩坐着。云青做作业，她便抱着膝盖，眼睛眺望"远方"。

三

细妹子已经养成了习惯，放学先回家露个脸儿，然后背着书包来到野棉花山。她回家给母亲造成一个虚假印象，眼见女儿放了学，打个转身，却不见了人影。她的母亲薛小梅有次问起，她咋个经常神龙见首不见尾的，细妹子说自己是找同学一道做作业，互帮互助，互学互长。薛小梅听了很高兴："去找哪家的娃儿做功课了？下次给人家带点吃的，老去人家屋里多不好，也带同学回来耍嘛。"

细妹子和父亲对望一眼，露出默契的笑靥。

并不是每天去野棉花山，细妹子都能见到云青。他家里的农活太多，拾捡柴火背运渣土，只是其中很小的农活，云青倘若被抢种抢收的农活绊住，他就去不了野棉花山。就算云青不能过来写作业，细妹子也会在山顶静静待一会儿，等到霞光被西山一点点吞没，才站起身来，拍拍裤子上的泥尘回家。

细妹子在山顶等待云青时，看见一个脑袋沿儿，往山顶一冒一冒地显现，就会露出笑容。她事先告诫过自己，不要当着云青的面这么憨笑，可她就是忍不住。尤其是这次，她发现云青一片额发被火燎过，焦焦地灼卷，细妹子一见便笑弯了腰。云青告诉她，都是煤油灯惹的祸。

家里的煤油灯，是秀英制作的。她用做鞋的锥子，在废旧墨水瓶的瓶盖中间，钻出一个圆圆的小孔，成为装插灯芯管筒的洞眼。废旧铁皮卷成的圆管中，用细小的铁丝，小心塞进一小撮棉线，再将铁皮圆管插进瓶盖的小孔，一探到底，这便是煤油灯了。煤油按户限量购买，家里这盏煤油灯，无疑是黑夜中唯一的光明使者，地位尊崇。秀英每次往煤油灯里倾倒煤油，都神情专注，不敢将一滴煤油洒漏到瓶外。为了节约用油，她做成细小的灯芯，一圈昏黄光晕，照射范围有限。

云青晚上做作业，尽量让身子趋光而坐。离煤油灯太近，他的两个鼻孔被油烟熏得黢黑。昏暗灯光下，书本上的字迹黑乎乎地挤成一团，越是看得吃力，越想靠近煤油灯的亮光。字迹模模糊糊，看不清楚，更容易困倦，云青稍微一低头，一绺额发即刻燎燃，漫开刺鼻的焦煳味。

细妹子夜里读书，用的是他爹从供销社买回的、带玻璃罩子的"气死风灯"，她的头发从来没被火舌舔过，不曾有过云青的遭遇。云青冷不丁被燎了头发，模样实在与往日迥异。

细妹子银铃般的笑声落满了山坡，山风仿佛受到了鼓舞，树杈和草叶不停地飘荡摇曳。云青翻个白眼，认真演算纸上的难题。

云青埋头做了一会儿作业，感觉脸上热烘烘痒酥酥的，像是有一条猪儿虫爬上来。他用手摸了一把，光光生生的，连个蚊子脚都没抓到，忽然心有所动，转脸看向细妹子。细妹子迟迟没有做功课，光顾着看他，两只大眼睛扑闪闪的，像架了疙瘩柴，点燃了大火，视线瞥过来就是一层一层的热。云青有点不好意思，胡噜一下烧秃的额发，几分懊恼地说道："就那么难看？"

细妹子细密洁白的牙齿咬了咬嘴唇，不肯再张口。云青感觉周围空气有些浑厚，有些凝滞，他还不习惯细妹子带着严肃神情的样子，她的眼睛分明有话想和他讲，可她既然抿唇不吭一声，他也不好纠缠追问。

野棉花山上的学习时光，过得比任何时间都要迅疾。云青不无惆怅地想，如果人的时间能像豆腐一样，切开一块，随意挪到别的位置排放就好了。他愿意将夜里睡觉的时间，都如切豆腐般地切下来，让这些"被浪费掉的时间"置换到野棉花山上，他就每天能够多做一些题，多看一些书。可如果每次看书，细妹子都像今天这样，看得他心里像拱进了一条毛毛虫，刺得他无法集中注意力，那该怎么办呢？

当天晚上，云青在漆黑的夜里翻了个身。云白说着什么萝卜花生豆腐的梦话，稚弱的呓语，让夜更加幽深寂静，这才是夜晚该有的轻松与闲逸。

云青终于合上眼，在家人长长短短的鼾息中沉入梦乡。

第十一章

一

小木匠原本和采萍约好了见面时间，他却少有地爽了约。人没出现也就罢了，可他跟杨师傅回家时，走得匆匆忙忙，连个口信都没托人捎来，这让采萍心头涌起了难以言状的困惑和不安。

若论此事的根源，要落到师娘身上。眼看小木匠长成一个大小伙子，当初拧巴着一颗心，一直不知道收养他是对是错的师娘，肚里有了别的盘算。这些年来，不管师娘多少次猜测小木匠是老杨在外面生的"野种"，但毕竟这娃儿一尺多长就躺在她怀里，是她一口米汤一口玉米糊糊喂养大的。师娘和自己男人使气，晓得杨师傅年轻时花花肠子不少，也和一些风流娘们闹出了绯闻韵事来。但转眼二十年过去了，她也上了岁数，老杨的头发也花白了一半，心态渐渐变得平和，懂得用朴素的人生哲学来安慰自己：管他娘的，就算小木匠是老杨的种，我也是当亲儿，一把屎一把尿养大的。

师娘跨过了心头这道坎，便开始琢磨一件事。以后她老了，小木匠还管不管她呢？想到这个，她又有点后悔当初非要让孩子唤她"师娘"而不是"娘"了，看似一字之差，那意思就相隔天远地远了。既然是"师娘"，以后人家逢着年节，拎点水果回来拜会一下，已经是了不得的孝敬礼数了。唯独是"娘"，那才是朝夕相见晨昏相处，孝顺到了骨子里，也心疼到了血肉里。

到底怎么让"师娘"变成"娘"呢？师娘开始苦心思量。

师娘一拍大腿，想到了好主意。

师娘的娘家弟弟，生养的孩子多，糊弄那么多张嘴巴着实困难，那些年师娘可没少接济弟弟一家。师娘有个侄女，叫丹丹，在弟弟的几个孩子中，就数这个丹丹长得唇红齿白，一张小嘴又讨巧会说，顶受师娘的疼爱。那时师娘和弟弟开玩笑，说她家里没女儿，干脆将丹丹过继给自己算了。弟弟和弟妹都积极答应，莫不相从，觉得丹丹跟了姐姐，恐怕比跟着他们更能过上精米白面的好日子。

但师娘是个主意一天三变的人，她很快又叹息起自己福薄。家里这个小木匠，都不晓得是不是老杨在外面撒的种，现在再来一个侄女，虽说是亲戚，但也不是她肚里十月怀胎生下的丫头，她一辈子忙忙活活，岂不是尽在为别人养孩子了。师娘心念一沉，又打消了接丹丹来家里养的念头。不过既然已提了这话头，师娘对待丹丹，的确与对待其他侄儿侄女不同，每年过年都要单独给她置办一身新衣，平时丹丹来看望她，也会偷偷塞点零用钱，嘱咐她不要告诉兄弟姊妹。丹丹是个鬼机灵，得了好处也记得恩情，有时张口喊"姑妈"，有时索性就喊"妈"，师娘心头欢喜，更是疼爱。

师娘坐在家里想着想着，高兴得直蹦跶：这不是千载难逢的好姻缘吗？她现在真心当小木匠是自己儿子，要留住小木匠，让他和丹丹成一家。杨木匠的三间大瓦房，在他们村，可是数一数二的好房子，用料讲究，宽敞亮堂，到时腾出主屋来给小木匠当婚房，对于不知来路的孤儿小木匠来说，岂不是天上掉下的油馍馍，走路捡到的金元宝？小木匠不花一分钱，能娶到丹丹，这也是他前辈子修来的福气。

师娘喜欢独断专行，她认准什么事，便兴兴头头先去操办起来，也不管人家到底是同意还是不同意。在丹丹这儿，师娘还真没打错算盘，丹丹从小就往杨木匠家里跑，管小木匠叫"哥哥"，待到姑娘年岁大了，真的将小木匠这个哥哥刻进了心里头。小木匠长得精神，为人憨厚，还有一门精妙的木匠活儿，今后走到哪里都饿不死。嫁给这样的男人，丹丹觉得是自己这种穷家贫户女孩的上好出路。

侄女这般温柔懂事，小时候说得好好的过继没算数，现在让人家搬来改口叫"妈"，丹丹马上高高兴兴地顺从，还将被窝搬上师娘的床，睡到师娘脚边，让师娘提前感受儿媳孝敬陪伴的幸福。

杨师傅和小木匠这趟活做了整整两个月，是单不小的生意，时间紧任务重，当然报酬也高。师徒俩完成了活计，看看彼此，都累瘦了一大圈。回家的路上，杨师傅和徒弟打趣："小子，等到了家，要让你师娘给你炖只蹄髈，好好补一补，看你年纪轻轻一个小伙子，累得眼睛底下都青黑了，回去师娘莫说我虐待了徒弟哟。"小木匠心不在焉，嗯嗯啊啊有一搭没一搭地敷衍着师傅，不时回头张望。

杨师傅估摸徒弟在观龙村有了"相好"，生性羞涩，不好意思道给他听。杨师傅肚皮里憋着笑，继续开徒弟的玩笑："咋的了？是把刨刀凿刀忘到主顾家里头了？"小木匠慌慌张张摇头。杨师傅又一本正经道："那是将锯子改刀搞忘了？"小木匠脸红红地说"没有"。杨师傅两手一拍，如梦初醒的样子："我晓得了！你把魂丢在观龙村了！"

小木匠面红耳赤，啥话都不敢再往下接。原本他和师傅说好，今天做了收尾工作，明天才上路回家。他都盘算好了，今晚一定见见采萍，和她说一声，自己要回去了，等他下次来，攒够了钱，可以给采萍买件礼物。他晓得采萍一直想要一条化纤裤子，她长这么大，还没有哪条裤子是莫得补丁的，若有条新裤子该多开心呢。采萍有个小姐妹出嫁，男方送了条化纤裤子，新娘穿在身上，走路时两腿间"嚓嚓"响，像是有人一直在抖报纸，那声音，甭提多"高级"多"文化"了。采萍内向，从不说出她"馋"什么，但眼睛总会出卖秘密，小木匠看她盯着新娘"嚓嚓裤"的眼神，便下定主意，要让采萍心愿得真。

可惜师娘托人带了口信，说让他们干完活就赶紧回家。这不，东家钱一结清，杨师傅拍拍屁股一声"走嘞"，小木匠也只能身不由己地跟上。

二

杨师傅一路打趣着徒弟，脚下的逶迤山路也不算崎岖漫长，说笑间便走拢自己的屋。跨进院门，感到家里有些不太一样，到底哪里不同呢？杨师傅正在挠脑袋，一个圆盘脸柳叶眉的女子笑眯眯地迎了上来，接过杨师傅手里的提包，甜滋滋地喊了声"爸"，倒喊得杨师傅一愣，这不是舅子家的丹丹吗？有两年没见到，姑娘长这么大了，只是，她咋喊爸呢，不是该喊姑父才对吗？难道，老婆如今又旧话重提，过继丹丹当了女儿？

师娘听到外面的声音，跨出门槛，白团团脸笑成一朵老菊花。她不理杨师傅，拉着小木匠的手笑道："小子，好事来啦。"

师徒俩对望一眼，都是丈二和尚摸不着头脑。师娘性子急，没给爷俩端一杯水，也不拧一张毛巾，先将自己的打算，在她宏伟蓝图中的亲事，噼里啪啦讲了一通。

　　杨师傅一时不知说啥为好。小木匠也愣住了，他做梦都没想到，这两个月，千万次想着咋向采萍表白，师娘竟然将媳妇都给他找好了，而且提前接进门，就等着他回来，好去登记结婚。

　　杨师傅到底比徒弟灵醒，他见小木匠失魂落魄不知所措的样子，生怕他一时冲动，当即说出拒绝的硬话来，让人家丹丹一个姑娘家下不了台。杨师傅赶紧笑着对师娘讲："你这个人，办事硬是有效率，但咱们的徒弟走了老远的路，现在又渴又乏，你要给他点时间，来消化这个喜讯嘛。"

　　师娘听不出杨师傅话里有话，她只顾着自己开心。如今做通了自个儿的思想工作，已经一心一意当小木匠是儿子那么疼爱，给丹丹使了个眼色。丹丹赶紧去灶前倒了两碗水，端给小木匠那碗，她几乎送到了他嘴边，说声"喝水呀哥"，先将自己羞臊得不行，长辫子一甩，跺脚跑向院外。

　　师娘哈哈大笑起来："丹丹从小跟咱儿子一起长大的，咋还这么害羞？不过也对，以前是兄妹，现在成夫妻，懂得害羞才是正理呢。"小木匠听了这话，"夫妻"二字如同一盆冷水，浇得他透心凉。见他呆呆站着，杨师傅替徒弟暗暗着急，悄悄用胳膊肘捣了捣小木匠，又朝瓷碗努努嘴。小木匠机械地将碗举到唇边，张开嘴巴，一股甘甜的味道瞬间充溢口腔。丹丹给他的水碗里特意加了大勺蜂蜜。

　　晚饭时小木匠不怎么说话，只挑他跟前一盘菜，闷闷不乐地吃着，很快送下一碗饭，丹丹刚要站起身帮他添饭，他摇手拒绝。师娘奇怪地剜了小木匠一眼，杨师傅赶紧打圆场："我们这次的活路不好做，整整两个月，愣是没睡过一个安稳觉，徒弟年纪轻，经验少，恐怕比我这个老头子还操心受累些。"杨师傅帮小木匠解了围，师娘的脸上才由阴转晴。

丹丹体贴地看了一眼小木匠，现在她已提前进入角色，将他当成自己男人，像姑妈说的那样，嫁汉嫁汉，穿衣吃饭。丹丹自觉有福气，嫁给小木匠这样一个匠人，这辈子就不愁吃穿了。她唯一要做的，就是贤惠一点，对男人多关照一点，男人自然会将赚来的钱都交到她手里。师娘还打了一个形象的比喻："男人好比是耙子，他的任务就是往家耙钱；女人好比是匣子，生来就是装钱管钱。各人把各人的事做好，夫妻这一辈子就处得好。"

丹丹手脚麻利地收拾好碗筷，回客房里羞怯怯地躲着。杨师傅坐在油灯旁，点燃一支烟，心里想着怎么和师娘说这事，才不让她像个二踢脚一般炸开。

倒退十来年，杨师傅回家当晚，和师娘必然有一番情浓意切的"小别胜新婚"。有次声音大得惊了隔壁的狗，汪汪乱叫了一刻钟。第二天隔壁男人递烟给杨师傅，还一脸坏笑地打趣："行啊杨哥，把我家狗都吵醒了，阵仗硬是大！"现在两位毕竟都是上六十的人了，加之杨师傅心头装着事，师娘原本还想在被窝里试试，看能否撩拨一番，杨师傅索性腾地坐起："老婆，和你说件正经事哈。"

熄了油灯，仍有丝丝月光从窗棂照进，师娘看到老伴一脸严肃的表情，自己也跟着重视起来，披了衣服，和他肩并肩坐在床头，等他开口。

这个口不好开，杨师傅酝酿再三，艰难挤出一句话："小木匠和丹丹这婚事，我看是仓促了些。"师娘急着问："咋就仓促了？"杨师傅摸摸耳垂，又烧又烫，硬着头皮说："结婚不是儿戏，两个人要有感情基础嘛。"师娘激动地拍了拍床板："所以啊，老杨，我才让小木匠娶丹丹，从小这两个孩子就要好，你记得不，有一次过年，小木匠兜里有五颗糖，愣是分给丹丹三个，他自己只留两个。这说明啥？"杨师傅想抢答说还能说明啥，说明咱徒弟从小厚道仁义、不贪嘴呗！可惜师娘的嘴像机关枪一般，压根不给他开口的机会："说明小木匠从小就把丹丹对上眼了！"

哪跟哪啊？杨师傅忍不住想哈哈大笑，又怕惹恼一根筋的老伴更难下台，便放软了声气轻轻说："小孩子的事，你也当得真？"师娘重拍床板："三岁看老！老杨，你相信我，我的眼光不会错，丹丹和小木匠成一家，咱们是亲上加亲，以后小木匠就该改口了，喊你爹，喊我妈。"杨师傅倒不那么稀罕听一声"爹"，小木匠是他从路边捡到的儿子，他真心实意爱他教他，抚养他长大，相信自己一手带大的娃儿不会是没良心的白眼狼，叫不叫那声爹，他在小木匠心里，都是"亦师亦爹"。

三

杨师傅觉得再不说出真相，恐怕会害了徒弟一辈子。黑暗中，他紧张得蜷紧了脚趾头，干干涩涩地告诉老婆："和你说件事，你先答应我别冒火。"师娘还沉浸在自己的欢乐想象中，满口答应："有屁快放，我又不是不讲道理的人，咋会冒火？"杨师傅"嗯"了一声："咱们徒弟，可能在观龙村遇到了心上人。"

"啥？"师娘翻脸比翻书还快，她这一下床板敲的，恐怕陈年老灰都被她震了下来。

"好啊，跟好人学好人，跟师娘子 ① 跳假神！你真是上梁不

---

① 四川方言，意为巫婆。

正下梁歪，带坏了徒弟！"

　　杨师傅急了，明明在说小木匠的事，这把火咋会呼呼地烧到他身上来？

　　师娘此刻提高了嗓门，也不管会不会吵醒左右屋的两个年轻人，慷慨激昂道："我说错了吗？你摸摸你的良心，我是你老娘亲自挑选的儿媳妇，三媒六证娶回你杨家的，这点你承认不承认？"杨师傅被师娘的气势吓住了，年轻时师娘常常揪住一点小事就和他泼天大吵，这些年两人好不容易消停了，怎么今天又点燃了"汽油桶"，她这爆炸开来，比起年轻时是有过之而无不及啊。

　　师娘手指尖几乎戳到杨师傅鼻子上，他慌不迭地赶紧点头。

　　"那好，你承认就好，可你这个负心贼哦，你假惺惺地承认，让我在你杨家当牛做马，又是田里活又是灶房活。你倒好，十天半个月见不到一个影子，就让我和你病歪歪的妈早晚相伴！"

　　念及旧事，杨师傅也承认自己对不起师娘，但他苦着一张脸，为自己辩护："我要出去干活挣钱嘛，要不家里吃啥喝啥？"

　　"挣钱了不起啊？供我吃喝了不起？"师娘再次爆发，忽然一把掀开被子，又将枕头扔到地上，绊倒床前的小凳子，发出"咚"的一声闷响。师娘捶胸顿足哭起来："因为你挣了钱，就在外面拈花惹草是不是？徒弟现在大了，你好的不教，偏偏将这些邪门歪道教给他，让他跟你一样，像个花蝴蝶四处留情是不是？"

　　师娘摔了东西，丹丹和小木匠再也没法装睡了。他们匆匆披衣起床，趿拉着鞋赶紧跑向大屋，两人在门口对望了一眼，虽然只有短短一望，彼此眼神却意味深长。

　　小木匠叩门，杨师傅气急败坏地喊"进来"。两个年轻人进屋点了煤油灯，小木匠收拾地上东西，丹丹坐到床边，贴心地握住师娘的手。杨师傅一副精疲力竭的样子，吩咐他俩："今晚丹丹陪姑妈睡，劝姑妈莫太激动了；小木匠，咱们爷俩挤一铺。"

杨师傅将"姑妈"两个字说得重，丹丹哪能不懂姑父的意思，当即红着脸"嗯"一声，心头却有千波万涛，起跌不休。

杨师傅在小木匠的卧室，盘腿坐在床沿抽烟，小木匠不敢坐，一直站在那儿。闷头抽了三支烟，杨师傅弹掉手中烟头："你也莫杵在那儿，自己找根凳子坐。这屋里就咱爷俩，你给我说句实话，愿不愿意娶丹丹？"

"师傅，我心头，心头……"

"急死个仙人板板哟，你心头那个女子，到底叫啥？"

"凌采萍！"

小木匠自己吃了一惊。杨师傅又点了一支烟，烟头红红的闪闪烁烁。他想好小子，总算将话说出来了。有这胆气，才是条顶天立地的汉子，明天咱就跟老太婆说，徒弟有喜欢的人了。这都八十年代了，又不是封建社会，还能包办婚姻强买强卖不成？

杨师傅得到了他想要的答案，大咧咧地往小木匠铺上一躺，舒舒服服瘫成一个"大"字，朝天花板打个大呵欠："累死老子了，你还不错，这几分勇敢有你师傅年轻时的样子，明天我们好好跟你师娘说说。丹丹总归是亲戚，哪里来让她回哪去，你的事，自己要有把握，一世婚姻，莫搞成儿戏了……睡吧小子！"杨师傅话音刚落，已是鼾声大起。

这个夜晚，杨家只有杨师傅睡得心安理得如酣如醉，其他三个，哭的哭劝的劝，想心事的想心事。第二天吃早饭，没有睡好觉的，脸上落下明显的黑眼圈。

杨师傅心想既然经过了昨晚一场闹腾，窗户纸都撕开了，不如就此说亮话，也免得瞒着人家丹丹，让姑娘心头生疑。杨师傅倒是坦诚，他坦诚得连采萍名字都暴露了，仿佛这是重要人证。师娘一听，咬牙切齿道："啥？凌采萍，一听这名字，就是个狐狸精！"

"你看你，你看你……"杨师傅急起来，只会举着手指头一通乱晃，"你这不是侮辱好人吗？"

师娘梗着脖子瞪大眼珠："好人？哪个好人家的姑娘，会跟小伙子私订终身？那都是不要脸的女人才干得出来的丑事！"

小木匠快急哭了。采萍是他噙在嘴里的一块玉，含在唇间的一缕香，他都舍不得轻易说出这个名字，哪晓得在师娘这里，竟成为一切罪恶与无耻的根源，活该被讨伐和践踏。

杨师傅原以为，帮徒弟坦白出心上人的名字，这个婆娘就会偃旗息鼓，不再乱点鸳鸯谱。他实在太低估师娘的执拗了，她明明当小木匠是儿子，却也不屈不挠怀疑人家是野种，搁在心里整整二十年。

第十二章

一

观龙村有师娘的熟人，像这种花边新闻，却比病毒传播得还要快。

这天秀英插秧回来，累得没有半分力，总觉得有一群蚊子虫虫围着她嗡嗡乱叫。她猛然回头，那些碎嘴女人飞快截住话头儿，对她指戳的手指僵在半空，但来不及迅速转变脸色，还是一副眉飞色舞的样儿。

秀英觉得奇怪。云青放学回来，秀英问他："你有没有听到外面有人在说啥？"云青一路想的，是课堂上刚学会的一道数学题，倒没听见闲嘴碎舌，如实回答了母亲。秀英转身朝向案板，咚咚地切着萝卜。

云白扯着嗓子喊秀英，圆滚滚的萝卜，从她手里滑到了地上。她蹲身捡拾，心中有种极其不好的预感。云白跑过来，急急忙忙拉着母亲的手："妈，大姐在竹林子哭呢，哭得好伤心，我喊她半天都不理！"

秀英满心苦涩地想，是福还是祸，是祸躲不过。千担心万担心她的采萍，这一天还是来了。

采萍的名声，在这些女人的嘴里，添油加醋地来来去去，一夜之间就败坏了。若照了师娘说法，这凌采萍明明知道小木匠是有亲事在身的人，还不管不顾地贴上去，搔首弄姿招蜂惹蝶，这叫啥？说轻了是不自爱，说重了是不要脸！

这些年，秀英多少个夜晚是哭着醒来的。她身上所承受的，哪里只是糊住一家人的嘴巴呢？光是背负这些无情又无理的冷嘲热讽，已经让她精疲力尽了。现在又轮到她女儿了吗？秀英晓得自己的采萍是怎样的人，姑娘大了，如同春风拂过山岗，沃土之下，情思萌出小芽，是再正常不过的事。但采萍内心的胆怯与善良，会让她死死守住一条底线，她绝不是碎嘴妇人们言说的那种明知人家有未婚妻，还不管不顾贴上去不放手的姑娘。

云青随母亲走向大姐，靠近一点点，仿佛空气中的压力会放大一倍，还未挨到大姐，他的呼吸有些紧张。云白从小亲近采萍，没有见过大姐哭成这样，不知就里的他，嘴巴一咧，跟着小声哭泣。秀英曲起冰凉粗糙的手，托住采萍手腕："莫哭了，跟妈回家。"

"妈，我不是……我没有……"委屈淹没了采萍，她的诉说有些词不达意，但母亲竟然明白地点点头，脸上流露出对女儿的疼惜："我晓得。"母亲转头吩咐云青，"你先带云白回去，让采芹煮晚饭，我和你大姐等会儿回来。"

采萍安稳了情绪，秀英问她："全村都在传你和小木匠如何如何，你今天给妈一个准信，你……有没有吃亏？"

"妈！"采萍又羞又急，通红着脸赌咒发誓，"我要是这种人，马上就跳进堰塘淹死！"

秀英抓住采萍的手。母女俩冰凉的手指，竟然会彼此生出热度，渐渐暖和起来。

"他若是个有良心的，会回来找你。"秀英也不晓得为啥说这话。她现在应该将采萍关在屋里，锁在家中，不让这些闲言碎语如暴风骤雨袭向女儿。秀英是母亲，却也是女人，她忽然就站在女人的立场，没头没尾说了这句话。

采萍捂住脸，肩膀剧烈地抖动起来。她从未觉得，自己的心像现在和母亲贴得这样近，近得母女如同是一个人。秀英无声地拍拍采萍后背，带她一起回家。

采芹将煮好的红苕稀饭端上桌，她眼圈红红的，云白已经没有了哭声。秀英看了一眼自己的儿女们，心里意外地跟着踏实了几分，孩子们都很听话的，她该感到欣慰才是。这么多年了，她徐秀英活在肮脏腥臭的唾沫星子下，不照样活过来了吗？采萍既没失身，又没毁节，外人乱嚼舌头，就让他们嚼去。只要那个小木匠是真心对待自己女儿的，他总会上门，到时给大家一个说法吧？

秀英将希望寄托在小木匠身上，事情因他而起，他给采萍一个答案，就算有交代有担当。她不知道小木匠这段时间，成了火上烤着的蚂蚱，不停蹦跳，耗尽精力。他不晓得在观龙村发生了什么事，采萍又因为他，承受了多少痛苦与压力。

师娘不是个遇到挫败就善罢甘休的人，小木匠不肯娶丹丹是吧？那就磨磨他的脾气，让他明白辣子汤汤是啥滋味，以后还敢不敢随意忽视长辈好意。

身体棒得像头牛的师娘，忽然捂着胸口往地上一躺，一边躺一边喊："痛死我了！痛死我了，哎哟！"

杨师傅不耐烦，偷偷翻白眼，在门外悄声对徒弟说："你师娘在演戏呢！"不料这话被来探亲的小舅子听到。小舅子便是丹丹爹，他原本想着姐姐撮合一段好姻缘，自己女儿嫁到姐姐家，倒不担心遇到恶婆婆，会欺负他的丹丹。这些年因为杨师傅一身手艺，干活勤快，姐姐又是个精明人，手头积攒了不薄的一份家底，等丹丹进了门，将来还不是要传给儿媳妇啊。俗话说"肥水不流外人田"，连小舅子都懂得这个道理，咋姐夫就不懂呢？
不懂也就罢了，还和自己徒弟咬耳朵，说怪话，怪不得小木匠
这么张狂，原来背后还有个狗头军师在瞎支招！

小舅子和师娘姐弟同心，他当即一蹦三尺高，口水四方乱溅，
中气十足地嚷叫："姐夫，你说这话，不怕良心发痛吗？我姐嫁
给你这些年，又是吃苦又是受罪，你自己的亲妈瘫在床上三年多，
是哪个照顾的？难道不是我姐吗？我姐为这个家，一颗好好的
心肝都操碎了，你还尽说些咸淡话！她就是心痛，就是不舒服，
就是难受了！咋的，你还不让人生病了是吧？"小舅子这么一闹，
杨师傅感到极没面子，又觉得和不讲理的人对闹，显得更丢脸，
索性三十六计走为上策，脚底板抹油，溜到邻村老朋友家。两
个老头儿，天不亮就去河滩钓鱼，晚上就着煤油灯下象棋，过
了两天清静日子。

杨师傅这一躲避，害苦了他的徒弟。小木匠哪里敢跑呢？
现在他是焦点所在，小舅子出来进去，鼻孔都大声哼气，已经
提前当小木匠是戴罪之身了。小木匠原本就是个纯良孝顺孩子，
他也不辨师娘到底是真的心口疼还是假病一场，师娘指使他干
啥，他就如一只陀螺，忙得溜溜转。

师娘让丹丹陪着她。她一会儿说要吃咸的，小木匠忙不迭
去生火做咸的，师娘尝一口又要甜的，小木匠赶紧钻进灶房做
甜的。师娘一会儿嫌窗户开大了，一会儿又说屋子黑黢黢的，
她变着花样折腾小木匠，就是不让他消停一下。

二

与此同时，观龙村的女人们，也没消停一刻，她们变着法

儿说采萍的坏话。采萍等待小木匠第七天时,她原本在地里拔草,忽然眼前一黑,天旋地转,晕厥在地。

采萍晕倒,又成为长舌妇们更大的谈资,她们兴致勃勃地传言采萍有了身孕,肚里揣了不要脸的野种,才会无缘无故身虚晕倒。

秀英完全相信女儿的清白,她晓得采萍不会拿这件事当儿戏,但外面的流言越来越难听,她能扛过去,采萍却不行了。采萍悠悠醒转,知道人家怎么编排她,捂住脸孔哀哀地哭:"妈,我活不下去了。"

秀英按住女儿的手,想将自己身体的热力与坚强传给她。其实秀英也快到崩溃的边缘了,她不愿在采萍面前痛骂小木匠,担心加重采萍心头的负担。但是那个背时娃儿,这都过去七天了,就算是爬,也该爬到观龙村啊。他晓不晓得,自己给采萍惹了多大的祸事,让采萍蒙受了多大的冤屈?真是一个憨戳戳的娃儿。

秀英当着采萍的面,还能故作镇静地安慰她,让她不要理会人家怎么说道怎么议论。一出自家屋子,秀英的脊骨仿佛被抽走一般,整个人软弱无力。她扶着脑袋,头皮里面就像有一双拳头,不断打她捶她。

"采萍妈,这边来,我和你说两句话。"秀英疲惫地抬起头来,给她打招呼的是花巧婆。花巧婆六十六的岁数,总作俊俏打扮,脑后挽一个圆圆的髻,头发梳得光光生生的,耳后别上一朵红鲜鲜的绒线花。

秀英头重脚轻地朝花巧婆走来。花巧婆亲热地握住秀英手腕,她的手温暖有力。

花巧婆踮着脚尖朝凌家茅草屋张望一阵,压低了嗓门:"采萍没事吧？"一股压抑许久的气恼怨恨情绪升上来，秀英鼻息咻咻的："能出啥事？"她没办法控制自己的坏情绪，将花巧婆和那些是非女人们拨成一堆。她们之前怎样编排自己倒也罢了，采萍一个还没出嫁的姑娘，哪里受得了这种谣言诽谤？花巧婆神神秘秘要来和她说悄悄话，就是好奇采萍到底有没有吃亏，是不是被人破了身子，干出啥子丑事体？

花巧婆按住秀英的手背，轻轻拍了几下："秀英，莫动气。采萍是个啥样的女子，大家同村住着，那些没眼睛的不晓得，难道我花巧婆几十岁的人了还不知道吗？也真是苦了这孩子，人家乱扣个屎盆子，她连喊冤的地方都莫得。"七天了，所有女人都是鬼鬼祟祟，神色躲躲闪闪，没有哪一个和秀英说上一句体己话，花巧婆肯这样说，秀英眼眶一沉，心底一酸，眼泪又纷纷跌落。

"莫哭呀，我今天来，是给你出主意，也是让咱们采萍莫再被人嚼舌根了。"

秀英抬起一张泪脸，不晓得花巧婆锦囊里揣的是啥主意。

花巧婆体贴地说，现在小木匠活不见人、死不见尸，他师娘从小养大他，恩情大过天，已经算是他娘。师娘既然给他定了亲，他就算心头不乐意，哪里好推拒长辈好意？再说如果他真是对采萍情深意重，明晓得外面唾沫星子满天飞，这么长的时间，还不够上门来提亲吗？单把人家好好一个大姑娘，架在火上烘烤，他好意思？和他比起来，咱们村的曹运强，那就是好小伙了，在这种情况下，他还主动找到我花巧婆，表达了他对采萍的好感。

曹运强怎么会看上采萍？秀英这话在嘴在心都打个疙瘩。在嘴，她也承认曹家光景不错，曹运强的爹妈，不过四十多岁的人，正是年富力强的好年纪，农忙时节他们三个下地一通狠忙，总是抢在村人前头，早早地干完了地里的农活，翘着脚尖，闲看别人和老天爷争分夺秒抢种抢收。曹运强上头有个姐姐，前年已经出嫁，家里只剩这么个独子，要想结婚，房屋现成，不用担心头顶无片瓦遮雨，脚下无立锥之地。在心，秀英觉得曹运强有几分配不上她的采萍，那曹运强是个天生的斜眼儿，看人时视线永远不对焦，你以为他在看你，其实他在看身后那堵墙；你以为他在看身后的墙，其实他在看天上的鸟。因为对不上视线，他常常为一点小事就和别人吵闹，甚至动手动脚。秀英酸楚地想，我的采萍健健康康的，为啥一定要嫁个斜眼儿呢？

花巧婆是专业媒人，晓得当妈的心软，左思右想多了，反而将事情想黄。第二天，她瞅着秀英下了地，索性直接溜到凌家来。

采萍面如白纸地躺在床上。花巧婆上前探病，三言两语转回"本职工作"，将那曹运强说了个天上有地下无，难得人家对采萍情深意长。而且曹家三个壮劳力，都在同村住着，到时农忙需要搭把手，那还不是女婿到丈母娘地里，就是一抬脚的小事？

采萍没有言语，花巧婆呱唧呱唧卖了一番嘴皮子。见采萍恍恍惚惚地靠床坐着，神思不知游到了哪里，花巧婆呵呵干笑两声，说你是家里老大，凡事莫只想到各人，还是要想想家，想下自己的弟弟妹妹，想想这些年累弯腰杆的妈。

花巧婆跨出门槛，采萍松开咬了很久的嘴唇，眼泪迅疾滑进了深深的齿痕。

"妈，我愿意嫁到曹家。"这天晚上，采萍主动找秀英说出了自己的打算。秀英怔了一怔，她一天一夜没和采萍说曹运强的事，是因为她还没过自己心里那道坎，想不到竟然是采萍主动提起。

"一个姑娘家说自己亲事，你莫嫌我不自爱。现在外面那些话难听得很，我也不管了……能嫁到曹家，可能就是我的命。"

秀英心如乱麻，丝丝缠缠，又如吃了黄连，苦涩难言，她近乎哀求地面对女儿："再等等吧，啊？"

"你让我等哪个呢？"秀英吃惊地望着采萍，素来乖顺的长女，咋会忽然拔高嗓门，喉咙又尖又细地喊嚷起来，"今天和你说句实话吧，我和小木匠是见过几次，但他从未说过喜欢我的话，莫说他如今冒出个未婚妻，就算他是单身一人，我也没啥资格独个儿苦等苦盼啊。"

秀英深深地叹息，心里仍为女儿不值。

三

得知大姐要嫁人，采芹竟一抽一抽地哭起鼻子来。秀英让她们姐妹说说话，她到院中喂猪。

曹家知道采萍点了头，立即提出"尽快过门"的要求。秀英惊愕："毕竟是结婚，女人一辈子一次的喜事，咋个搞得这么仓促？"前来衔接婚事的花巧婆长长地"嘻"一声："你呀，特殊时期就要有特殊做法，人家曹家为啥那么赶，还不是为了你家采萍的名声？"

秀英隐隐约约感觉，曹家并没花巧婆说的那么善良仁慈，在所有人都看笑话时"拔刀相助"。他们想要"闪电般"迎接新嫁娘，别说彩礼，就连给媳妇准备一套新衣服，都推说"过门后再补"。曹家请风水先生看了日子，两天后就是吉日，最适合婚娶乔迁。采萍像是只比死人多口气，眼睫毛垂了垂，算是应承下来。

知道大姐要嫁人那一刻起，云白就各种哭闹，母亲骂也骂了，吼也吼了，他就是不听，反正大姐不能走，就算三姐嫁给曹运强，大姐也不能嫁。母亲哑然苦笑："云白，你真是个缝上开裆裤还没好久的碎娃儿，三姐还小，咋个能嫁人？"云白哭出两个鼻涕泡泡："那我大姐也还小！"秀英心烦，一屋子的事不晓得抓哪件才好，招呼云青将弟弟带出去，云青走近云白，云白抓住四哥胳膊就是一口，咬完了往门外跑，边跑边用手擦抹眼泪。

秀英颓唐地坐下来，喃喃自语："我们这哪像要嫁女？鸡飞狗跳的。"

小木匠在采萍出嫁的前夜得知了消息。曹家要办喜事，总归需要买对红蜡烛、买个新尿盆什么的。帮曹运强采买这些东西的那个小伙，以前和小木匠挺谈得来，他多多少少晓得一点小木匠对采萍的心意。现在曹运强不声不响，"伸手摘个现成桃子"，这么短的时间要娶采萍过门，又听说曹运强的妈和小木匠师娘有点瓜蔓子亲，这事便存有几分蹊跷，让人不知如何评说才好。这个小伙搭乘拖拉机从杨师傅村子路过，特意跳下来，找到小木匠讲了这事儿。小木匠听后如同五雷轰顶："你没骗我，采萍真的要嫁给曹运强？"小伙拨开小木匠掐得他胳膊发痛的手指："我骗你能有啥好处？"

小木匠拔腿就往家里跑，随即刹住脚，转身不管不顾地跑向村外，一不留神，摔到水田里，裹了一头一脚的泥。他挣扎着爬起来，中了邪似的，一心一意翻动脚板，只顾往前奔跑。

"采萍，采萍，采萍！"喊声将凌家屋里几个人吓了一跳。秀英捣了半碗糨糊，采芹和云青正往门窗粘贴喜字。这是秀英成家以来，凌家的第一桩喜事，曹家没有一分彩礼也就罢了，但秀英不愿自家也是一副漠然态度，仿佛不是嫁闺女，是将麻烦送出门。这些大红喜字，是她这个当妈的唯一能为采萍做的事。

凭着一个母亲的直觉，秀英晓得来人便是那个小木匠。她原本有一肚子的问题，也有一个母亲的埋怨，现在看到小木匠脸上划破的伤口，身上泥水成壳的衣裳，一只脚上穿了布鞋，另一只脚光在那儿，秀英什么都不想问了，将眼神转向女儿采萍。

家里地方实在小，秀英让采萍和小木匠在外面聊一会儿。小木匠感激地看了秀英一眼，不料采萍硬邦邦地拒绝了母亲好意："我和他，莫得啥子不能说的。"采萍不看小木匠，眼睛盯着窗户："有啥话，就在这儿说。"

小木匠的脸色瞬间红一阵白一阵，他还不明白这些天来，采萍遭受了多少谣言的伤害，她像是换了一个人，冷漠得让他心惊。他无助的眼神，不晓得该落往哪里。云青明显带着敌意，冷冷看着他这个不速之客。他揪心了一路的采萍，目光平平地端着。小木匠一阵紧张，还没张口说话，后背已经冒出了一层冷汗。

"我听说……你，要嫁那个曹运强？"小木匠鼓足勇气，话出口时，舌头打战。采芹和云青放下手里的红纸，紧张地看看他又看看采萍，空气中似乎酝酿着一场风雨。这些天来胡搅蛮缠，不让大姐出嫁的云白，溜到秀英身后，探出半个脑袋。

"明天我就过门。"采萍的声音依然没有一点热度。

"你……不嫁不行吗？"小木匠无助地看着她，他发现面对的是一个陌生的采萍。她曾经那么柔和煦暖，即使和他闹别扭，也充满了少女可爱的生气。到底是谁，在短短时间里，偷走了采萍的少女气息，让她如同一个面若冰霜的中年女人？

"不嫁？你还有啥子好建议？"采萍忽然转过视线，目光如两束燃烧的火焰："你早先干啥去了？现在说得轻巧，我已经被人编排够了，难道现在又要多加一条反悔的恶名，你让我的家人以后在观龙村，咋个抬头说话做人？"

小木匠泪眼模糊，心口受到一股强大的气流冲击。他沉浸在自己的难过之中，没有从采萍的气话中，听出她的为难，她的悲伤，她的无奈。她多想伏在他宽厚的肩膀，痛痛快快哭一场啊，但她却掐住了自己的奢望，逼迫小木匠当着自己家人，一点点展露感情，她又一刀挥砍，彻底斩断。她每一句的赌气话里，都藏着一个少女的渴望，也藏着她的战栗和自卑。

小木匠原以为，采萍是他在世上可靠的同盟，就算山穷水尽，他们也不会背叛彼此。如今给他打击和无奈的，却是采萍。采萍的诘问，让小木匠绝望地反思，自己算个什么东西呢？他原本就是一个无父无母的孤儿，上无半片瓦，下无半亩田，这样冒冒失失跑到别人家里，拦着采萍不让她嫁人，他有什么资格呢？他觉得自尊和内疚，像洪水一样溃流，于是慢慢移动滞重的脚步，退往门口。秀英和孩子们，像是被浇筑的水泥柱，都不忍心指责这个伤心欲绝的小伙，尽量给他保留一份体面。

四

采萍这婚事定得比火箭还快，云鸿匆匆离开学校，回家参加大姐的婚礼。

云鸿发现，竹林附近似乎有小木匠的背影。他向秀英求证："刚才那有个人是不是小木匠？"秀英无奈点头，云鸿一头冲向门外。

云鸿得意地回到家，甩了甩右手拳头："别看个子比我高，块头比我大，却不经打，挨了老子几拳，只敢趴在地上哭，算啥男子汉！"

"你住口！"采萍怒吼一声。没有人知道，她的心在这个傍晚碎成了一地齑粉。她曾经幻想过很多次，小木匠会在什么地方，什么时间向她表白。肯定不是在这个夜晚，当着母亲和弟妹的面，狼狈而尴尬地呈出心意。这心意如今已成了笑话，被那些肮脏的嘴巴糟蹋成了罪恶，就像嫩豆腐跌落到了泥地，洁白不再。

采萍的出阁冷清而简单。次日早上，曹运强笑眯眯站在门外接亲，采萍还是穿着一身旧衣，麻木地走向她的新郎。云青望着大姐，心里有一种空落落的疼痛。采萍甚至不如采芹"见识广"，她长这么大，连县城都没去过，就要将自己的一生，交到另一个男人手中吗？这斜眼的曹运强，之前并未和他们家打过交道，采萍和他说的话，没有超过两句，忽然之间成了他曹家媳妇，他会真心对大姐好吗？

云青曾对采芹说，他要保护母亲，保护姐姐，可是他到底保护了谁？他内心涌动起一种冲动来，想要拉住大姐，让她收回成命，难道除了嫁人，她就没有更好的选择吗？她还和之前一样，留在家里，做母亲的女儿，当弟弟妹妹的长姐不好吗？

凌采萍放弃了婚礼仪式，放弃了彩礼，曹家没花一分钱，喜酒也免了，白捡了一个儿媳。观龙村的人们却给此事添加了无穷无尽的"调味料"。大家议论最多的，是关于一个小道消息：师娘当初故意找人到村里败坏凌采萍的名声，让她无法再和丹丹"竞争"。这谣言的源头，牵来扯去，竟是从曹运强的妈那儿传出来的。曹家妈和师娘确有瓜蔓亲。

倘若这消息是真的，凌采萍那个瓜女子不就是上了人家的当吗？人家明明晓得她是无辜的，偏偏遇上一个要横不讲理的师娘"敌手"，一边在村里推波助澜，将采萍的闲话传得旮旮角角都是，一边又让斜眼曹运强扮演好人，不惧流言上门迎娶。这是让采萍毫无选择之下"不得不嫁"，不嫁就是留在娘家丧尽凌家的脸面，让母亲弟妹跟着丢人蒙羞。

云鸿也听到了这样的消息，气得跳来跳去，将袖子挽得老高，粗声嘎气道："曹家这么坏，背地使这些阴招烂招，我上门去打翻他们，一个个踢到污泥沟里！"秀英的头剧烈胀疼，振声呵斥："云鸿，你给我消停点好不好！"也许吼得太用力，一股腥甜的味道直冲喉头。

秀英觉得天旋地转。采芹赶紧扶她坐下，她咽了两口口水，压过了那口血的腥甜，抬眼瞪向行事冲动的云鸿。

当初永彬就是得了这个咳血的病，人的身体又关得住多少血嘛，哪里经得起这日也吐，夜也流，最后将自己活活熬死了。难道凌家这么背时，当爹的得这病，当妈的还要撵这条老路？

秀英胸口起伏，往事和当下的事，都让她万分难过，风刀霜剑一般狠狠逼袭，眼中闪出星星点点的泪光。云鸿在母亲的逼视下，两手一摊，从鼻孔里喷出一声："不打就不打嘛。"

云青挑水回来，见二哥气得母亲直喘大气，赶紧手掌上下抚按母亲的后背，并婉言劝说二哥："莫一天天喊打喊杀的，妈上次生病后身体就不好，还要操你这些心。"

"你个屁娃儿懂啥子？"云鸿吼了一声云青，出门而去。他年长四岁，在云青面前，像是永远高了一头。

秀英上次莫名其妙地四肢发软，在床上病了半个月，像是此前岁月积攒的疲累都集中爆发。病好之后，秀英总觉得身子是一个漏风的口袋，不是这儿有洞，就是那儿不对头，但具体说哪里难受又说不上来。现在送采萍出了阁，家里还有四个孩子要抚养照应，云白也即将随哥哥们脚后跟进观龙小学。她肩上担子更重，供养三个学生，还要顾住一家大小的嘴巴。

秀英祈祷老天保佑，至少现在，在孩子们长大之前，我是不可以有事的。

秀英一番诚挚祷告，压力轻缓了一些。云青让母亲多休息一会儿，他和采芹去菜园子浇水。秀英看着云青跑进跑出，不禁心生感叹：她对这个老四从小抱得最少，打得最多，偏偏他最能体察母亲心头的苦，小小年纪就主动分忧解难。秀英心想，要是云鸿能像老四这样，她就阿弥陀佛了。

采萍出嫁不久，杨师傅家里出现了变故。小木匠执意不肯娶丹丹，师娘便威胁他，要将他赶出家门。小木匠没有屈服，他除了身上穿的一套衣服，甚至连一根针都没从杨家带走，只是跪下来，端端正正给师傅师娘磕了三个响头，磕完了起身就走。

小木匠走得这样决绝，师娘又在气头上，以为他是闹小孩子脾气。再说就算要走，总要收拾两件行李吧，咋会就这样干脆利落地拔腿走掉？小木匠都离开了，师娘还追在后头咒骂："没良心的野种，老子花二十年都捂不热一颗狼心狗肺，走吧，走得远远的，最好死在外头，这辈子都别回来了！"

小木匠一天没回来，两天没回来，三天五天还是不见人影。师娘这才慌了，让丹丹赶紧去找，丹丹轻声啜泣，羞愧地摇摇头，仿佛她成了师娘的帮凶，两人合力逼走了小木匠。天大地大，还能去哪里找人呢？杨师傅气不过，走进屋里跺着脚掌抖着指头："还找个啥？这徒弟是存了心要走的，强扭的瓜不甜，你非要将两根藤上的瓜扭在一起"。

"我一心为他着想，咋还不领情？"师娘猛然蹿起，却又一头从椅子上倒下。当丹丹踉踉跄跄哭哭啼啼请来赤脚医生时，师娘已经歪了半张脸。她中了风，从此半个身子变得僵直板硬，不复灵活自如，不管是否说话，嘴角一天到晚淌着一线涎水。

过了两个月，有人给采萍带来一个特殊的包裹，里面是一条"嚓嚓"响的化纤裤子。是谁送了这份礼物，跑路的人嘴巴死紧，白眼儿朝天，一问三不知，将裤子往采萍手里一塞，转身一溜烟儿跑掉。

第十三章

一

时间以自己的节奏流淌，不管生活中发生多少悲喜哀乐，从不为谁停留片刻。叶子青了，叶子落了，红苕出苗了，红苕下窖了。念到四年级下学期，云青决定退学。

观龙小学的五年级便是毕业班，即使有的学生不想继续升学，家长也会用拳头或巴掌吓唬自家娃儿，逼他们"给老子坐到教室打瞌睡都行"，好好"磨过这一年"。都上了四年学，也不差这一年，混完五年级就能拿一张毕业文凭，为啥不坚持？很多人共同朝着一个"正确"的方向行走，只有云青不愿上学，当了"逃兵"。

细妹子的同桌没有上学，她决定放学了去云青家。书包在细妹子屁股后面啪嗒啪嗒作响，她快速跑动，汗水黏着了头发，软软地贴着脑门。

"凌云青，你咋不来上学呢？"细妹子跑拢凌家，云青在梨子树下的磨刀石上磨镰刀。镰刀在洒下清水的石面上，磨出许多泥浆来，像是岁月裹在镰刀上的尘灰，被他使劲地来回打磨，化作委屈的眼泪。他间或抬手擦汗，脸上很快变得脏污黢黑。

云青狠狠磨刀，并不回答细妹子的话。细妹子从兜里掏出手绢，去擦云青额头和腮边的磨刀石浆水，云青慌忙后躲："干啥子，干啥子？"细妹子不依不饶："莫动，莫动，都快脏成一只花猫了。"云青推辞了两下，安静下来，细妹子手绢是香的，鼻息直往他脸上扑，他有点难为情。

云青闷声闷气地告诉细妹子："我退学了。"

"啥？"细妹子激动得差点踢翻面前的水盆。

云青皱着眉头："小点声，你要再嚷我就不和你说了。"

"我不嚷。"细妹子蹲下来，像只迷失方向的小猫，巴巴地看向他，"你为啥要退学？你的成绩那么好，随便哪个退学都轮不到你。"

云青对着天空呼出一口气，他觉得和细妹子掰扯不清楚，她也不明白他这样的家庭，会有着怎样的艰辛。母亲虽然强撑着干活，但身体比之前不知弱了多少，大姐在家时，还能分担一点压力。大姐出嫁，三姐单薄体弱，生活的重担全落在了母亲身上。云鸿和云白念书要花钱，母亲光是筹措学费，已经愁白了头，一家人还要吃喝。每年的农业税、提留款、买种子和化肥，一笔一笔的开支，都在合力挤压母亲的身心。辛辛苦苦种一亩地，最多收七八百斤粮食，交公粮去脱一大截，为了家里孩子能吃饱饭，母亲扛着锄头，开垦荒坡，早出晚归地刨食。云青明白母亲的艰难，他想继续收破烂贴补家里，但母亲已经先后失去了两个帮手，如果再缺少一个农活的帮衬，她能承受生活的油煎火烤吗？

生存和上学之间，哪头最重要呢？这些年，秀英多少次劝诫他们兄弟几个好好念书，都会以尊重虔诚的语气，提起他们的父亲："你们爹最大的心愿，就是让你们把书读好，做有学问的人，长大后像周爷那样，说话做事有自己的章法，你们千万莫辜负爹的期待。"

秀英扛起了永彬遗言的担子。她不识字，但也晓得答应别人的事一定要做到，特别是对永彬的承诺。俗话说"入土为安"，要是他晓得自己儿子连书都读不起，咋个在地下"安眠"？

"细妹子，我回来帮妈干活，未必你连这个都不懂？"云青收住镰刀，冷冷说出这句话，倒像在抬杠了。他不知怎的，竟然对无辜的细妹子产生了一点恼恨和埋怨的情绪。他退他的学，又碍着她什么事了？

细妹子像是喝水被狠狠一呛，立即面红耳赤。她从云青尖刻的语气中，感受到了他情绪不好，非常不好。

他们中间隔了一块磨刀石，一盆泥浆水。云青从尴尬的气氛中缓过神来，仿佛刚刚朝自己胸口狠狠擂了一拳，疼痛缓缓消退，他不无自嘲地想：我又是何苦，看把细妹子窘的。

云青洗净手，跨进门槛，示意细妹子跟着他进入屋内。

曾经用过的课本，虽然磨损残旧，却保持着干净，整齐地堆在墙角。云青从课本里抽出一张宣纸，郑重而缓慢地展开它。两人望着上面的字，她轻轻念道："穷且益坚，不坠青云之志。"每个字她都认识，但连起来到底是什么意思呢？她犯起了糊涂。

云青重复念了一遍，看向细妹子："你认识周爷吗？"

细妹子扑闪着水汪汪的眼睛："我晓得周爷，别人说他是有大学问的人。"

云青珍爱地摸了摸宣纸："这是周爷写来送给我的。"

细妹子赶忙应答："嗯呢，这里面还嵌着你名字上的字。"她指了指"云"，又挪去上面的"青"："不过这到底说的啥意思？"

云青板着脸，两道粗黑眉毛锁得很紧："具体的我也说不清，我想等我再大点，应该就能明白。"

细妹子担忧地看着他，突兀地讲："你都退学了，不学知识，长大后真能懂得起？"

这话让他们沉默了。云青目光空空落落的，落在周爷刚劲的毛笔字上，似乎升起了一层白雾。

细妹子脸上忽然闪过欣喜神色，将书包带拉到前面，掏出新崭崭的课本："我的书送给你，你不在课堂念书了，在家里也一样能自学嘛。"

云青推开细妹子的手："我用了你的课本，你用啥呢？"

"我还有二哥的课本，他跟你一样，用过的书码在家里的，一本都不少。云青，对啦！"细妹子两手一拍，她为自己的想法感到高兴，"我可以把二哥的课本都借给你啊，一直到高中的课本，好高两摞，都在的！"

云青不敢相信，细妹子竟肯借这么宝贵的课本给他。但是，细妹子的二哥会同意吗？韩老师会答应吗？

细妹子眨着眼睛，噘着嘴信心十足地说："我爸和我哥都听我的，放心嘛！那些书放在家里也没有别的用处，我是把书借给真正需要它的人，他们为啥不肯呢？云青，这些书给你，到时有不懂的，我来讲给你听，到时就去野棉花山顶讲，好不好？"

云青心里激动，不断点头。

茅草屋内光线昏暗，空气滞重闷热。热辣的太阳光芒被房屋拦到了门外，却未挡住酷暑。云青汗津津的脸充满了笑意，他的腮边各自显出一个酒窝来。细妹子瞬间有种错觉，屋里光线骤然亮堂，气息变得甘爽。

原来云青高兴时，脸上会有酒窝，细妹子望着他，就像认识了一个不一样的云青。

二

夏季的风轻轻吹过野棉花山顶，吹过细妹子爬坡而泛起了红晕的脸颊。云青在算一道较难的数学题，他皱着眉毛，脸色沉静如水。细妹子来到他身边，铺平手绢坐下。

"呱啊……"当地人称为"老鸹"的黑鸟，从他俩头顶飞过，不偏不倚，将一粒灰白的屎，落在了细妹子膝盖的裤子上。

细妹子从地上慌张弹起，抓起手绢，拼命揩擦鸟屎。云青歪过头来，后知后觉地看向她。

细妹子捏着手绢犯了难，现在让她屁股底下，垫一张有鸟屎的手绢？她宁愿不坐。

云青看向细妹子，她的脸上现出红晕，不好意思地将手绢叠好揣进衣兜，挨着云青坐了下来。

"你来得正好，细妹子。"云青的话让细妹子舒缓了紧张情绪，他并未注意到细妹子这些扭扭捏捏的做派。她心中荡漾起兴奋的细波，他说她来得正好，实在太高兴了，难不成他一直在等她么？

今天云青真是在等她。

这些天，细妹子一放学，就跑往野棉花山。大哥已经晓得她的秘密，在回家的路上堵截过细妹子好几次，警告她不准再这么"没脸没皮"，多大一个女娃儿，成天去有怪物的山上，不怕被怪物抓了当点心？

大哥倒不是细妹子想象中的那么蠢笨。他见细妹子不听劝阻，直接揭了她老底："你跑得这么兴兴头头的，就是为了凌家那臭小子？还把老二的书都搬给他了？"细妹子梗着脖子辩解："爸爸同意的，二哥在信上也没反对！"

"晓得你们不反对，我反对的嘛。"韩义君忽然发了脾气，挥舞着蒲扇大的双手，脸腮挂着的肉一摇，两只大眼一瞪，故作打人之状。细妹子赶紧吐吐舌头猫下腰，从他大哥的胳肢窝下面一钻，迅速跑开。

即使大哥反对得厉害，细妹子也不愿意放弃去野棉花山的机会。当她听到云青也在等她时，感觉自己这些天"没脸没皮的乱跑"都是值得的，和大哥顶撞也是值得的，心中快乐的潮水哗啦啦地响动。

云青将一纸数学题塞到细妹子手里，还有一支破旧的圆珠笔。他被难题困住了，单枪匹马突围许久，终于等来了"救兵"，并对这个"救兵"满怀期待。细妹子定下心神，默默读题，她看了看，又看了看，眼中的疑惑越变越大，终于问了云青："你在哪里找的题？"云青翻开书本，指给细妹子，细妹子忽然泄了气："云青，我不会做……"她有点难为情："你学到我们前头了，这个，大概老师下下个月才会教……"

云青自己看书学习，不用跟着课堂教学的进度。细妹子最初能找到一种小老师的感觉，云青"听课"也格外认真，但他很快就超过了细妹子。一个个知识点在他眼里，像是香喷喷的炒蚕豆，又硬又香。为了这缕"香"，他就像是长了一副钢牙，咯吱咯吱用力咀嚼"蚕豆"，"吃"在了前头，甩开了细妹子的学习进度。

请教无望，云青合上书，微微闭了一下眼："细妹子，我有段时间不能来山上看书了。"

细妹子有些惊讶："咋了？"

云青晃晃脑袋："地里麦子熟了，我要忙着收割，还要背运回家，没有时间来这里学习。"

细妹子今天的心情忽而云端忽而地底。只是这抢收，短则七天，长则十天，又要这么久的时间见不到云青吗？细妹子有些微微的惆怅。

采萍嫁人前，天真地对母亲说过，到时抢种抢收，曹家是亲家，哪能不搭把手？秀英不想向女儿头上泼冷水：人家能占你一分好，你便是亲戚了，人家高高在上，是看不到脚底下还有亲戚的。像是陈金柱、刘翠芳两口子，之前趾高气扬，差点烧死云青，后来陈金柱当不成记分员，老老实实在土里刨食，加之他们的宝贝儿子陈富贵闯祸无数，弄得左邻右舍都不待见他们，这才见了面假模假式地和秀英打两声哈哈，表面有了亲戚的关系。

那时秀英便有预感，亲家或亲戚，都不是采萍想的那样单纯，或愿意无私帮助，或心口一致。自从永彬去世，秀英一个人吃惯了苦头，便不对曹家寄以任何希望。此次麦收，直接分派好了家里几个人的任务，她负责在地里割麦，云青将麦子从地里背到家头，采芹负责做饭，云白放学后要来送水、捡拾麦穗。

秀英怕给采萍添麻烦，没有对女儿张口帮忙抢收，偏偏采萍自己惦记这事了。

那天早上，眼看就到上课的钟点，云白还在上学路上，边走边往嘴里塞东西。准备下地干活的采萍叫住云白，云白见是大姐，立马如同小鹿撒欢，快步跑向采萍，一头扎进大姐怀中，委屈得哽咽了喉头："大姐，你咋不回家看我？"

"大姐就在同村住着，你有时间也可以来看大姐嘛。"采萍怜爱地抚摸云白的头。

采萍怕云白上学迟到，抑制心头对弟弟的依恋，轻轻推开他，一本正经道："你现在是学生了，要有时间观念。今天咋去这么晚，小心老师罚你的站！"云白告知："妈和三姐、四哥一大早就上山割麦子，没人喊我起来，我都不晓得现在是啥时候了。"采萍奇怪道："你四哥难道也不用上学吗？""他都退学了。"

采萍的手剧烈地一抖。她让云白赶紧去学堂，自己转身走向曹家，边走边想怎么开这个口，才能让公婆和丈夫答应帮她娘家一把。她嫁过来有不少时日了，见到曹运强，还有些畏怯，像是老鼠见了猫。究其原因，都是那条惹祸的"嚓嚓裤"，打翻了曹运强的醋坛子。

曹运强将裤子摔在地上，踩啊踢啊踏啊，难听的话一串串，骂不绝口："不要脸的脏货，嫁了人还在外面勾勾搭搭，要勾搭你也勾搭个好货色嘛，却是个裤裆里软塌塌的怂货！别以为他不落名，我就不晓得这裤儿是哪个乌龟王八蛋送的，老子心头一清二楚。你还敢哭，哭你妈个仙人板板，哭给哪个看？你还敢拿眼珠子瞪我，你再瞪一眼，信不信老子挖出你眼珠子喂狗？"

采萍不敢辩解，只能尽量忍住呜咽，但她眼神不管落在哪里，曹运强都说她在使劲瞪人。他自己视线不聚焦，看哪个都觉得人家心里有鬼，敢用眼神蔑视他。

曹运强对着裤子发了一通邪火，索性用火钳夹起裤子，丢进炉膛直接烧成灰。化纤裤子着火就燃，散发出一股刺鼻难闻的气味，采萍努力抽着鼻子，多吸进一口焦臭味。对她而言，这也许是小木匠和她今生最后的缘分了，尽管是难闻的味道，她也想多留下一分记忆。

采萍要为自己娘家的事去求婆家帮工，脚步打绊，心头有点发怵，不晓得自己有没有这个"面子"。出嫁前，曹运强也是当着媒人面拍了胸脯的，以后凌家的活，他会搭帮着干，大男人说话算数，一口唾沫一个钉，应该不会各人打各人的脸吧？

采萍是在午饭桌上提出这个请求的。曹家的麦子地在更高一点的地方，海拔高，熟的要晚几天，采萍希望自己的婆家人能帮上三天，或者，两天的忙就好。她的四弟已经退学回家，就因为家中无人能分担母亲重负，倘若帮上这两三天，母亲与弟弟妹妹们也能稍微得点轻松，免得像去年一样，一家人累得半死，最后一点小麦还是没有抢回来，白白糟践了一些粮食。

采萍开口前，做好了被拒绝的思想准备，但没想到曹运强的反应会那么强烈，竟一脚踢翻了桌子。采萍伺候他们喝上稀饭，自己才去盛了一碗，刚放在桌上，曹运强踢翻桌子，将采萍那碗稀饭踢得碗碎汤洒，发出一声脆响。

"妈的，还敢提你那个叮当响的娘家。老子娶了你这个扫把星，喊老子帮忙，老子没说过这种话，哪个龟儿说的你找他去。老子就晓得，你吃着曹家的饭，还想着外面的野男人！"

曹运强斜着一双眼，怒气冲冲地大骂大嚷。采萍的眼泪一颗颗地包在眼眶里，她蹲身捡碎瓷片，婆婆冲着她脊背骂："晓得各人娘家穷嘛，就要学会夹起尾巴做人，成天只会惹你男人生气，莫得一点家教，也不晓得那个寡母子咋回事，平时是咋个教养儿女的！"

三

这些天，云青和麦子拼上了命。他尽量将堆在地垄的小麦杆子往背架子捆扎。云青还不满十一岁，按说这样大的孩子，还轮不到他来使背架子。这个背架子是他爹用过的，永彬虽然瘦，个头并不低，他编的背架子也适应着自个儿身高。云青堆放麦堆，顶上冒个尖儿，活像一座巍巍大山，上可超头顶，下可齐脚踝，只要一背起"大山"来，背架子便如秤砣一般直往地面坠落。

一趟又一趟地往山下背运麦子，云青从来都是赤脚上阵。踩在被太阳烤得炙热的小路上，脚底板被坚硬的麦茬戳伤，一路洒下暗红血迹。创口贴着太阳烫热的路面，就有一种钻心的疼痛。他不舍得穿布鞋，一年四季，只有一双布鞋，地里干活费鞋，若磨坏受损，母亲也没空再做。云青不敢奢望像村里那些家里光景好的一样，能有一双凉鞋或解放鞋，却也忍不住想，如果父亲还在世，给他打一双草鞋也好啊。这样的想法，刚冒了个泡儿，就被云青自己抹除，像是冬天说话时嘴边的白气，瞬间消弭在空中。他专心地专注于"当下"。

这段下山路有几个"万夫莫开之关卡"，路面骤然收窄，又格外陡峻，必须将身子转过一百八十度，小心翼翼地倒退着行走。一旦被陡坡的梯步垫着背架子底部，重心失衡，很容易跌跤摔下山坡。摔跤并不可怕，可怕的是"障碍物"甚多，坡上的岩石，横生的树枝，都是躲藏的"暗器"，一旦与人身体产生剐擦，就会受伤。因为是倒退下行，双脚试探接触路面，望向上方的视线无法作为参考，脚下便犹犹豫豫。在沉重背架子的压力下，云青两条还未发育成熟的腿，颤抖着丈量这段崎岖的山路。

云青这几日，为了田里的活，自学的功课落下了不少。心里记挂着早点收工，以便回去看书学习，云青的情绪和脚步便有些急切。当天还剩最后几趟麦子，又到了"倒退行路"的关键路点，云青一不留神，感觉背架子底部，猛地被坡坎"托"了一下，一股突兀向上的力，从下方传来，云青想用力把控，却为时已晚，电光火石间，他控制不住身体平衡，连同背架子的麦堆，重重摔倒，一路向山下翻滚。

摔下十几米远，云青和背架子被一棵青杠树挡住，止住了滑跌。他喘着粗气茫然爬起，左眼一片朦胧，用手一摸，黏稠而热烫的血，正从额头汩汩流出。云青从地上抓了一把细泥巴，往伤口上一按，暂时将血止住。连着麦穗的麦秆摔落坡上，他顾不得头晕眼花，赶紧俯身捡拾。

秀英见云青"挂彩"回到麦地，一身血污，赶紧扯根布条儿，帮他缠一缠伤口，又与采芹继续挥镰抢收。秀英的大褂后背，渍出了灰白的汗印，农活不动声色地擞走了她身体的盐分和精力，她必须付出更多的努力，才能让流过的汗不会白流。

云青的额头在阳光下，火烤一般地疼痛。但他明白自己不能休息，他歇着，难道让采芹来背吗？采芹个头矮小，人瘦得仿佛只剩一把骨，别说背这么大一背架子小麦，就是让她背个空背架子下山，恐怕都很困难。

太阳快落山了，如果不趁着白天将麦子背下山，要么将麦子留在地里，那就很容易被人顺手牵羊。假若来一场说来就来的暴雨，就会让这些成熟的麦粒掉在地里，捡都捡不起来。要么夜路背运，如果路面平平坦坦，云青心里没啥虚火的，可坡陡路窄，大好的日头下，都能摔个头破血流，他实在没有勇气摸摸索索地在夜里行走这段山路。那么他唯一的选择，便是尽可能赶在太阳下山前，再跑两趟，将所有麦子转运下山。

云白放学，提了篮子到山上捡麦穗。看到四哥的模样，哇哇惊叫起来。云青脸上青紫一片，眼皮发肿，原本大大的眼睛如今只剩一条缝；额头上歪歪斜斜绑了一条布带儿，虽已止了血，但它裹了血污，沾了泥土，看上去既脏且破；衣服被汗水湿透，后背碱出一个大白圈儿；树枝或尖石不但戳破了他的额头，也刺破了他的眉骨；扯烂了的裤子，从撕裂的右边裤腿中，露出布满一道道血红伤痕的膝盖来。

云白提起他的篮子，咚咚咚地往下跑，他想回家给四哥拿条擦脸的毛巾。云白脚板翻飞，竟一头撞上爬山的细妹子。

云白认识细妹子，晓得她是四哥同桌，她搬了很多书到家里来。三姐最羡慕的人就是细妹子，夸她是观龙村里最好看的仙女。

"云白，你干啥子？"细妹子捞住云白一只胳膊。

"细君姐姐，我四哥……""你四哥咋了？"细妹子瞪圆了眼珠子。

云白脸孔发白："哎呀，我也说不好，反正四哥受伤了！"

细妹子拉上云白见他四哥。她在缓坡处遇到了云青，她并不认为这时的云青可怕，只觉得他既坚强又可怜，这么大一座麦穗连着麦秆的"山"，牢牢压在他背上。云青光着脚板踩在晒得发烫的路上，落下一个个浅浅的，不知是汗水还是血迹的湿湿脚印。

细妹子流出了眼泪。她想卸掉云青的担子，帮他背小麦。他抬起发肿的脸孔，眼睛被挤迫成了一条线，嘴唇上有血痂，说话有些大舌头："你来干啥？"细妹子用手背胡噜了一下脸，擦去烫乎乎的泪："你脸上咋受伤了，伤口大不大？深不深？"云青有些不耐烦，现在他仅剩的一点力气，不是来和细妹子说话的。稳稳当当地把麦子背回家才是正经事。

云青呼着粗气："我莫得啥事！你莫挡到我的路嘛。"细妹子忽然转身跑掉，他从窄窄的视线看去，细妹子比平常都要跑得快。云青顾不上多想，攒劲抬脚下山。

晚饭后，云青坐在灯前。他终于有了一点自由的看书时间，可什么都看不进去。云青头部发昏，伤口发痛，却舍不得离开油灯与书本。采芹在门口喊："云青，你同桌来找你。"

云青已经退学了，家里人还是将细妹子喊成"同桌"。细妹子好像也对这个称号十分受用，冲着采芹亲切地笑了笑。细妹子朝屋里招招手，云青极不情愿地拖着腿走了出来。

他们站在院坝僻静的角落，细妹子的喘息，慢慢变得匀和沉静。她身上带着一把手电筒，一个人走这么长一段夜路，这会儿能安全抵达凌家,像完成了长征壮举。细妹子将手插进衣兜，将两个温热光滑的小东西迅速塞到云青手心。

"鸡蛋？"细妹子赶紧去捂云青的嘴，怕被屋里他的兄弟姊妹听到。两个鸡蛋是细妹子从自家饭桌上"顺"下来的，可不够几张嘴巴分享，她只想让云青一个人吃。以前细妹子手上扯倒嵌皮出点血，当她是心肝宝贝的薛小梅都会大惊小怪，赶紧煮个鸡蛋，郑重其事地让女儿"补一补"。云青流了这么多血，就这么两个鸡蛋，哪里能补得回来呢？

细妹子的手有微咸的汗味，还有细微的颤动。云青感到嘴唇发烫又发凉，像是吃了一碗辣椒过量的红苕凉粉，又咕噜咕噜喝下一碗沁凉井水。

下

夜里的车厢没有熄灯，亮晃晃的灯光，映照得乘客面部瘆白。火车驶入隧道，耳畔刮来温润的山风。

车厢一片静谧，人们以千奇百怪的姿势，浸入各自的梦乡。有的半躺半卧，有的头和腹部相顶，有的将腿脚架在桌板上，有的把脑袋窝在座椅里，脚板举到了壁板上。

在漫漫旅途中能睡着，也许就是一种幸福。睡眠是一堵厚实的墙，有效隔开了自己与他人，将自己放进安全的躯壳中，得到妥帖的保护。

云青睡不着，不知是怀中这份录取通知书的重量，还是这趟旅程，让他想起了一年前自己的流浪之旅，以及流浪后的苦读……

第十四章

一

云青辍学一年半，还有机会考镇中，细妹子跑前跑后，出了不少力。

细妹子小学毕业，参加小升初考试之前，鼓动云青与她一起考试。云青有些犹豫，毕竟离开课堂这么久，他担心考不好，不想去考场凑热闹。细妹子动用了激将法："怕啥，就算考不上中学，好歹能拿回一张小学毕业证。你不敢去考试，难道你是白读了几年书，没有搞懂学的东西吗？"云青听了心里有些翻江倒海，不服气地想：怎么连你细妹子都看轻我？别人不晓得，你该晓得我一直没有丢下书本的。

做通了云青的工作，细妹子又去找父亲。韩老师早就知道云青用功读书的秘密，原本对这孩子就有三分疼惜和好感，又架不住细妹子一声声的央求，让他的心软成初融的春雪。韩老师托了托快滑下鼻梁的眼镜："好嘛，我去找赵校长，看能不能让云青恢复学籍。"

细妹子急切地抱了韩老师一下，洒下一串笑声，跑出门去。她要第一时间，将这个消息告诉云青。秀英得知云青还有上学的机会，心思动了一下，转念鼓励云青："你就去考嘛，考得起①就去上学，考不起就帮妈做事。"

---

① 四川方言，意为考得上。

细妹子生怕云青临场发挥失利，如果只拿到毕业证，考不上镇中怎么办？她故作严肃神色，加重语气煽动："人家钱金宝说他考镇中，就像瓮中捉鳖，你莫连他都不如？"云青不服气地抢白："他要瓮中捉鳖了，我就是蝈蝈笼里抓蝈蝈。"细妹子开心地笑了。

其实，云青不需要任何激将，他心里比谁都澎湃，这一年多的自学成果到底如何，云青没个参照物，如果能到考场考试，对自己学习的效果，也是一种检测。

考分出来了，云青的分数排了前十名，细妹子一阵惊喜，他的考分比她还高。她也要去镇中学念书，只是他们分到了不同的班。这儿不比观龙小学，还能靠爸爸调剂调剂，甚至选谁当同桌，她都有一定的发言权。这个"同校不同班"，细妹子尽管不高兴，也只能无奈接受。

云青没有细妹子那么高兴，依然忐忑不安，想着若像二哥说的那样，继续升高中、念大学，母亲肩上压力非但不减，反而越压越沉，到时家里照样拿不出三兄弟读书的学费。

云青考出了好成绩，秀英也是几晚都没睡安稳。她瞅着黑漆漆的屋顶，心里和永彬轻轻说话，像是他能听到自己的每句心声。永彬希望儿子能待在学堂读书。她觉得是她这个当妈的没用，白白耽误了云青一年半，将他绊到身边帮忙干农活，如今既然他有这样的出息，她就不能再装聋作哑了。

秀英找了个与云青一起锄地的机会，告诉云青："你二哥决定不升学了，正式拜了剃头的冬瓜师傅学手艺，接下来三年时间，他要在冬瓜师傅家里学徒。以后你就安安心心读书。"

冬瓜师傅的名号，在观龙村哪个不晓得？他年轻时拜师当徒弟，师傅不准他还未学会本事，就在别人脑袋上"动刀动剪"。

可他犯了难，人家有文化的人都说"实践出真知"，师傅不让他上手操作，他哪天才学得到本事？他读书少，也晓得这是个解不开的死结，化不了的矛盾嘛。师傅便用眼瞪他："哪个说不要你实践了？龟儿娃娃，你以为人脑壳是那么好摸的啊，先摸两年冬瓜，摸熟了摸透了，再说上人脑壳操练。"

冬瓜师傅那时只比云鸿大一点，听了师傅的话，每天从早到晚，抱着一只冬瓜练习剃头。有次不小心"剃伤"了冬瓜脑袋，他竟洒下几滴热泪。他这憨态被人一传十十传百，以致他一出师，附近乡民立马奉上"冬瓜师傅"的雅号。这个称呼从此响彻乡野。

云鸿竟拜了冬瓜师傅为师。人家可是四里八乡一等一的严格剃头匠，手艺呱呱叫。到时云鸿能受师傅的管，能服师傅的教吗？在阆南县，自古传下来的学习手艺的规矩，是徒弟要在师傅家里待够三年，这三年不仅要学手艺，还要"树人品"。师傅师娘吩咐干啥，都要勤勤恳恳去办，即便给师傅倒马桶，给小师弟洗尿布，也不得有一分懈怠，不能有半分怨言，这都是当学徒的本分和义务。过了三年，倘若通过了师门的"考核"，就算正式出师了。

云鸿若去冬瓜师傅家里学徒，虽说这三年没有工钱，但师傅包吃包住，相当于秀英少养一张嘴，还少供一个学生，肩上负担一下子减轻很多。支持云青去镇中学报名，也有这番底气。当然，秀英压根不晓得，云鸿并非那么懂事体贴，为减轻家里负担而去学剃头理发，他纯粹是因为升学考试一塌糊涂，分数惨不忍睹，连高中的门边都挨不着。他所许下的"上大学"宏愿彻底泡了汤，这才退而求其次，有了别样打算。

云鸿处于对未来苦恼、不知如何抬脚行路时，意外听人说，冬瓜师傅想要收徒弟。这倒不是冬瓜师傅第一次收徒弟。他之前的徒弟，不是第一年，就是第二年被他打走赶跑，从没一个顺利出师的，他这次下了狠心，要找一个"有知识有文化的徒弟"来带。冬瓜师傅认识的字，两只手倒腾着都数得过来，他总结自己屡带徒弟屡不中用的原因，就出在徒弟和他一样都是文盲的根儿上。

冬瓜师傅从小就是较真的人，现在到了四五十岁了，也不肯改变初衷。他像是国营厂招工人一样，给收徒画了一根鲜明的红线，必须初中毕业。八十年代的农村孩子，能读到初中毕业，难免有些心高气傲，额上生眼，谁愿意去拜一个剃头匠为师，还要负责给他每早倒马桶？云鸿眼珠子滴溜溜一转，心中有了主意。冬瓜师傅这个大"绣球"，他凌云鸿接了。

云鸿的算盘珠珠拨得精，虽说当理发匠不算啥，但有一门技术，便有吃饭的本钱。常言道，天干饿不死手艺人。到时家里那地，他爱种就种，不种，还担心靠理发剃头养活不了自己啊？再说了，与学别的手艺相比，理发匠真的算得上既干净又轻松还体面的职业了，不然你让一个读到初中毕业的"小知识分子"去干吗？去劁猪？去抹灰？去砌砖？或者向他最讨厌的人学习，当个木匠？想来想去，还是当理发匠，最合云鸿的心意。至少，人家都要"矮他一头"，他在人家脑壳上咔嚓咔嚓，动刀子动推子的，哪个敢不听说听教？

云鸿拜见冬瓜师傅时，特意做了一番精心准备。他穿上借来的白衬衫，衣摆扎进深蓝色长裤里，外面再系一根类似退伍军人使用的皮带，这样精精神神，称称头头的，不像去拜师，倒像去相亲了。他到底读了八年书，一张口就"孔子说"，或者"鲁迅说"，冬瓜师傅被唬得一愣一愣的，第一印象就觉得这小子不错。

云鸿上门学徒，冬瓜师傅顿时觉得扬眉吐气，自己从此也是"初中生"的师傅了，家里房屋都跟着高大亮堂几分，自个儿的文化水平也跟着暗暗涨了几寸。好像这徒弟自带光芒，连剃刀都还没见着呢，已给师傅脸上增添了光彩。

冬瓜师傅似乎明白孔子是哪个，他年轻时村里人也跟着城里人瞎吼："坚决打倒孔老二！"可他们那儿连个姓孔的村民都找不出，实在不晓得具体该逮着哪个去理抹①，各自闹了几声便挠挠头散开。冬瓜师傅知道现在这"孔老二"又吃香了，他便暗自庆幸当时喊口号，只是象征性举了举胳膊，并没真正将哪个姓孔的丢翻，再跟着"大流"，重重踏上一万只脚。

现在云鸿一本正经地讲孔子与鲁迅，冬瓜师傅听得虔诚，不时点头称是，心想原来这个孔老二这么了不得，幸好当时没瞎附和，说要将人家绑到磨子上碾成面面儿。冬瓜师傅又想，等他教给云鸿一些硬本事了，再来虚心请教徒弟，那姓鲁的到底又是哪个乡的大人物，这么了不得？

云青明白二哥现在有了好去处，将来算是寻了个好营生，母亲也放下心里一块沉甸甸的石头，这才放心地去镇上中学报名。

二

镇中学的老师个个文质彬彬，腋下夹着教具和课本，走路的脚步都带着风。教室既宽敞又亮堂，玻璃窗上一丝裂缝都找不到。课桌有八成新，伏在桌面上，还能嗅到木头特有的味道。

---

① 四川方言，意为收拾、惩治。

当然，更让云青欣喜的，是在镇中住校，一天二十四小时，每一个钟头每一分钟，都是结结实实属于他自己的。就算晚上寝室有熄灯令，寝室关了灯，他还能去楼道和厕所看书学习，"借"那儿的光。

在家里，云青是绝对不敢想这件事的。整个观龙村没拉一根电线，大家用的是自己制作的简易煤油灯，多用一滴煤油都令人心疼。秀英掌管着小小一盏煤油灯，有时夜里云青看书正看到酣处，做题正到紧要关头，秀英"扑哧"一口吹了油灯，一声"睡吧"的命令，让他失望又无奈。学校的电灯，虽然瓦数不够，昏黄得像上了岁数的老人家，却也够让云青兴奋和感激了。

没过多久，宿管老师直接间接地认识了初一（1）班的凌云青，晓得这个学生娃儿好学，就是个性有点腼腆，见人爱脸红，手脚拘束放不开。云青的任课老师们也知道了云青的情况，老师私下闲聊，观龙村地处偏远，贫穷闭塞，却爱出人才，刚提上去的校长，也是云青的同村乡邻呢。

上了中学，各科课业更为规范，较之小学任务更重。细妹子去找云青，他不是在教室做题，就是在操场边看书，没有多余时间和她说话。她还像小时候那样，在云青旁边安安静静地坐下来，自己也捧一本书认真阅读。

细妹子老来找云青，云青的同桌华东也认识了这个腰身苗条眉眼细细的少女。住校生要上晚自习，这天下课后，细妹子想让云青看一眼她的三色圆珠笔。这种笔能通过笔杆上方的"开关"，选出红、蓝、黑三种颜色，这是她二哥专门寄回来的稀罕货。细妹子去云青教室外等待，华东走过来对她说："你莫等凌云青了，他妈把他接走了。"

"你说啥？为啥接他走？接到哪里去了？"细妹子一脸的不解和困惑。

华东摇摇头："他就是身体不太好，才被接走的。"

满打满算，云青在镇中念书才一个多月。刚放完国庆假，返校没几天，他忽然感到左腿隐隐作痛。先是膝盖疼，他以为自己上体育课时不小心拉伤了膝盖，歇两天就会好。哪知过了两天，以膝盖为圆心，整条左腿都呈现辐射状的疼痛，小腿和大腿疼得像要造反一般。云青能忍能扛，这也是为啥细妹子前几天和他一起温过书，却没有发现他有异样的原因。如果疼痛不到将理智彻底打倒的程度，云青就能一忍再忍。

云青终究还是忍不下去了。那种疼痛，如同每分每秒，万恶的反动派在渣滓洞里给坚贞的革命者上刑，轮番折磨着身体。剧烈的疼痛，让云青的理智蒙了一层雾，眼睛泪光闪闪的看不真切。呼痛的声音，已经在喉咙蠢蠢欲动，迫不及待想要破口而出了。

云青不愿轻易喊出那个"痛"字，仿佛一旦呼痛，他就失去了与命运顽强抗衡的意志。但整条左腿，传送着一种恐怖撕扯的力道，快要将他苦苦的忍耐，最后的理智，撕得支离破碎。为了转移疼痛的注意力，云青将左腿重重撞向了课桌腿柱。

他想用撞击的疼，压住撕心裂肺的痛楚。

云青撞腿的声音，影响了周围同学的正常学习，他们纷纷侧目，投来好奇的目光。华东见云青额头直冒冷汗，赶紧替他打圆场："凌云青身体不舒服，你们莫怪他。"

凌云青疼痛难忍，华东下课后赶紧报告了班主任。班主任黄忆翠是个四十多岁的女老师，见云青面色如纸，满头大汗，心里涌起老师的职责和母爱，赶紧上街给他买了几种止痛药。

云青吃下的药并不管用，他照旧疼得牙齿发颤，冷汗淋漓，面色发青。

班主任没办法了，怕拖下去酿成事故，托人带信，让秀英赶紧来学校，带云青去看医生。

秀英母子刚走，细妹子就来找云青，华东只说云青腿痛，别的也问不出个所以然。

云青会不会有事？细妹子心里像是困了一个铁拳，咚咚地向外瞎撞乱敲。可镇中实行的是寄宿制管理，学生没有特别的事，不能随意出校。细妹子揣着担心，忧心如焚地猜测，云青到底是伤到了哪里。

别说细妹子猜不到云青哪里有问题，赤脚医生对着秀英母子，也将头摇成了拨浪鼓。

云青的怪病发展得很快，现在以左腿膝盖为界，向上，大腿肿胀发亮，粗如水桶；向下，由于血液循环不畅，小腿肌肉萎缩，形如枯木细枝，无法正常承力行走。手指按压左腿，膝盖上方肿泡泡的，皮肤绷得发紧，膝盖下方肌肤皱巴巴的，按下一个凹，半天弹不回来。

云青莫名其妙地成了被上刑的"江姐"，每时每刻承受钻心的疼痛。那种疼痛，犹如一把锥子，从骨髓里慢慢旋转，整条腿犹如架在火上，分分秒秒承受烈焰炙烤。

赤脚医生捏了捏云青已经萎缩的小腿，看了看肿胀粗壮的左大腿，又仔细观察云青掌心——两只手掌往外渗冒的，是黄色浊汗。赤脚医生长叹一声，对秀英直言以告，这娃儿的骨油从手板心渗出，莫得救了。秀英如同挨了一记闷棍，好好的儿子，生龙活虎的，才养到十一岁，咋就没有救了呢？赤脚医生竭尽所能，给她打了一个比喻：就像机器都从内部漏油漏到外面了，那不明摆着报废了，不中用了吗？

秀英不甘心，她执意要找到一个技术高超的医生，"修"好云青这架漏油的"机器"，转头又带云青去了镇医院。医生一番检查后也摇头，摘下眼镜，撩起衣摆仔细擦拭，爱莫能助地劝秀英："趁着这条腿还没彻底坏死，你赶紧带儿子去大医院试试吧。"

更好的大医院，便是县医院。在八十年代初期观龙村人的眼里，阆南县医院是村里人得病最高规格的治疗场所，即使七八十岁的老人家，一辈子都没这种就医机会，云青一个少年，却即将享受这样的"待遇"。一进县医院，医生一番检查后，边开单子边说："病情很严重，要住院。"医生的话犹如晴天霹雳，在秀英头顶轰然炸响。虽然接连被赤脚医生和镇医院医生"拒诊"，她脑子里转的，其实还是很简单的念头：县医院大夫的医术那么高明，肯定能很快找出病因，到时打上几针，顶多给云青吊吊水，就能好起来的。

乡下人朴实的想法中，他们身体"皮实"，一点小病小痛完全不放在心上。就算病得起不了床，赤脚医生开两服药，立马能见效，倘若能打上一针，自己都不好意思再赖床。云青从小到大，连药片都很少吃上，他会生出什么了不得的大毛病嘛？

医生停下写处方的笔，和农民交道打多了，晓得他们对县医院有种盲目的信任。医生从眼镜片后面迸出两道冷冷的目光，看得秀英心里发慌："你的心情我很理解，但你儿子的病，不是像你想的那么乐观，给他打两针或者输输液就能好转的，他必须住院接受治疗。"

"那……我们云青到底是得了啥病？"秀英声音发颤。

医生扶了扶眼镜，严肃回答："这个，我现在也不能给出确切答案，所以要等患者入院，详细检查，还要观察一段时间，才能得出结果。"医生越说越烦躁，倒转笔头"咚咚"地叩敲桌面："你们要相信医生，相信科学！"

秀英心里五味杂陈，不晓得是啥滋味。这一次云青倒没被"拒医"，但医生都说不出个明确的道道来。他这是得了啥怪病？医生只让她去"相信"，她不敢不相信，又不知道该不该相信。

交清了住院费，秀英去骨科的诊室外面接云青。云青身上穿着一条异常肥大的成年男人裤子，肿得离谱的左大腿，已经将裤子的间隙撑满了，仿佛里面藏着一个不断充气鼓胀的气球，再继续肿下去，受不了约束的压力，就会"啪"一声爆炸开来。而他左小腿与右小腿相比，已经"缩水"一圈儿，两条小腿放在一起，明显的区别让人触目惊心。秀英调转视线不忍多看。

三

家里那头长势正好的架子猪，看来是保不住了，攒下的一点粮食也要尽快卖掉，鸡蛋和母鸡，为了云青的医药费都不能留，可就算这样，感觉也撑不了多久。秀英从未像如今这样心头惧怕，又满是软弱——要是永彬还在世该多好，不说别的，此刻能靠在男人肩头大哭一场，都能消消积压于心的郁重。当务之急，是去亲戚那儿碰碰运气，看能不能借点钱。

县城医院距离观龙村还有七十几里，秀英不敢坐车，连夜走路回家。她先去了曹家。都在一个村里住着，采萍嫁过来这么久了，秀英竟一次都没去曹家做客，她知道平白无故的，曹家也不会欢迎自己上门。去曹家的路上，秀英脑子不听使唤地又想起几个月前的一桩小事。

那天采萍特意在放学路上等云白，塞给他一个手绢包，里面是一包嫩胡豆。采萍知道弟妹们一年到头吃不饱肚子，这点胡豆，也只是给他们尝尝新鲜打打牙祭。云白见到采萍就痴缠，赖赖唧唧地抱着大姐的腰不让她走，脑袋在大姐身上蹭来蹭去。采萍将手绢包塞进老五书包里，叮嘱他："姐姐要回去了，已经出来好大一会儿了呢。明天下午你莫贪耍，一放学就出来，姐姐还是在今天这个地方等你，到时你把手绢还给我，好吗？"云白这才扁着嘴，不情不愿地放大姐离开。

当晚餐桌上，多了一碗胡豆，孩子们吃得高兴，秀英却总觉得有些心绪不宁。饭还没吃完，右眼皮跳个不休，她觉得是白天干活太累，也没多想，只让采芹找出家里剩的半张红纸，撕个小角贴在眼皮上，用这种老方子"压邪"，镇住乱跳的眼皮。

第二天下午，云白放学回来，脸上竟有泪痕，嘴角也撇成一对"括号"。秀英拉住他，厉声问他是不是和同学打架了。云白从小身体就不强健，和他二哥、四哥没法比，因此从不惹是生非。

云白肩膀抖抖颤颤，委屈得直跺脚："妈，我没有跟人家打架，是大姐……"

"你大姐？大姐咋了？"

秀英一发急，摇晃云白。他大哭起来："大姐才是跟人打架了！她一只眼睛乌黑乌黑的，手膀子上有好几块青的紫的，嘴角肿得老高，说话都不利索，也不跟我多讲两句，拿了手绢就走……"

秀英茫然地放开云白。云白还不明白人性的一些事理，秀英心里却是明镜似的。采萍哪里是打架呢？明摆着她被家人打了。昨晚云白拿回一包嫩胡豆，秀英就觉得有啥事要发生，唉，看来是"好的不灵坏的灵"呀。

从那时起，秀英为了不给采萍添麻烦，特别叮嘱云白，以后大姐要给他什么东西，要学会拒绝。云白却犟头犟脑的："我不！"秀英瞪他："为啥不？""我姐姐要给我，我偏要拿着，姐姐说她想我们。"云白急得大哭。

秀英心里明白，曹家是嫌弃采萍娘家太穷了。人穷了，莫名其妙矮了人一头，就像鸡圈里关了一窝饿肚子的鸡，为了一口吃食，或者啥也不为，那些稍强的都要狠狠践踏弱快快的鸡，以彰显它们的强大气势，耍尽威风。又穷又弱，就要受尽欺负，遭受凌辱。

在观龙村娶一门媳妇，即使媳妇娘家不会帮衬婆家，只要是娘家财大气粗，或人丁壮实，媳妇在婆家都格外有面子，和男人吵嘴，也敢跳脚叫嚷："看我不回家告诉我娘家人去！"

采萍的公婆白天指桑骂槐，他们说起凌家，就像讲瘟疫或病毒，一脸的厌恶神色。采萍来自这么窘迫的家庭，娶她进门，将自家"档次"都降低了。说来都是当初运强坚持要娶这个女人，不晓得这个狐狸精给自家运强灌了多少迷魂汤？采萍有苦难言，公婆骂得再难听都不敢吭声。到了夜间，她也未能松口气，曹运强变着花样折磨她，睡她时一个不爽快，大耳光就扇过去，说采萍用牛眼瞪他。采萍若慌慌张张闭眼，那更是罪过——你是有多看不起你男人，睡你又不是奸尸，闭着眼睛算哪门子事？

采萍没法和任何人诉说这些苦楚，只能隐忍和承受。她瘦了，两腮的肉像被刀子旋掉一般快速消减，眼睛下面一片青黑。她哪里像是二十出头的小媳妇呢？

秀英忐忑地上了门，见到女儿几乎认不出来。采萍这模样，几乎在秀英心里插了一把刀子，再缓缓转动刀柄，剜起了一波一旋的疼。这才多长时间没见女儿啊，她咋就变成了这种模样？头发乱蓬蓬的，结婚前一件旧褂子穿在身上，像套了个布口袋，整个人憔悴瑟缩，眼睛干涩木讷，没有一丝亮光。秀英看着长女这张毫无神色的脸，一时竟没有想起自己是为何事而来。

运强妈一肘子将采萍拐到旁边，自己来接不速之客："亲家，你说我们都在一个村里住着，乡里乡亲的，现在又是亲戚，咋不常常来走动呢？"

运强妈心里瞧不起这个寡母子亲家，但她却是村里善于交际应酬的女人，心想待客的礼数还是要讲究一点的，我们曹家毕竟是有脸有面的人户，这寡母子既上了门，就不能让人说了闲话。

秀英惯常被女人们冷嘲热讽，这种热乎话，自从福喜婆婆搬去县城女儿家养老，上官大姐回城治病之后，已经很久没听人讲过了。她原不是有心计的女人，此刻又切切记挂躺在阆南县医院饱受病痛折磨的儿子，心头一热，便也免了虚头巴脑的客套，直接向运强妈开了口："亲家，我今天来，是想请你们帮帮忙，救救我儿的。"

秀英的手掌在心口处捂了一捂，不敢看人家脸孔，盯着地面，涩重而快速地讲："医生让云青留下来住院，现在还没个准信儿，不晓得他这腿到底是得了啥怪病。我看医生脸色吓人得很，治这病也不是一天两天的事，要不少的钱耗在医院里。实在是对不住了，亲家，能不能先借给我点钱，等我到时卖了麦子水稻就还……"

"妈，云青他到底咋了？"采萍眼里迸出焦急的光。听到四弟得了怪病，她心一慌，忘记婆母还在跟前，急煎煎地插嘴问道。

"我也不晓得，医生说还要留在医院里检查。家里一下子拿不出活钱来，医院又催着要，人家说不交够钱不给治病的……"秀英眼睛朝着采萍，每句话却是说给运强妈的。平时他们曹家宁愿操脚抱手地耍，也不在"双抢"时舍上二分力气搭手帮忙。秀英不怪任何人，永彬去世，她受了这么多磨难，早已接受嫌贫爱富是"人之常情"。但现在事出紧急，老话都说"救急不救穷"嘛，凌家和曹家既已做了亲家，就恳请曹家救救眼前这个急。

采萍情急之下，准备央求运强妈。她嫁过来这么久了，手里连一毛钱都没有，家中管钱的是运强妈。运强爷俩手里也有两个打酒抽烟的小钱，不过采萍更不敢向他们讨要。

采萍将苍黄的一张脸转向婆母，低声下气哀求："妈，求您借点钱给我妈，救救我四弟嘛，他懂事体，晓得记恩，您帮了他，他会念您的好。"

运强妈忽然暴跳如雷，脸上的假笑还来不及收拢，怒容便迫不及待地绷紧了面皮。她一脚踢向采萍，采萍站立不稳，身子一个趔趄扑倒在地。运强妈朝着采萍的腰身，狠狠踹了几脚，嘴里骂骂咧咧："不要脸的赔钱货！既吃了我曹家的饭，嫁了我曹家的汉，就要服我曹家的管。平时阴里阳里去补你娘家的窟窿，不晓得偷了我们多少钱物，今天还敢借钱？借你妈个脑壳，老娘借你个狗胆要不要？"

采萍在地上翻滚，身上脸上皆是灰土。

"不要打，不要打了！"秀英惊惶痛心，她想上前拉住运强妈，保护她的女儿，可她并未成功。曹运强爷俩从地里回来，撞见了当婆婆的又在收拾整治媳妇。他们兴奋起来，露出了亢奋的神情。

为了防止秀英阻拦捣乱，运强爹一个箭步，反扭住秀英胳膊，从背后拉拽住她，使得她无法动弹。曹运强五官狰狞地冲过去，像是地上躺着的不是他媳妇，而是十恶不赦的阶级敌人，一对斜眼儿盯的是梁上，脚下却毫不落空，朝这个软塌塌的自己的女人接连狠踢几脚。采萍不敢再哀哭，用手抱着头，腿脚蜷起来，像是一个蜷缩的球，承接着毒辣的踢打。脚端肉体发出"噗噗"的闷响，像鞭子抽打着毫无招架之力的老牛，几乎震碎了秀英的心。采萍应对得这样"娴熟"，自觉掐灭了喉咙里呻吟的声音。秀英明白了女儿在曹家过的是什么日子。

运强爹趁着慌乱，在秀英腰身和胸前狠狠揉捏了一把，秀英不停地挣扎，恶心和悲痛，令她想呕吐，也想一头撞死。但力量的软弱，只能化作满脸屈辱的泪水。

"你个不要脸的寡母子，给我滚远点。"运强妈发出号令，秀英才被恩赦松开。她浑身上下抖得厉害，女儿在地上一身尘灰嘴角流血，她既没有力气去扶，也不敢朝向后方拼命——她的清白，她的贞洁，她的尊严，在这些人眼中，从来只是个无用的笑话。不管咋说，运强爹还是她名义上的亲家，人伦和道德不要了，脸面总要一点的。但现在，徐秀英是个没脸的寡妇，人家便轻薄得理直气壮。

秀英忍住泪水，低头走出院坝，运强妈朝地上重重啐一口，气壮山河地总结："娘儿俩都是不要脸的贱货！"

四

秀英在亲家那儿碰了锋利尖锐的钉子，纵使心被刺得流血，她依然坚持再去亲戚那儿试试运气。秀英想到去陈金柱、刘翠芳家借钱，毕竟陈金柱和凌永彬都是在一口锅里舀饭长大的。但他们两口子会给她好脸色吗？以前秀英没借过他们一根针一条线，他们见到秀英都吹胡子瞪眼睛，何况现在有求于他们呢。

秀英在陈金柱家依然碰了一鼻子灰，没有借来一分钱，反而受了一番冷嘲热讽。刘翠芳甚至夸张地说："这个娃儿，从小到大就会惹事，当时在我家烧伤了，还要赖我们一头，三岁看老，不是个好东西。如今得了这病，也是报应，你这当妈的尽心就可以了，不能救就不救，反正你又不只生了这一个！"

秀英满腔悲苦，化作滔滔冷泪。她告诫自己不要倒下，再累再难都不能放弃云青。永彬不在了，云青能依靠的，只有她这个妈。

秀英擦掉脸上的眼泪，拖着疲惫的步子回家。她没想到，在绝望冬寒的境地，还有一只柔柔的小手，送来一股煦暖的春风。

"二妈你等哈！"陈吉祥环顾四周，没有发现她的父母，悄悄跑向秀英。吉祥比云青年龄小，她是陈家唯一一个将凌家当亲戚的人，从小真心实意喊"云青哥哥"。刚刚听到二妈讲述云青得了怪病的事，以及父母与二妈的对话，吉祥就在门帘后，她的眼角跟着湿了起来。

所有人都当吉祥还是一个不懂事的小姑娘。这几年，陈金柱家里境况接二连三地走下坡路，他们两口子本来脾气就不合，陈金柱向来嫌恶刘翠芳狐臭严重，影响了自己的睡眠，闹到分床睡觉。刘翠芳气哼哼的，倒也不敢违逆男人的意思，从此将铺盖搬到女儿床上。她心里有气，夜里翻来覆去地烙大饼，闹失眠，不好好瞌睡，躺在枕头上嘀咕来嘀咕去，说的尽是村里人的是非话。

吉祥每晚被迫听着东家长西家短，成人的事真真假假知道了一箩筐，出落得倒比同龄孩子成熟懂事。

"二妈，我爸妈他们……过分了一些。"秀英已经收拾好的泪，又蒙上一层，她唔了一声，不晓得对这个小姑娘说啥才好。陈金柱家里，当年也只有吉祥，肯为烧伤的云青真心落泪。

"二妈，你拿着。"吉祥从贴身口袋里掏出一个纸钱包，塞进秀英手里。

秀英执意不要。她对这种纸钱包不陌生，乡下女孩买不起牛皮制作的钱包，便流行拿挂历纸折一个，硬展展的倒也能媲美牛皮钱包。旧挂历不好找，纸钱包也算贵重东西，吉祥现在却将它和装着的钱，一股脑儿塞到二妈手里。"二妈，只有一点点钱，是我攒的零花钱，你拿去吧，云青哥哥一定治得好的。"

秀英心中涌动暖流，想要俯身抱一抱吉祥，小姑娘已经反手擦着眼，转身往回跑了。跑到一半，吉祥回头再度坚定道："云青哥哥一定没得事！"

秀英用颤抖的手指打开纸钱包，里面是一叠面额一角和几分的钞票，张张将得平平整整。

"秀英，莫走那么快嘛，听说云青住医院了？严重不严重？你早点答应我，我就是云青半个老汉，咋会不管他的事？都是秀英你太想不开嘛，不为自己想，也要为儿子想。"段发财不知从哪里冒出来。他总是神出鬼没的，说话做事吓人一跳。这些年不晓得他在哪里游荡，不好好种地，竟也没有饿死他。

秀英平时看到段发财的影子，就会先找"有利地形"躲起来。秀英明白这人不怕骂不怕打，你越打他骂他，他越是纠缠得厉害，还涎着脸四处传播"打是亲骂是爱"的歪理论，像一块牛皮膏药一般烦人。眼下他从天而降，拦住了秀英的路，秀英低下头看脚尖，她怎么挪，他怎么追，她怎么躲，他怎么逼，简直是贴身瘟神，无从逃避。

忽然听得一声闷响和一声尖叫，前后脚地炸响起来。秀英惊讶抬头，看到站在前面的男人，变成了好久没见的孙铁树，而那刚刚还死皮赖脸的段发财，大半个身子落在灌溉沟里，只剩一只脚还跷在外面。沟里水倒不深，但段发财惧怕铁塔似的孙铁树再多给他两脚，竟不敢起身，躺在沟里，哎哟哎哟地叫唤。

"滚远点！"孙铁树大吼一声，段发财不敢再装死，像只仓皇的老鼠，从猫的利爪之下侥幸捡回一条小命，踉踉跄跄地逃脱，一溜烟没了人影。

秀英低头继续快步前走。这都什么事啊，孙铁树仗义地帮了她，段发财这张臭嘴，不晓得又要传出多少烂污话。不过算了，现在天大的事比不上云青，他们爱咋胡说八道，也没精力理会，管不了这么多。

"你，站到起①！"

过去二十多年了，孙铁树还和年轻时一样，说话直杠杠的，没有一点柔和气息。

孙铁树威严地喝住了秀英。她真的站住了，心里并不是害怕他，她看重自己的名声，也不想给自己和他人带来口舌是非。他们都在一个村子住着，要说二十多年没见，那是哄鬼的，不过孙铁树年轻时痴迷秀英，这事大家都晓得，传来传去不晓得滋养了好多张嘴巴的口水。秀英避嫌，与永彬结婚后，就算在村道正面遇见孙铁树，她也侧身而过，假装没看见。

这些年，秀英还是头一次和孙铁树打"照面"。他那么严肃地喊人家"站到起"，秀英真的站住了，孙铁树又有些犹豫畏缩的样子，面皮也红了起来。他柔和了刚刚打翻段发财的口气："拿

①　四川方言，意为站住。

到起^①！"

孙铁树递给秀英的，是两张"大团结"。这二十元钱，对秀英而言，不是一个小数目，她惊愕地抬头，和他对望一眼。粗声嘎气的孙铁树，这会儿忽然慌了神，眼神像找不到确定的目标，到处乱瞥："这个钱……嗯，这个钱，是好多年前我急用，借凌永彬的，人死账不能空，今天还给你就对了。"

孙铁树匆匆忙忙撂下这句话，折身便溜。他身形高大，虎背熊腰，奔跑的背影，却像孩子做了恶作剧，怕被大人发现一般，能跑多快，就跑多快，能溜多远，就溜多远。

秀英捏着这两张钱，半天没回过神来。如果孙铁树欠了永彬，咋从未听永彬提起过这事呢？她苦苦追索往事，忽然眉心一热，孙铁树这辈子就算借遍观龙村的钱，也绝对不会借永彬的。他在心底当永彬是情敌，憎恨永彬当年横刀夺爱，抢走秀英。像孙铁树这样的爷们，就算刀架在脖子上，火烧着裤子腿，都不会去找永彬借钱。

秀英眼里溢出了浅浅的热泪。采芹坐在门槛上，见到秀英回来，赶紧跑过去，轻喊了一声："妈。"

秀英打起精神，嘱咐采芹："明天我去医院看你四弟，你在家里好好照顾云白，早上莫让他赖床，上学迟到。"采芹其实更希望母亲能带她去看一看云青。云青住在医院里，她这个当三姐的一眼都没看过，心里又痛又急。

---

① 四川方言，意为拿着。

第十五章

一

医院没有像样的花园。下面栽了几棵高大的银杏树，云青所住的六楼病室，只看得到最高那棵的树顶。天色常常晦暗不明，扯着铅灰的云絮，像一口不洁的锅倒罩在上空，让人心里发闷。即便是这样的外景，云青在学习课本乏累时，在疼痛滚滚袭来时，也会一次又一次向窗外张望。

秀英并不能经常来医院，云青是让医护人员都心疼的孩子，他们明白残酷的腿病，会让这个还未成年的孩子痛苦难受，但他尽量忍着，不发出呻吟。有时忍得一头一脸的汗，吃过药稍微轻松一点的时间，他坐在靠窗的病床，安静地翻看自己的中学课本。

云青向来喜欢读书，也想依靠书本，暂时隔开这闹纷纷的现实。现在除了书，他不知道还有什么灵丹妙药，可以让他稍稍减轻一点痛楚。他在看书做题时，才会忘记自己是个怪病缠身的少年。

一间病室八张床，住满了病人，但那几张床前，随时围着家属。病房人声嘈杂，有些家属却当病人是个娃娃，不许病人自己吃饭，非要用汤匙喂食，还在下巴垫一块干净毛巾。被伺候的病人，脸上露出配合的虚弱笑容，雏鸟一般地张大嘴巴。照顾与被照顾的人，都在努力扮演自己的角色，热热闹闹中，云青愈加孤独。

到了晚上饭点，云青还输着液，他请求二床家属，下楼打饭时，顺带帮他打一份最便宜的白菜汤、一份米饭。

细妹子的书包中，鼓鼓地装着她带来的麦乳精，她快步走上了骨科病房所在的六楼。云青被他母亲带走后，细妹子四处打听消息，听说云青去看村里的赤脚医生，又听说他去了镇医院。可她每次得知信息，都晚了一步，如今终于确知，云青住进了县医院，细妹子不想耽搁，假装自己肚子痛，逃掉了晚自习，来到了县医院。

云青具体是住哪间病房呢？她摸不准，只能一间挨着一间寻找。捏着云青搪瓷碗的二床家属下楼打饭，细妹子觉得这个掉了瓷的碗似曾相识，便大着胆子询问："阿姨，请问你知道凌云青住哪间病房吗？"

"晓得晓得。"二床家属是个热心的女人，伸出胖乎乎的指头，点了点走廊尽头第一间病房："云青住601室，和我家那口子一个病房。你是……"二床家属好奇地问道。

"我是凌云青的同学。"细妹子赶紧鞠躬道谢，快步走向病房。

二床家属好奇地踮脚看了看，细妹子身影在门口一闪，进入了病房。

"你怎么来了？"

细妹子设想了千万个他们见面时的情景，她甚至还提前告诫自己，不要太激动，不要哭，不要说那些咸淡话打扰了云青。但没想到，云青是一副冷脸横眉，拒人于千里之外的样子，摆明了不欢迎她的到来。

"我就是想来看看你现在好不好。"踌躇了一下，细妹子小心回答。云青却拧紧眉头，动作生硬地将视线转向窗外，嘴里说出的话，像寒冬腊月的石头，冻得冷冰冰的："你现在看到了，满意了嘛。"

这话像针尖一般戳来，让细妹子十分委屈。但她忍着难过，从书包里掏出两只印着麦乳精的商标的铁筒，搁在床头柜上。这是韩老师以前的学生工作后，专程送给他的"高级补品"，细妹子放假回家，撑着额头装了一天晕，薛小梅以为女儿身子骨薄弱，来例假后更有贫血危机，逼她带去学校喝的。

云青并不领情："我没长那么娇贵的，喝不惯这些洋玩意，你带回去嘛。"细妹子指尖掐着掌心，快哭出声了，这些天，她攒了一肚子的热话，可云青冷着脸孔，分明不想和她多说。

二床家属从食堂回来，她给自家丈夫买的是大排面，她吃鸡蛋面。而云青的碗里，只有清汤寡水的白菜汤，里面泡着一坨米饭。

家属将云青的碗递给他，云青却将碗搁在一旁，脸转向窗外，身子别扭地拧着。

细妹子感到周围好奇而探究的一束束目光，像舞台的射灯一般投向他俩，照得她浑身上下不舒服。她怯生生地问："云青，你咋不吃饭？"他瓮声瓮气回答："你一直在这儿，碍手碍脚的，我咋个吃？"

这话让细妹子羞臊难过，她觉得再多待一秒，情绪就要失控。细妹子忍着心头的委屈，犹豫了一下，没敢整理云青掀起的被角，依然温言告别："你快吃饭嘛，我走了。"细妹子快步离开病房，边走边抹眼泪。

云青面无表情，喝着已经冷却的白菜汤，汤里有股冷腥气。他的泪流在了心底，没人会明白，就算全世界都看到他凌云青的悲惨狼狈，他也不想让细妹子看到。他在细妹子面前，何曾表露过软弱和绝望？他的自尊只剩微不足道的薄薄一层，他在面对冷硬世界时，可以没有任何防护，面对细妹子，却不愿剥下这最后的骄傲。

上天对有些人很仁慈，成长是循序渐进，慢慢而至的，给予了足够的时间和耐心。但对一些人却又过分残酷，揠苗助长一般，忽然拔起小苗，也不管幼嫩的根须是否受伤，也不管它能不能承受成长的苦痛。云青想，自己也许就是被上天选中的后一种人。

细妹子匆匆来又匆匆离开，带给云青的却是一夜的失眠。接下来的几天，他都没睡好，他在心里批判自己。他告诉自己，不能再沉浸于无望的哀伤之中，他得好起来，必须好起来。

云青强打精神，又开始看书做题。在知识的海洋中游弋，病床上的日子好像要过得稍微快一点。眼睛看累了，将视线抬高一点，转向窗外。天昏昏沉沉的，缀着几朵铅灰的云，没有鸽子，没有大雁，甚至没有一只麻雀。他不知怎么就变得迷信起来，心中暗自祈祷："飞过来一只鸟，只要飞来一只鸟，我就会好起来。"云青眼睛发涩，脖子发酸，含着一点混沌的凄苦，没有一只飞鸟过来。但远处有一声鸟的鸣叫，不是惯常听到的鸟叫声。他急忙抬头，看到一只鸟的影子，向远方飞去。是鹰吗？可城市哪来的鹰呢？

又是一个清晨，云青晕晕沉沉地醒来，窗外传来播放广播体操的声音："锻炼身体，保卫祖国……"他的同龄人这时应在开开心心上课、做操嬉戏，他们是"保卫祖国"的未来栋梁。云青想，自己到底是什么呢？死又死不了，荡着一口气，却不能好好活，在这小小的病床上，犹如将自己交到命运的囚室，日夜忍受病痛的折磨。他的心陷入了荒凉的泥沼，眼窝湿润。

二

挖完地里的红苕，秀英又来看云青了。她托人告诉云鸿，让他和她在县医院碰头，有事找他商量。云青住院期间，母亲倒是听人摆谈过不少云鸿的学徒情况。

冬瓜师傅对他新收的徒弟，满意得不得了，逢人谈到云鸿，冬瓜师傅就会夸赞他有学问，既晓得姓孔的，又晓得姓鲁的。但若问冬瓜师傅，到底哪个姓孔的姓鲁的？他答不上来，但会一撇嘴角："不读书的人就是恼火①，你连这些都不懂，下回直接请教我徒弟好了！"说完操着四方步，噔噔走掉，下巴扬得老高老高，活像他也装了一肚子的经纶才学，不屑与俗人为伍。

当师傅的如此佩服徒弟，冬瓜师傅和云鸿之间的师徒关系便有几分颠倒。按理说刚拜师学徒，师傅是要摆摆架子，将自己"端"起来的，可冬瓜师傅既然认为徒弟是个文化人，这架子无论如何都端不起来，一上手就教给云鸿真本事，大胆鼓励他"往人脑壳上招呼"。

传话的人很满意看到秀英脸上又惊又愧的神色，接着添油加醋："所以说云鸿这小子吃得开嘛，别的也罢了，你想冬瓜师傅竟然让他在顾客脑袋上练手。当年冬瓜师傅可是在冬瓜脑袋上剃了三年头呢，如今云鸿一上来剃的就是人头！理发的钱，冬瓜师傅也赏给了云鸿。"

秀英声音激动得有点发抖："你说的是真的？云鸿才去没几个月，还没出师，冬瓜师傅就让云鸿收别个的钱？"

---

① 四川方言，意为麻烦、伤脑筋。

传话的人不耐烦了，皱着眉头："徐老太婆，你咋还不信我了嘛！我前段时间还和你家云鸿一起打过牌呢，你儿现在抽上了过滤嘴的香烟，穿一件短袖白衬衫，烟盒垫在胸前口袋，故意将新刮刮的票子挤到烟盒外，只要是个长眼睛的人，都看到他口袋里揣的是钱。他师傅还鼓励他多去串两个乡，多剃点头，就能多赚些零花钱。"

秀英内心涌动一股苦涩的欢喜。

这一年，秀英还不到半百年纪，可人们对她的称呼，已经变成了"徐老太婆"。乡下说书先生讲"伍子胥一夜白头"，姓伍的是哪个，村民们没见过，但身边这徐秀英，却是实实在在见得到的人，活生生的例子杵在跟前，便晓得这人的头一旦白起来，硬是快当得很。秀英自从家里老四生病，为给儿子筹钱，原本黑漆漆的头发，竟在短短时间里白了一半，每天卖命干活，容颜也憔悴许多，大家不叫她"徐老太婆"，好像都对不起她了。现在，秀英只是因为"云鸿赚钱"这件事心头欢喜，仿若漆黑之中看到了一线曙光。

云鸿半年没见到母亲，这是学徒后母亲第一次要求见他，他不能不给母亲这个面子。这两天，冬瓜师傅原本就带着云鸿在县城郊外的村庄剃头，云鸿上午赶到医院，母亲还没过来。

云青正在看书。几个月不见的二哥，穿得周周正正，中山装口袋里，还像干部或知识分子那样，别了一杆金芯钢笔，脚上套一双人造革皮鞋，走起路来"侉侉"作响。云鸿不顾弟弟眼里的惊奇，大大咧咧走过去，拿起云青正在看的课本翻了翻，随手往床上一扣："你还蛮舒坦嘛，就在这儿躺着安逸呢，屋里人都快为你忙得四脚朝天了。"

一种深刻的羞愧情绪，涌上云青的心头。他何尝不晓得自己拖累了家人？母亲来一次，白头发就多一点，让他不敢看往她的头上。但他的病还未治好，也只能选择安定心神，躺在这里听指挥，遵医嘱，除了吃药、扎针、看书、做题，还能做什么呢？

云鸿踱到窗口像是自言自语："这儿环境不错，外面还看得到风景，每天吃了睡，睡了吃，日子巴适得很。"

云青心里像是塞了一块冷红苕，半天克化不了，兄弟俩一时无语。秀英一头热汗地赶来，对着云鸿讪讪地一笑："云鸿，妈找你说点事。"

"那就说嘛，我忙得很，等好久了。"云鸿皱眉倚窗，将身体的重心放在一只腿上。这种站相，让秀英觉得有几分流里流气。

秀英犹豫地看了看病房其他人。要她这个当妈的当众向儿子要钱，秀英觉得说不出口，便小声建议："我们出去摆①嘛，云鸿。"

云鸿跟随母亲来到了医院的走廊。

"住个鬼院，哪个农村娃儿像他这么娇气？"

"你弟弟这不是病还没医好嘛。"

"我们这种穷门小户，他偏偏要生这种病！"

"他也不想生病啊，你啥都不念，也要念在你们同个爹，同个妈。"

"同个爹妈了不起啊？他一个人生病，全家人都跟到一起遭殃受罪。我没钱！"

"妈求你了，先借你点钱，等卖了粮就还你。云鸿，你别走……"

---

① 四川方言，意为说。

云鸿吵嚷的声音很大，虽然关着门，薄薄一扇门板隔不了音。601 病房原本热热闹闹，谈笑说话嘈杂无比，这会儿竟悄然无声。这样的寂静是一种酷刑，云鸿的每句话每个字，像钉锤一般敲击着云青的心。他的脸皮发烫，如果地上能裂一条缝，他会毫不犹豫地钻进去。

云鸿离开了很久，秀英无精打采地走进病房。她在云青病床边，心事重重地坐了一会儿。母子俩各怀心事，强打精神说了几句话。秀英说家里还有农活，提前离开了医院。云青这次没有趴在窗台目送母亲，他像是犯了大错，扯过被子规规矩矩躺着。病房的人都不知道，此刻的云青，恨不能一刀砍去病腿，他对自己的怨恨，已如蓬勃燃烧的火苗，稍不小心就有燎原之势。

三

秀英再次来医院交钱时，她额上的皱纹又密了一层。周医生心里滚过一串叹息：这个可怜的母亲，活得不容易，今天必须告诉她实话了。实话固然残酷，但继续拖下去，只会让她抱着虚妄的希望，最后反而更难受。

"周医生，你说啥？啥截肢？"

"截肢，就是从这儿，"周医生以手掌在自己左大腿根部划了一道，耐心解释，"从这儿将腿锯掉。"

"锯断我儿的腿杆？"秀英声音发抖。怎么会有这样的事？她不识字，她没见识，她是寡妇，但她平生没做过半点坏事啊，一心一意相信县城的医生，将儿子送到医院来住着，到处借钱，拉了一屁股的饥荒，苦苦维持着住院费、医药费，现在周医生说不治就不治了，咋个还要锯掉儿子的腿呢？

周医生皱起眉头，努力让秀英听懂自己的意思："我们经过检查综合判断，可能是你娃儿收破烂时，大热天的经常到堰塘扑水，引发了骨膜病变。我们不是不治了，云青腿里的积液越来越严重，如果不截肢，积液进入血液循环，他只有死路一条。"

"你说云青会死？"周医生神色严肃地点了点头，加重了语气："现在截肢是唯一能救他性命的法子了。我们骨科其他医生研究过，大家一致同意这个治疗方案。"

"不不不，不得行，你们不能锯掉我云青的腿杆。"

和病人家属交涉，周医生像一个漏水的皮袋，耐心和力气漏得精光："你回去跟家里人商量一下吧，不过要尽快。"

家里人有什么好商量的呢？采芹和云白只知道哭，从云鸿那儿借得几块钱，他就一脸的不情愿，说云青从小惹祸不断，妈管也不管，教也不教。

秀英坐在医院院子的花坛边，她把脸埋在手掌里。

花坛其实是一条简易的绿化带，与病房的楼层很近。云青靠向窗户，忐忑不安地望着母亲。微风吹动母亲额前垂下的一绺头发，拂来拂去。那些成串跌落的泪，从秀英的指缝滑落。秀英愤恨自己，为什么得病的不是你？你到底是前辈子做错了什么，才让报应到了云青身上？他才十一岁啊，失去一条腿，以后咋个生活？家里连盐巴都称不起了，哪里还有钱锯掉云青的一条腿呢？

太阳已经偏西，云青以为母亲不会再上来看他了。秀英却忽然出现在601室，眼睛通红，脸上带着一抹罕见的稀薄微笑："云青，明天妈让你二哥去借个板板车，接你出院，你可以回家了。"

云青有点紧张地看着母亲，但他最终还是迎着母亲，乖顺地"嗯"了一声。

母亲离开没多久，"包打听"的二床家属从护士那儿得知了真相，也不避讳云青，叹息声拖得老长："造孽娃儿哟，他妈付不起十万元的手术费，要让他哥拉他回去。护士说了，出院只有死路一条。"

大家的视线聚拢过来，落在云青左腿，仿佛一丛丛火苗在争先恐后地燃烧，残忍地咬噬皮肤、肌肉、筋骨，云青几乎烫疼得尖叫起来。但他忍受了一切，接受了自己不得不出院的残酷事实。

第二天，云鸿黑沉着脸，为云青办理出院手续。从县城医院到家里，有七十多里路，云鸿在前面拉车，坐在板板车上的云青忐忑不安，兄弟俩彼此没有说话闲聊。云鸿沉默地弓背前行，让云青感受到一种莫名的难堪，甚至陷入对死亡的臆想。

云青不甚明白死亡意味着什么，但恐惧和惶惑如同蛛网紧紧包裹，束缚住他咚咚敲响的心。他怕走完这趟长长的归乡路，紧接着就要赶赴一个又黑暗又潮湿又恐怖的幽冥地府。那儿有牛头马面，有怒目阎王，有八千恶鬼，动不动就让人上刀山、下火海、丢油锅、滚针毡。

越想越恐怖，云青赶紧深深呼吸，抬头望天。碧空白云，还有几只麻雀，叽叽喳喳地飞过头顶。风吹过来，村路两旁的树叶和地里的玉米秆哗啦啦作响，远处偶尔传来几声狗吠。这是云青以前见惯听熟的乡景，这天竟用了诀别的心来看它们听它们，仿佛这是他在人世的最后一程了。

云鸿的板板车拉到村口，采芹跌跌撞撞地跑过来迎接，看到久未见面的四弟，带出几声哭腔来。云鸿不耐烦，直起腰杆擦汗："莫在这儿号丧，赶紧把这个瘟神送回家，还要去还人家的板板车。"

"我就是在这儿专门等你们的，妈让我过来告诉二哥，现在暂时没法回家了。"

云青心里滚过一阵悲戚，难道因为自己快死了，连家都回不了？

采芹结结巴巴地告诉云鸿，昨晚屋顶忽然塌了，土墙也垮了一段。母亲这会儿正忙着请匠人上门，商量到底该咋办。就算只是修补屋顶，这段时间家里也不能正常住人。母亲恳请队上的石锁，他家有间空房，借给云青暂时居住。

云青被送到了石锁闲置的小屋里，屋角结着蛛网，霉味扑鼻而来。云青不怕屋子破陋，就是心中巨大的陌生感和不安定感，始终挥之不去。

晚上睡觉，云青战战兢兢地插上门闩。他本能地怕着，谁知道黑白无常会不会趁他睡着了，推门而入，直接将锁链往脖子上一套，连核查名姓的手续都省却，直接锁他出去？如果今晚还好端端地睡在床上，明天早上起来就丢了三魂七魄怎么办？那岂不是成了一尊麻木不仁的行尸走肉？他越想越觉得手脚发凉四肢颤抖，加之身体的疼痛绵延不绝，有时拖沓到后半夜，才勉强能闭上眼睛，短暂地睡一会儿。

这一睡就睡过了头。早上秀英送饭过来，端着饭碗在外面砰砰地敲门。接连敲了几下，从梦中惊醒的云青疲惫极了，他感觉不像在床上躺了一夜，倒像是半夜出去和夜叉狠狠打过一架。

拖着一条使不上劲的病腿，云青颤颤巍巍地，一瘸一拐地给母亲开门。门开了，门外是秀英一张怒意难消的脸，她恼恨云青插上门，老半天才过来打开，白白耽误了干活的工夫。家里一摞事，地里一堆活还等着呢，明知道家中还在为茅草屋修漏补缺，云青咋个这么不懂事呢。生养了五个孩子，一颗心该分成五瓣儿，用在他们身上，可现在为了一个云青，她已快将心血耗尽了。恼怒之下，秀英失去了理智，大声咒骂："你怎么还不去死？你死了家里也轻松些，现在这么不死不活的，个个都要被你拖累死！"

秀英将饭碗往云青手里一塞，转头就走。她单薄的身影，在清晨的薄雾中走得那么决绝，云青甚至不敢开口喊一声"妈"，请求她转身再看自己一眼。

吃一碗饭，云青委屈得流半碗泪，生怕母亲说的都是真的，自己真是拖累死全家人的累赘和负担，活着毫无意义，只会让他们都跟着吃辛咽苦。

茅草屋勉强修补好了，秀英和采芹一同去接云青回家。云白跟在后面，好几个月不见，他长高一截，但和四哥的感情好像变得陌生淡漠。云白噘着嘴一言不发，帮着将云青看的书拎在手上。回到家，采芹扶云青上床，云青的左腿已经承不住一丝力，需要坐在床沿，采芹两手抱住他圆肿的大腿，使劲往上搬抬，再将那只好腿并过来。

云白默默看着这一切。安置好云青，采芹赶紧去帮母亲忙地里的农活，现在家里只剩他们两兄弟。云白蹚到床边，张嘴问云青："四哥，你好久死？"

单纯天真的五弟问出这样的话，云青的心被猛然揪紧。他心底苦涩，脸上露出羞惭而狼狈的表情："是啊，我到底好久才死呢？"

云白脆声道："二哥晓得，二哥说你把全家人都拖死了，你还死不了，你的命长得很，肯定要死到全家人后头的。"

云白丢下这句话跑出屋外，云青一个人半躺在床上，手脚有些发凉。他捂住自己的嘴巴，尽力不发出一点哭声。他也觉得是自己拖累了全家人，家里花了那么多钱和精力想救他，而他变形的左腿，是一个悄然开启了倒计时的炸弹，只等时辰一到，就会炸得粉身碎骨，尸骨无存。

第十六章

一

县医院开的药已经快吃完了，云青分分秒秒，都能清楚感受身体的巨大痛楚。大家都在等云青死，云青偏偏吊着这口气，要死又没有死。既然没有死，他心中就有了别的念头，无法遏制地馋起肉来，他瘦得只剩一张皮，眼睛深深凹陷，对母亲坦诚了心愿。

秀英眼睛通红，觉得儿子大限之前，唯一的心愿就是想吃肉，难道还不能满足他吗？

解下围裙，秀英郑重其事地答应："妈一定让你吃上肉。"

秀英从村口开始借肉。有的村民用异样的眼神打量她，你要讨饭就走远一点嘛。她的脸涨得通红，小声地辩解，说不是讨饭，就想给娃儿借点肉，他瘆得很了。村民眉毛一皱："没见过你这么当妈的，没肉，走，走。"

秀英到第二家借肉。那家女主人和母亲拉呱了几句云青的病情，说起云青想吃肉这桩事，她立马加重语气，怪怨秀英太娇惯娃儿："他想吃肉就给他借，那他想上天呢？你还不给他找双翅膀？当妈的不能这么惯娃儿。"秀英苍白着一张脸，说这娃儿不一样。那家女主人挑起眉毛，有啥不一样？不都是咱们这个旮旯的娃儿吗？未必你儿子还比别人更金贵了？秀英没有再辩解，将眼角冰凉的泪珠揩掉。

一直借到晚上，秀英连一根猪毛都没借着，反而受了一肚子的奚落。她不敢和别人争辩，默默低头回家。

第二天早上，秀英又振作精神，继续出门借肉。

有几家灶房墙壁上，挂着熏得黢黑的老腊肉，秀英只想借一小条儿，小小一绺就好，可人家还是当面拒绝了她。秀英对每一家都再三表明："等我有办法了一定还。"他们却摇晃着脑袋，让她一次又一次地失望而归。就算这样，她还是一家接一家地借下去，没有走到村尾最后一家，绝不放弃。

秀英害怕云青吃不上肉，会带着遗憾死去。她开始迷信地想，如果让云青吃到肉，或许就能在儿子生命的油灯里，多添一点灯油，可以燃得长久一些，如果一直吃不上肉，便是加速了烛火的燃烧，他将活不够"生死簿"上的日子，憾恨而终。

秀英被自己的念头吓坏了。她满脸惶恐，在敲张德华的院门时，感觉手掌软软的没有力气，抬了好几下才勉强叩响房门。

张德华家里正在杀猪。一开门，院内充满了浓烈的血腥味，院中污水横流，杀猪匠坐在一旁抽烟歇息。

秀英说明来意，张德华神情有点警惕，仿若她是看准了时机，专选这个时间点过来，就为了打他家的秋风。张德华和他老婆对视一眼，交换眼神时，也交换了心里的念头。张德华老婆开了口："我们这猪……""你等着，我给你割一刀去。"张德华忽然截住他老婆的话头，转身走向案板，割下一块槽头肉递给秀英。

秀英千恩万谢地带回了这块珍贵的肉，将它切成薄薄的一片片，加上萝卜熬了肉汤给云青。一颗颗小小的油珠珠，浮在汤面上，比荷叶上滚动的露珠还要诱人，肉汤香到了五脏六腑，肠胃跟着偎香生暖。云青舍不得大口吃，一丁点儿一丁点儿地吮吸着烂烂的肉片，汤也舍不得大口喝，一小口一小口地品尝。

秀英看着慢慢吃喝的云青，眼里升起温柔的泪光，她安慰自己，就算这孩子有啥三长两短，也让他满足过一次。

秀英请人修补好屋顶，茅坑又垮了。茅坑是庄稼人的重要场所，不仅仅是人畜拉撒的地方，更要积蓄种植庄稼的重要农肥。这事耽误不得，秀英赶紧从邻近大队请来吴姓石匠修砌茅坑。

吴石匠干活时，耳边老是传来"哎哟哎哟"的呼叫声，令他头皮发麻。他想青天白日的，哪个敢在这儿装神弄鬼吓唬老子？于是循着声音走进里屋，看到躺在床上的凌云青，左腿呈现出骇人的样貌——膝盖上方肿胀如桶，膝盖下方却细瘦如柴。

这时的云青已半人半鬼，脸颊苍白，颧骨突兀。他在生与死的边缘，徘徊又徘徊，耽留又耽留，仿佛既非生，又非死。

甚为吃惊的吴石匠见秀英从地里回来，赶紧问明情况。听完，吴石匠立即介绍，他所在的大队，有一位叫吴中孝的大夫，会治很多疑难杂症，你娃儿已经这个样了，看得好还是看不好，死马当作活马医，试一下嘛。

秀英对云青的病，已经快要放弃希望了。连县医院恁大本事的医生，都给云青判了死刑，她哪里还敢有指望？云青一直坚持活到现在，就算腿肿得老高，时时刻刻饱受疼痛折磨，他还有一口气吊在胸口的。有一口气在，会不会就有一线微渺的希望呢？

徐秀英所在的生产队有个青年，是打小就从石匠所在的大队抱养过来的。他听说秀英要找吴中孝来看诊，特意跑来好意告诉她，吴中孝到处摆摊设点，就是个卖狗皮膏药的，一个卖狗皮膏药的人，你都敢相信？如果你家遭骗了，那还得了？秀英低头沉思，还是做出决定，请吴中孝来看看云青。她望了望家徒四壁的房屋，苦涩地自语：既然家里都成这个样子了，还怕他骗吗？

二

吴中孝来到了凌家。他身穿的确良白衬衫，衣服下摆掖进裤腰，外系皮带，梳着一个油光光的分分头。他抽出钢针来，又吓人一跳，人家大夫用的银针是头发丝那么细，他这钢针倒有做鞋的麻绳粗。

吴医生挽起袖子手持钢针，扎进云青大腿。他边扎边对秀英说，如果扎出来是血水，这个娃儿就没救了，如果扎出来是黄水，那还有得救。秀英紧张地看着他手中粗大的钢针，谢天谢地，扎出来的是黄水。

吴中孝给云青开了第一服药，其中用上了木鳖子、马钱子等毒性药物。偌大一包草药，药价要一块八角三分，家里连连亏空，哪里凑得出这些药钱？秀英一狠心，将准备度过冬春的存粮卖掉一些。又有人好心劝她："那人是个卖狗皮膏药的呀！"她轻轻回答："我晓得。"家里仅有的一点粮，若能换来云青生命的一线希望，秀英拼了命也想去把握，去争取，再渺茫的希望，也是希望。

吴中孝让秀英按照他的要求，把一大包含有剧毒的木鳖子、马钱子等中药，熬成一大碗水，分成四份，让云青分四次喝完。吴医生尝过药后才给云青——由他亲自来控制毒性，怕用药过猛，一下子把人医死了，没得好不说，反而落个杀人罪名。

第一服药服下去，吴中孝嘱托秀英，将剩下的药渣子，拿到碓窝里去舂细。药渣实在太硬，秀英不得已借来钢钎，一顿猛砸，虎口震裂，渗出米粒大的血珠来，这才舂出了粗粗的药面子，又用醋调和，均匀搅拌敷在云青腿上。一天后，云青大腿的肿胀稍微得到纾解，疼痛也轻了几分。秀英看见云青腿上的变化，欣喜得泪光闪闪。

观龙村的人都认为，凌云青是一只脚跨进鬼门关的娃儿，吴中孝这招"以毒攻毒"，却立竿见影，像是用竹钩子轻轻一勾，将已走到鬼门关门槛边的娃儿又勾回阳间一步。

但要完全治好云青的骨膜病，吴中孝深知，只靠区区一服药是不够的，需要一段时间来对症下药加以治疗，营养也要跟得上。这凌家，是真心实意想救这个娃儿吗？

吴中孝开下的第二幅药单子，秀英实在没有可卖的粮食，迟迟捡不了药回来。

吴中孝若有所思，在凌家几间破房走走看看，不时摇头点头，心里渐渐拿定了一个主意。他抹了抹油光水滑的分分头，找来秀英商量对策："你儿子这个病，需要一段时间医治和调养，但现在你家这情况，明摆着既没有钱买药，也吃不上啥营养，继续拖下去，他可能真的保不了命。我看你家猪圈里还养着一头小猪儿，你好生养着，我把你儿带到我家慢慢治疗。如果到时治好了，等你养大了猪儿卖了钱，记得给我传个好名声。"

吴中孝其实知道别人在背地窃窃私语，嘲笑他是个"卖狗皮膏药的"，不是正宗大夫。他也希望能通过云青树个"标杆"，重塑自己在人们心中的印象。

云青的病，连县城大医院的大夫都束手无策，只能回乡等死，如果吴中孝医不好他，也有说法，反正尽了一场心力，于天于地都无愧。如果他恰好救人一命，那就是一桩功业，说明自己精于医术，并不是江湖骗子。

吴中孝赶紧又补充："如果娃儿不幸医死了，你徐秀英不能找我闹。"

秀英欣然同意。第一服药就让云青"轻了几分"，这一线生机已让她感激不尽。她只是一个平凡的母亲，只要自己儿女长大成人，就是她最大的快乐。云青遭逢怪病，秀英虽然累极之时，也有一些牢骚，但在她内心深处，只要云青还没断气，她就无法斩断儿子存活的希望。吴医生如果能治好云青，让她这个当妈的做牛做马又有什么关系？

云青去吴家不久，周爷带着大病初愈的上官云尊回到观龙村。现今的周爷，已得到正式平反的通知，省城里很多年轻学者听闻他的大名，知道这个退休教授腹有大才，特意前来虔诚拜师。周爷忙碌碌地应付杂务，加之上官云尊身体不太好，他们在城里消消停停地耽误了很长一段时间，现在才有空闲回到观龙村。周爷还没最终决定，将来他们是留在村里，还是回到城市，依旧过往日的"象牙塔的生活"。

这次回来，观龙村的人已将周爷视为"远客"，拉着他们夫妻的手嘘寒问暖，热眼羡慕上官云尊身上时尚的涤卡套装。周爷并不当自己是客人，他走进凌家，如同走进亲戚家，此次专门给云青带了一支笔尖镏金的英雄钢笔，遗憾的是云青不在家中。秀英讲述了云青生病的事，周爷唏嘘感叹，为自己没帮上忙深感歉疚。他们安慰秀英，既然那吴医生有祖上传下的"偏学"，说不定真的能让云青药到病除。

秀英含泪谢过周爷夫妇，小心将笔收好，答应周爷，云青若能够活着回来，就将笔转交给他。

三

吴中孝用他的奇门偏方，六个月时间，竟然治好了云青的顽疾。云青再度踩着一双完好的腿脚，走在回家的路上。经过了一个冬天的"休眠"，立春的土地还没完全解开寒冻的魔咒，有些板结发僵，但云青每一步行走，脚下的土地是那么柔软而有弹性，就像踩着大地的琴键，每一个脚步，就是一个美妙的乐节，翻山越岭的回家路，他走得轻松愉快。

"妈，是云青回来了！"采芹泪光盈盈，她在院坝旁的竹林，看到临近茅草屋的云青，赶紧给母亲报信。秀英没有迎出门，反而转身躲进了厨房。

"云青，你真的全好了？"采芹又哭又笑。四弟不但腿脚的毛病好了，人也高了一截，采芹在他面前，越发不像姐姐。云青还和小时候一样，拂去采芹脸上的泪："三姐莫哭，我都好全了，一点儿疼痛都莫得了。"

"你快去看看妈。"采芹吸溜了一下鼻子，将云青推向厨房，自己挑起水桶到井边打水。她晓得云青从小爱干净，今天带着两条完好的腿回来，她没有别的好东西给云青，那就打两桶水，烧热了让云青洗洗擦擦，将病气和晦气洗掉，以后再也没有这么多的病痛。

"妈。"云青想去拉一拉母亲的手，甚至挨一挨她的衣角都好，秀英却将一碗溏心蛋往他手里一塞："我下地去。"她拿起靠墙放着的锄头，走向自家的菜园。

"我也去。"云青跑前两步，和秀英争起锄头来，他的手握住了母亲的手，惊讶地感觉到母亲正在发抖。秀英不愿看云青，不断重复地说："吃东西，你先吃东西，吃了再说。"

云青听话地坐在桌前，慢慢吃着溏心蛋。两只圆鼓鼓的溏心蛋浮在汤里，轻轻咬破白色的蛋清，蛋黄缓缓流出，如同流动的黄金。云青眼睛发潮，大大喝了一口汤，觉得这世上所有美食加起来，都比不上母亲这碗溏心蛋的味道。

秀英是个信守承诺的人，既然云青能死而复生，说明吴中孝真的有"两把刷子"。卖了圈里的猪，凌家张罗着给吴中孝"传名声"，敲锣打鼓送了锦旗，演了一场坝坝电影。电影开场前，云青又被推到放映机前，他不善言辞，涨红着脸念完了一封感谢信，双手捧着锦旗送到恩人手里。

大红锦旗上两列黄字，是韩老师帮云青写的：中孝施妙手，云青得新生。

云青痊愈归来，周末回家的细妹子得知消息非常开心，但她将自己关在屋里，痛痛快快地哭了一场。放映电影那天，韩老师提醒她："你咋不去看坝坝电影？大哥大嫂都去了。"细妹子揉着眼角回答："不去看了。"她自然是想去的，又怕自己忽然出现，会让云青不高兴。当初她急切地去医院看望云青，他就那样横眉竖眼的满脸不悦。

细妹子狠心不见云青，到了返校时间，她回到了学校。夜里却关不住那份愁结，汹涌的眼泪，很快打湿了枕巾。

云青重病得治，回家带给母亲的欣喜，像是鱼儿浮在水面吐了一串泡泡，倏忽就消失了。云青回家没有多久，从去年累积的坏年成再也拖不住，春荒龇出尖尖的牙齿，饭锅能煮的东西一减再减，家人每顿混不上半饱。

秀英觉得这样下去不行，毕竟人活着，填饱肚子才是最大的真理。云青眼看快十二岁了，留在家里，多一张吃饭的嘴，却没有产出多余的粮，他和其他兄弟姊妹饿得发慌，当妈的也不好过。云青大病初愈，不能再去收破烂，不能干重活。秀英想来想去，想到了自己还有个弟弟，从小过继给了广元卫子区一户农家。如今阆南县年成不好，粮食歉收，说不定广元兄弟家的日子要好过一些。秀英想让云青去他舅家那儿寻个生计。

秀英准备上门认亲的礼物。她在煤油灯下熬了几晚，紧针密线地做好一双布鞋，又让云青带上三把干酸菜，送他去了阆南县的车站。汽车开动前，她对云青再三嘱托，到了舅家，手脚一定要勤快，你舅喜欢勤快的人。云青趴在车窗前，眼巴巴地看着窗外的母亲，哽咽得说不出一句话来。

秀英去车站送云青时，家里来了一位久违的客人。

自从云青病愈归来，细妹子多次想来看他，但又怕惹他更大的讨厌。她回到学校上课心神不宁，快要被自己辗转的念头愁坏了，拿着一枚硬币反复丢抛，决定是否要去看望云青。她混淆了到底是"花"还是"字"，最终还是听从内心的声音，想见见云青。即使他一见面就赶她走呢，至少要给自己一个机会。

鼓足勇气的细妹子等到周末回村，来不及回自己的家，先赶到凌家，却扑了个空。采芹遗憾地告诉她来晚了一步，云青昨天已经投奔广元的亲戚。

细妹子失落地捻着辫子梢回家，难过的情绪一波接一波地翻涌，眼里的泪水止不住。采芹想要叫住细妹子，手臂伸到半空，又怯怯地缩回来，她实在不知道，该怎样安慰细妹子。

细妹子像踩着两朵浮云，迈着飘忽的步子回到家门口。大哥极为宝贝幺妹，看到失魂落魄的妹子，很是关心："哪个王八蛋欺负了你？你还哭了？告诉哥，我揍出他的溏鸡屎！""你，就是你！你和陈富贵在一起老说云青的坏话，我都听见了！"细妹子情绪激动，朝韩义君吼叫起来。

细妹子扑在床上呜呜哭泣。一只温暖的手抚摸她的头顶，她抬起泪脸，委屈地喊了一声"爹"，接着簌簌落泪："云青走了。""瓜娃娃，他会回来的。"韩老师爱怜地拍了拍细妹子的后背。细妹子仿佛落水的人抓住一块木板，颤声问："真的？""真的。这里是云青的家，哪有不回家的娃儿。"细妹子"嗯"地回应，止住了哭声。

第十七章

一

云青初到广元市卫子区，捏着舅家的地址，问明了前往舅家的路。见到素未谋面的舅舅，云青喉头一热，一声"舅舅"反而像是蚊子叫。舅家人围坐在一方小土桌前吃饭，舅舅抬头无情无绪地看了外甥一眼，又埋头扒饭。

舅妈放下碗筷，接过云青递上来的酸菜和布鞋，眼神麻利地朝云青身后看了一眼，仿佛等待他拿出第三样东西。舅妈垂下眼皮，冷淡地让云青坐下，舀给他一碗红苕稀饭。饭碗顿在桌上，几滴汤水溅出，云青的心猛然跳动了一下。

跨进舅家这道门槛，云青便牢牢记着母亲的吩咐，每天一早翻身起床，和舅家的几个孩子一道砍柴、放牛、放猪，火眼金睛地在路上"搜寻"牛粪、狗屎，捡回粪坑以便肥田。看到其他农活，不用舅妈吩咐，云青也去主动做好。

舅妈说话做事，脸上始终寡寡的，看不出一丝笑容。舅家灶屋梁子上，悬吊着几块腊肉，云青走过来走过去，腊肉和额角撞了好几次。脑袋碰着风干的腊肉，一丝油哈气仿佛顺着额角迅速流淌进鼻翼，温柔地撞击肠胃和腔壁，发出空洞的声响。即便听到云青肚子咕咕叫，舅妈也没想过，割一刀肉下来，款待头次登门拜访的这个小亲戚。

过了半个月，云青越发觉得自己是个多余的人。舅妈对他爱答不理，几个年龄不差几岁的表亲，若云青喝稀饭时喝出了响声，他们就来瞅他手中的碗，仿佛是帮母亲尽好监督职能，这让云青坐立难安。但舅舅毕竟是亲舅，他到广元来，并不是想来吃闲饭，希望舅舅给他介绍事做，帮人也好，学徒也罢，只要能靠双手挣口饭吃，他都不怕辛苦。这天，云青终于瞅着了一个与舅舅说话的机会。

舅舅有个"观牌"的爱好。乡下人"观牌"就是"抱膀子"。两手交叉抱着，在打牌人的背后，看得津津有味，不时指指点点，也算一种生活乐趣。云青看舅舅推了饭碗出门，赶紧跟上，和舅舅并排而行。

云青紧张地舔了舔嘴唇。他见舅舅神色不动，自己勇敢地张开了口："舅舅，您看能不能介绍我在这里找点啥事干？"舅舅微微侧脸，并不看他："那你是啥文凭？""小学毕业，初中读了不到两个月就生病了……""小学文凭啊，我们这边的匠人俏得很，这文凭恐怕拿不出手。"

云青的脸顿时变成猪肝色。舅舅接下来不紧不慢说了一席话："你还是不要想这些，卫子区莫得适合你做的活路。我们家的情况你也看到了，娃儿多，要有出路，你的表兄弟还不争破了头，轮得到你来？"

舅舅说的是实话。但这样坦然地表达了他的不喜和轻慢，让自尊心颇强的云青，感到一颗心犹如失重一般，迅速往下坠落。他这才后知后觉地想到，自己年龄摆在那儿的，舅舅却明知故问他得了啥文凭，这不是刻意让他难堪吗？这是要让他晓得"知难而退"，莫再厚脸厚皮地蹭舅家的饭吃。

舅舅晃着肩膀，继续走往牌桌。似乎有一个声音在云青耳边回响：这里不是你的家，你的家，是母亲所在的地方。

第二天一早，云青离家出走了。他没有和舅家任何人打招呼。

川北的季节已经过了惊蛰天，在弯弯曲曲的乡间道路上，风扑在脸上并不寒冷。云青没有心情感受沿途季节的变化，人的身体太过顽固和诚实，肚子饿了，情绪即刻挤压成一张薄薄的纸。他有点后悔，早上就这么打甩手①，犟头犟脑地离开舅舅家，就连半块馍馍、半截红苕都没带在身上。

云青会在离开时，还想着给自己捎一点"干粮"吗？他觉得自己离开的原因，就是体察到"舅舅不疼，舅妈不爱"，拔腿上路，惟愿能表现得有骨气一点，有尊严一点。云青几乎是带着一种自虐的快感，紧了紧腰上麻绳做成的腰带，加快了回家的脚步。

从老家到卫子区，云青是坐车过来的，现在身无分文，他还能坐车回家吗？

记得从舅家走出村路，拐上公路朝东走一截，当时就在这个路口下车的，想要回去，也该在这儿拦车。

云青站酸了腿，伸长的脖子显得僵硬，终于等来了一辆大巴车。常年风吹日晒，车身的铁皮锈迹斑斑，像是一个得了白癜风的病人。在他眼里，这辆车再丑陋破烂，也如宝马天车一般令人心动。

云青激动地高举双手招扬，司机"唦"一声踩了刹车。汽车停下来，车门的弹簧有点问题，售票员见门打不开，用脚连踢几下，踢开了车门。她嘴里不知在骂门，还是在抱怨什么，一只手撑着一扇车门，一只手招呼云青赶紧上车。

云青几步跳上车，撑着车门处的柱杆，大口喘气。车门像个暴脾气的人，狠狠合上，发出"哐当"一声的示威轰响。司

① 四川方言，意为空着手。

机启动车子，顺滑地往前驰去。

售票员是个时髦女人，烫着乡下人俗称"爆炸式"的鬈发，怀里搂着一只小木匣子。匣子盖翻开一半，露出票据，以及零零散散花花绿绿的钞票。

售票员要云青买票。云青讨好地笑着，又朝着司机的侧脸望去。伸脖子是一刀，缩脖子也是一刀，他怎么也躲不过没钱买票的事实，更不好意思在众目睽睽下，翻检自己衣兜裤兜证明，即便多翻两次，也翻不出钞票。云青诚实而坦白地说出自己没有钱的实情，恳请他们搭载一程。

光天化日之下还有人敢吃麻麻鱼①。售票员气得让云青滚下车，满头的鬈发跟着她的愤怒一起颤动。

云青很想和售票员解释，但所有的话都像一团烂麻纸，沤在了肚子里。他被售票员抓着肩膀，径直推向车门。

司机没有言语，跺脚一般，狠狠一踩刹车，表明了自己的深恶痛绝。长年累月跑广元到阆南这条线，像云青这种蹭车的，可不是第一个。车刹得太猛，车上的人都尖着喉咙"啊"了一声，他们不敢对司机表达不满，却可以指责云青，而且这种指责是万众归一。

哪家的娃儿？没钱还想坐车，耽误大家赶路，赶紧下去，烦人得很！

车门又卡住了，售票员涨红了脸。在全车人的指责声中，云青期盼车门彻底卡死，中途谁也下不了车，一路行驶到阆南。云青为着虚妄的希望而积攒满腔热情，默默念祷。司机之前"超然物外"，此刻他起身离开驾驶室，一脚蹬向车门，车门猛然打

① 四川方言，意为浑水摸鱼，引申为欺骗的意思。

开，云青的后背顿时失去了依撑。

售票员的手一直掐在云青肩膀上。此前车门关着，她的所有推搡看上去毫无力度，现在车门打开，她的手腕轻轻用力，云青像是被车外的人拦腰抱起，重心迅速外坠，整个身体翻滚到路面。

司机没等车门重新关上，就重新启动大巴疾掠而去，它的四轮躲避似的往前滚动，车身扬起的灰尘，迷蒙了云青的眼睛。

没钱坐客车，云青又想拦一辆开往闾南的货车，纵然不到县城，只要是朝家乡的方向，捎他一程都行。抱着这样的憧憬，云青耐心等待货车经过，只要有热心的司机刹上一脚，就能解救他脱离此刻的困厄。

等了很久，开往闾南的货车，没有哪一辆因为云青挥手停下。司机在路过他时特意加大马力，货车带起一团黄尘灰土，呛得云青不断咳嗽。

云青觉得继续这样拦车，就算自己变成一个"土人"，也不一定会有货车愿意停下，捎带他如同一件货物，从他乡，到故乡。

二

云青舍弃了搭车的奢念，唯一能仰仗的"交通工具"，便是自己的双腿。不清楚回家的路，母亲教过他，鼻子底下一张嘴，开口问路，总会有热心人指点方向。可要从卫子区走回母亲身边，该走多久呢？

日头已过晌午，云青又饿又渴。四下张望，旁边有条水沟，沟里流水潺潺，水面飘着几片树叶，沟底石头生着青苔。云青蹲在沟边，掬起水来喝了几口。水比想象中冰凉，他忍不住打了个寒噤。在胃肠毫无食物消化时,凉水竟也能短暂地哄住它们,落进空荡荡的肚腹时,发出轻快满足的"咚"的一声。

川北多山,层峦叠嶂如波涛起伏,村落犹如灌木丛,东一处西一处地分布山间。灰白的墙壁和青黑的屋瓦,在山峦的草木之间,"犹抱琵琶半遮面"地显出了身影。错落山间的村庄,近乎一幅水墨画,给予孤行旅人的,却是一种抓心挠肺的家的诱惑。

云青家里的屋顶铺着茅草。自从父亲去世,房顶的茅草便再没"翻新"过。房顶不知经历了多少雨淋风吹,太阳暴晒,鸟儿在上面落下斑斑点点的白屎。重山之间的屋顶,黑色瓦片在正午阳光下闪着微微釉光,云青却想念家中小小的茅草屋,它曾经那么破败,如今觉得它是那么温暖诱人。想念来得强烈,云青的胃部纠结成一团,他蹲下身,冷汗浸湿了后背,再凉凉地退去,肌肤生出一片鸡皮疙瘩。

肚子里的凉水,早已化作几泡热尿。一阵肠胃的痉挛,让身体变得松快的同时,饥饿感更加明显。春天的田野,野花繁茂,蝴蝶翩飞,但不像夏天和秋天,是大地收获的季节,有玉米,有瓜果,有花生,随手扯一把都能充饥解饿。

云青实在"饥不可待",在山坡扯起一把草,抖去泥土,在水沟里淘洗干净,将草根塞进了嘴里。咀嚼后草根的清苦,迅速扩散到整个口腔,他浑身一阵激灵。

沿着公路行走,既绕道又有汽车扬起的灰尘,抄近道就得爬坡下坎。爬山消耗体力,山上遍布灌木和荆棘,但对从小在山村长大的云青不是难事,下山的路,让云青的腿脚更加轻松。

行至一处山底,散落着十几户人家,这里是卫子区谭家坪村。一幢青瓦红砖的平房前,一个两三岁的孩子趴在地上哭泣。

云青扶抱孩子起来时，一个脸色黑红的少妇从屋里出来，一只脚在门槛里，一只脚在门槛外。她骂那孩子："自己的碗都端不住！"突然看到陌生的云青，她的脸上写满了惊讶，霎时又恢复了平静。

这名少妇看云青的目光和舅妈的目光一样，就像看一件摆设，永远不动声色，冷暖未知。不过根据云青的年龄和搀扶孩子的举动，她很快判断，他似乎没有恶意。

云青从小孩身上撤回自己的手，刚想转身，腹腔传来一声空鸣。上顿饭大概是二十小时之前吃的，此后喝了一肚子凉水，嚼食了几把草根，没有吃过其他食物。

所谓的难堪，还有脸面和自尊，原来在生存和肚饿面前那么不堪一击。云青放弃了转身，大大方方看向黑红脸膛的妇人，恳切询问，能不能吃点地上的饭？

小孩的橡皮小碗，扣在了地上。除了贴着地面的那一层米粒脏了，上面的一团饭应该是干净的。云青的目光忽然变成 X 光，透过那个棕色的小碗，不但能看到里面洁白晶莹的米饭，还能闻见扑鼻而来的香味。这个孩子这么小的年纪，竟然有白米饭吃，而云青在老家，一年到头能吃上白米的机会，几乎没有过。

云青的请求，说得那么自然真切。也许连他自己都没意识到，从这一刻起，开始了流浪的乞讨生涯。

妇人的脸膛闪过一丝疑惑，忽然从唇缝里挤出一个"不"字。这个轻轻的"不"字，差点将云青刚刚鼓起的勇气，击打得支离破碎。

云青瞬间明白，就算是掉在地上的米饭，也是别人家的财物，不是自己可以奢求的美餐。他的尴尬出现了短短一秒，妇人却让他进屋："地上的饭脏了，重新给你舀一碗。"

云青心里充满了感激。这间堂屋墙壁上，密密地贴着报纸，一直贴到了天花板。他小心地缩着腿脚坐在墙角，犹如坐在方块字的迷宫中，眼睛和头脑有点晕花。这名妇人手脚麻利地舀好两碗饭，一碗给云青，一碗给她的儿子。在递给儿子时，不忘对儿子吼道："再摔了碗，看不揭了你的皮！"递给云青时却一言不发，手势甚至有一点生硬和不耐烦，好像他不赶快接住，她就要大发脾气。云青将碗和一双竹筷捧在胸前，不敢看她的眼睛，低头扒了一口饭。

云青那些年卖米花棒或收破烂，再怎么饿肚，也没有当过叫花子，从未讨过一口吃食。因为他知道，走完长长的山路，路的尽头，会有母亲留的一碗饭，即便是一碗舍不得削皮的、带着泥土味道的红苕，也是慰藉空洞胃肠的宝贵粮食，从饥饿的边缘，又能被拯救，被拉回。今天，云青失去了这样的底气，知道自己不是长着翅膀的鸟儿，不可能靠着一肚子凉水或者草根，振振翅膀就从广元卫子区飞回阆南县的老家。低头乞要食物，云青将自尊折叠得非常小非常小，藏进了衣兜里。

云青能感觉到这位热心人有点紧张。她的孩子才两三岁，她不皱眉不板脸，显得很年轻。她给云青一碗饭吃，转身时自己的大腿不小心撞着了桌角。

云青被传染了紧张情绪，想尽快吃完碗里的饭。这种平时吃不上的白米饭，竟有几粒米淘气地呛进气管。云青一只手小心地端着碗，一只手侧过来扶住墙，实在忍不住气管异物闯入的难受，咳得惊天动地。

云青的眼眶蒙了薄薄一层泪，从影影绰绰的泪花中睁开眼，这名妇人已经端着半碗水站在他面前。云青赶紧接住喝下，将喉咙里的辛辣，压了下去。

"你是和家里人闹别扭才到处乱跑吧？"她沉着一张脸询问云青。原来她一直没好脸色，是以为云青是一个顽皮孩子，或者是闹情绪乱跑，才把自己置于这样狼狈的境地。

云青轻描淡写地告诉她，自己原本是来卫子区走亲戚的，现在该回老家了。她好奇地问他到底回哪里，他告诉了她是回阆南县，她平静地"哦"了一声，也许并不知道阆南是哪里。

身上没有钱回报这名妇人，云青对她深鞠一躬，准备离开。转身走了两步，身后传来她的挽留声："外面天快黑了，你干脆别走，明早再赶路嘛。"

云青有点惶恐，觉得自己不该受这么大的恩惠，但他已经扭过头去。

院中小孩倾倒的一碗饭，已被勤快的母鸡，啄食得干干净净，它急于炫耀一般，黄一摊白一摊地拉下了鸡屎。云青从墙角操起扫帚埋头清扫，沉沉暮色中，妇人没有阻拦，脸色平静柔和。

门外走进一个成年男人，两只裤脚高高地挽在膝头，一双大脚沾了不少泥土。他见一个陌生少年在院坝将扫帚舞得呼呼生灰，以为自己进错了家门，使劲跺了两下脚，落下一层还未干透的泥土。女人探出头来，招呼男人过去，碰头说着什么。男人走近云青，用一副沙哑却有力量的声音告诉他，可以在屋檐下为云青铺个睡觉的地方。

能睡在屋檐下厚厚的稻草上，云青非常满足。春天的夜里，山间气温降下几度，好在风不大，又搭着一件男主人的蓑衣，还能承受夜的寒凉。钢蓝色的天空，缀着一颗颗小星星，明亮闪烁的星星，像一颗颗宝石扣子，邈远而高贵。

云青睡了一个好觉。第二天一大早，鸡刚叫了头遍，云青起身将稻草和蓑衣理得整整齐齐，堆在窗台下面。他不忍心这么早打扰这对好心的夫妇,对着主人家的房屋,认真地弯身鞠躬,向着阆南县的方向继续前行。

三

离开卫子区的第六天,云青遇到了一场突如其来的暴雨。都说"春雨贵如油",但春雨也有恣意任性的时候,如同撒泼的夏日雷暴雨,声势浩大铺天盖地而来,将一时找不到躲雨之地的人,淋了个措手不及。

雨雾茫茫,天地之间,仿佛连成了一道水的帘幕。万物都在雨中坚持承受,地里的庄稼弯了腰肢,树枝没有规律地摆着头。雨水将清爽的黄泥小路,变成一条小小的泥河,每行一步,都如同从地面伸出了无数只手,拉拽着云青的鞋底,妄图将它们粘下来。云青刚跑起来,鞋和脚就分了家,黄泥的黏性和雨水结为联盟,从头到尾都在阻碍行走。

云青索性脱下鞋,拎在手上,向着一家农户奔去。这是一幢四四方方的红砖屋,屋外围着一圈竹篱笆。要到躲雨的屋檐,需要通过篱笆,没有主人的允许,不能贸然推开人家的篱笆门,于是云青隔着篱笆呼喊,探寻是否有人在家。云青刚一张口,雨水凶猛地灌进嘴里,喊声刚落,传来狂暴的犬吠。一只身形高大的狼狗,从屋檐冲到篱笆前,短短一瞬,前爪已经趴在篱笆上,冲他大吼大叫。

雨线砸落在地面沙沙作响,狼狗声嘶力竭地咆哮。这么大的狼狗,云青还没有见过,他仓皇逃离,不敢回头多望一眼。

春雷由远及近地炸响,闪电撕裂了天空,蓝与紫的电光,短暂地印在天幕,犹如玻璃炸开了裂纹。像是一场落魄的溃奔,云青不管逃到哪个方向，都有一场大雨，等着兜头落下，将他罩在其中。

在大雨中奔跑，云青竟然慢慢平静下来。人世的这一场雨和另一场雨，说来又有什么不同呢？看似柔软无骨的水，变成从天而降的大雨，浑身长出了小刺，如同鞭子一般，狠狠抽打云青的身体。衣裳冰凉地贴在身上，云青整个人滑腻得像一尾鱼，但又没有在水中游弋的轻盈之感，而是像一块吸水的海绵，滞重而笨拙。也许命中注定落在头上的雨水，一场都躲不了，一滴都跑不掉。云青放缓了步子，不再急躁地奔跑，甚至有了一点在雨中"闲庭信步"的节奏。

云青终于找到一个废旧的破庙时，雨已经小了一些。天空一片灰暗，已是傍晚时分。这时有个可以避雨的地方，云青已经很快乐了。

在这个能遮风挡雨的地方，云青出于一种固执的念头，默默地坐在门槛，一直不往后望。

天空逐渐暗黑，春雷还未完全隐退，但云青不再畏惧天边紧一声慢一声的炸响。现在让他畏惧的，来自身后。

畏惧是一种强大的诱因，云青越想抵御，它越是拉拽，如同散发着香味的坨子肉，无法抗拒。云青忍不住，终于忍不住地回了头。

就在他回头时，一道闪电劈空而来，那一道亮光，投射在身后的菩萨塑像上，显现出了半张脸的盛怒与狰狞。云青"啊"地尖叫一声，跳离门槛，被凹凸不平的地面一绊，身体向前摔倒。

泛滥的雨水冲刷了无数次的地面，现在又湿又滑地贴在云青的身体下面。冷，原来最冷的冷，不是皮肤接收到的，不是毛孔感知到的，而是从心底发出的震颤，犹如超声波一般，一圈一圈荡漾开来，将那深刻的冷，传递到云青的发梢和指尖。

因为那份说不清道不明的恐惧，云青抖个不休。但这恐惧的诱惑如此盛大，强迫云青在下一道闪电擦亮天空时，鬼使神差地再次回头——这次看清了，庙里的泥塑菩萨，它原本就只剩下了半边身体，半张脸孔。它衰朽而残败，仿佛是时光的铁链沉重拖行，留下了残忍印记。

今夜最大的恐慌不是真相，而是伏在湿冷的泥地上，无休止地猜测和想象什么才是真相。云青用手掌和脚趾用力，提一口气，往上撑起了身子，短短一瞬之后，云青鼓足勇气，踱回到小庙的门槛前。这一次，脚一抬，轻松跨进了门槛。

云青终于可以借着闪电的亮光，静静地仰望泥塑菩萨了。因为它的残破，他甚至认不出这是乡间人们平素供奉的哪一尊神。它是土地公吗？或者关公？地藏？金刚？剩下的半边身子，彩漆斑斑脱落，仿佛内里的气血，早已被白蚁蛀空。

黑夜换来了天地震颤后的宁静。人真是奇怪，到底怕着什么？又因为什么而忽然拥有了无惧的力量？神秘的转变，只在须臾之间，命运以雷鸣电闪的力道驱赶云青，就是为了将他引进这个破败的小庙吗？云青在那个奇妙的瞬间，又饿又冷的瞬间，忽然记起了这天是自己十二岁的生日。

云青在人世间已经走过了一轮，这样的发现不乏黑色幽默的意味，竟能驱赶恐惧和寒冷。生日这天，阴差阳错闯进这座庙，头顶有屋檐挡雨，能见这半尊佛，云青觉得，是命运对他的一种仁慈的安排。

屋顶隔开了天地，雨点砸向瓦片的声音，有了一种韵律感。泥塑菩萨那只混沌的眼睛，望着云青，望着这个突然闯入的不速之客。云青双手合十，捧在胸口："打扰了。"

云青感觉浑身轻松。这是一种崭新的感觉，始于恐惧，战胜了恐惧。他是一个没有刀戈箭矢的少年，没有金甲护体的农村孩子，没有亲人随行呵护，在风狂雨骤的荒野，迎来了十二岁，更迎来了年岁带来的勇气和自信。

周爷曾经告诉云青，一个孩子从落地到十二岁，身边其实萦绕着大大小小的厄运，它们伺机而动，鬼鬼祟祟，就是想趁孩子还未成人时，以突兀偷袭的方式来侵蚀他、损毁他、伤害他。如果这样想来，他在过往突然遭遇火烧，陷入大病，甚至遭遇性命之忧，难道就是十二岁之前必经的一个劫？必涉的一条河？

云青脱下身上湿透的衣衫，借着外面一点点微光，挂在香案上。闪电曾经照亮过小庙，云青也打量过小庙，一个较高的角落，摆着半堆干柴，最大的那块柴，是燃到一半熄掉的，半头本色半头黑。

云青曾随母亲去过老家的牛王庙，人们常常将火柴放在菩萨身后，既能请菩萨来享用香火，也能附带保管和看守火种。云青伸手在半尊塑像背后一摸，果然摸到一个小小的匣子，火柴盒里只剩几根火柴。不过够了，如果有一根划燃，就能守着温暖的火堆，度过这个特殊的生日之夜。云青一连划了三根火柴，都没有划燃，就在快要失去希望之际，擦燃了的火柴，照亮了他的眼。云青惊喜万分，小心翼翼地跪在地上，点燃了一团摸到的干燥废纸，引燃了那堆干柴。

雨夜烤火，一种近似于幸福的眩晕感，在心头蜿蜒流荡。云青在火堆边，忘记了肚饿，忘记了回家路途的遥远。这一刻，只想这样心无旁骛地享受温暖的火光。

靠着一块门板，在云青将睡未睡之间，空气微微一动，仿佛受了一丝调拨的震荡。云青睁开眼，一个仓促的小小的身影，蹿出几步远，竖起耳朵，夹着尾巴，仰着湿漉漉的头，警惕地望着他，仿佛打量心中未明的恐惧。

这是一只流浪狗，左耳有点残缺，周身被雨淋透。它的目光里没有凶悍，只有无穷的躲躲闪闪，它在人的世界，也许遭遇过刻骨铭心的背弃和欺辱。在这样的地方，云青觉得他和它本质上没有什么不同，朝它招招手，再招招手。它竟看懂了他的手势，将步子切割得小心而细碎，缓慢地一点点挨过来。它终究没有抵过温暖火堆的诱惑。

云青感谢它没有抵过这样的诱惑。在它眼中，云青仍是神秘不可测的人类，散发着令它恐惧的危险气息。但在这样的夜，它愿意靠拢过来。

流浪狗离云青始终有半米远，这样的距离，随时都能逃遁，甚至发起攻击。但在渐渐走向寂静的夜里，在从凶猛转为缠绵的雨夜里，在如同被世间遗忘了的小小破庙中，所有的逃遁和攻击都变得毫无意义。它与云青，不知从什么时候起，各自蜷紧身体，沉入了黑色的睡乡。

这一夜云青睡得安稳踏实，早上竟是被屋顶落下的阳光唤醒。被春雨洗过的太阳，迸发出了活力十足的光芒，甚至有些恣意张狂。火堆早已熄灭，他的后背感受着春阳的抚慰，热力从颈到腰，密密地覆了一层。云青惬意地伸个懒腰，如果不是地面这堆小小的白灰，他会怀疑昨晚的一切只是一个梦，不曾有过雨夜的流浪狗，不曾有过一人一狗安安静静共度的时光。它仿佛是受着菩萨的指引，来到此处作为云青这个特殊生日的陪伴。

在寂寞的雨夜，他们相安无事，彼此信任，云青更愿意看作一人一狗的友谊，而不是被命运推着行走的无奈之举。

第十八章

一

白天与黑夜即将交错，晚霞映照璀璨的光芒，山川田野流金溢彩。凌云青却不能沉醉于这样的天色和时光，但步履轻松愉快，不知不觉地行走到了广元市太公镇林家坪村附近。

暮色渐渐笼罩了大地，云青顺着一条黄泥小路，来到林家坪的一条河沟。河床已经干枯，桥洞横跨两岸，修补过的桥身，沉默地承载着人们生活的重荷。

云青一头走进桥洞，他想在这里落脚过夜。脚下踩着一团软绵绵的东西，他慌乱地收住脚，原来是一床破旧棉絮。令云青吃惊的是，棉絮在还未黑尽的夜色下缓缓蠕动，一个人像是破茧的蚕，从棉絮里先后拱出两只脚，然后是一只手，接着是另一只手，最后拱出的是脑袋。

棉絮下的人翻身坐起来，主动招呼云青。这是一个蓬头垢面的男子，额前油腻腻的头发垂过了眼睑，头部后面的乱发窝进了脖子，身上的衣服又黑又灰。这名男子忽然打了个喷嚏，用手擤了一下鼻涕，随手擦在棉絮上。云青以为遇到了一个疯子，准备拔腿离开。他感觉到云青的退意，马上站起身来，这是一个高大的汉子，但腰弓背驼，活像一只大虾米。

大虾米觉得，想在桥洞借宿的，一定是同道中人。他热情地问云青："要吃晚饭吗？"

不等云青回答，大虾米迅速转身，从棉絮下扯出一个黄色的军用挎包，掏出一个玉米面蒸馍。

大虾米慷慨地掰下一半蒸馍递给云青。云青无法拒绝他的好意，行走了一天的路程，他也饿得眼冒金花，接过馍就咬了一口。坚硬的蒸馍有一股馊味，云青慢慢咀嚼，脖子一伸一缩地努力吞咽。

大虾米的四方脸上，长着一张阔嘴，馍丢进去，如同将一块小石子丢进河床，瞬间就被卷裹吞没。他还舔净了指头上的残渣。他见云青不时看他的棉被，又对他从头看到脚，眼神满是狐疑，便来了讲述的兴致。可他不是茶馆的说书人，人家能将千百年前的故事说得活灵活现，而他讲他自己的往事，还讲得颠三倒四，十分散落，前言不搭后语。

云青终于明白，大虾米之所以长途跋涉，夜宿桥洞，是为了找寻一个姓秦的教授。

秦教授改变了大虾米的命运。

一年前的大虾米，在家乡春耕秋收，过着平静的日子。他生活的转变，源于收到了一封神奇的来信。神州大地传递着各种致富信息，报纸杂志上常常刊出五花八门的小广告。信是从报上剪下的一个豆腐块，介绍了一种神奇的"人造鸡蛋制造机"，只要购买这种机器，掌握相关"高等技术"，就能以十分之一的鸡蛋成本，源源不断地制造新的鸡蛋，而研发这种机器的人，就是秦教授。他自称勤勉科研，心系农村，为了惠顾农民兄弟，在全国随机抽取一百个人，向他们写信发函。谁收到这封信，谁就是时代的幸运儿，发家致富就没有问题。

大虾米半信半疑，第一封信并未勾起他的兴趣，该喂猪还是喂猪，该种地还是种地。可接连几个月，大虾米家像是多了一个"远房亲戚"，陆续发来更为详尽的"机器介绍""技术细则"，像是有一只挥动的手，诱惑着他想致富的心。

愁眉苦脸的大虾米对云青说："我没啥文化，一直念想着能发家致富，现在'技术'送上门，哪能不心动嘛？"他当时觉得自己的婆娘可恶，现在后悔没有听她的话。她坚决反对大虾米搞"人造蛋产业"，说对方如果真是大学教授，就凭你肚子里这点墨水，能学懂人家的技术？

老婆的话刺激了大虾米，他晓得老婆一直有点看不上他，觉得他连个高小文化都不具备，损害了他作为大老爷们的尊严。他脸红脖子粗地表示，自己不但能学好技术，而且还能像"豆腐块"说的那样，制造出让人分不出真假的完美鸡蛋。

"家里的母鸡就算再勤劳，鸡屁股到底是肉屁股，不能分分钟生蛋，机器就不一样了，只要连通电，它就会一个劲地往外吐出'人造蛋'。咱村里的小学老师是个文化人吧，人家也说过'机器一响，黄金万两'嘛。"

发财和创业的激情让人鼓舞振奋，大虾米不再犹豫，卖了肥猪和粮食，凑够了学习技术以及购买机器的钱，按剪报的地址，汇给了秦教授。

后来，没有什么后来了。这条信息就是一场骗局。大虾米从期待和憧憬，到惊愕和愤怒，他不能接受这样的结局，执拗地要去寻找秦教授，为自己讨还公道。他已经在路上流浪了很久，对方到底在哪，还茫茫然不知方向。甚至，他都不确定秦教授是否真的是广告中出现的那张脸，树叶大的照片，印着一张中年男人的脸，戴眼镜扎领带，的确很有教授的范儿。就算这是骗子"本色出演"吧，人海茫茫，要找出他来，岂不如同大海捞针？

大虾米"恨意难平"，他沉浸往事，翻来覆去责怪自己，将"狗日的秦教授"骂了一遍又一遍。云青硬着头皮忍受他的喋喋不休，白天赶了太久的路，实在太累，靠着桥墩沉沉睡过去了。

第二天醒来，那条破旧棉絮已经不在，这让云青免去了与大虾米告别的尴尬。

太公镇靠近苍溪县，位于嘉陵江上游，开春的江水蜿蜒奔腾。云青顺着江边行走，大虾米曾经说过的话，让他心中有了一份沉重，轻轻一攥就能挤出满满的酸涩："我这辈子过得这么没用，就是吃了没知识没文化的亏。如果多读两年书，也不会有现在的遭遇。"

云青摇了一下头，像是抛开了一份滞重。嘉陵江的岸边，柳树抽出了酱色的枝条，密密麻麻地覆着嫩叶，其他树枝也打着柔绿的苞芽，野草冒出了嫩绿，生命的蓬勃景象，让云青振奋。沿途的春光，也悄悄爬上了庄稼人的脸孔，他们也如草木一样，四季轮回，春归活力。

开始耕种的庄稼人手持犁耙，不时甩个响鞭，喝牛前行。犁耙的木柄在他们手中左摇右摆，一串串犁耙翻卷的垄畦，在大地上留下了排排细浪。

田地经过了春风的洗礼，土层的湿气慢慢蒸发，正是施肥的好时机。庄稼人率先脱掉厚袄，身穿单薄线衣，挥动铁锹，将农家禽粪撒在松软平整的土地里。

阳光下的油菜花，化成了一朵朵散开的金子。蜜蜂穿梭往来，毛茸茸的短腿，将花香传向四面八方。一个犁地的庄稼人，起调唱起了山歌——

> 尖尖山二斗称，苞谷馍馍胀死人。弯弯路密密林，茅
> 草棚棚笆笆门。要想吃干饭啥，万不能万不能。风里滚雨

里淋，一年到头累死人……

云青熟悉这首山歌，细妹子是班上的文艺骨干，上小学时她就登上过土台，大大方方地唱了这首《尖尖山》。云青喜欢歌词，也在心里默唱过，这阵儿他走得脚头有劲，胸腹间似乎也回荡着一股气流，应和着犁地农民的歌声，他也情不自禁地跟着唱起来："年年苦辈辈穷，老天整我一家人，吃人的老天啥，不太平不太平。盼星星盼月亮，盼着救星共产党……"

"那个小娃儿，下来搭把手哦！"犁地唱歌的那位中年庄稼人一勒牛绳，对着路边的云青亲热地喊道。黄牛停下，牛尾甩来甩去，云青心头一热，紧了紧裤腰的稻草绳，跃身跳下田坎。

"你唱得不错嘛。"太阳晒得这位庄稼人的脸成了古铜色，落了一层微笑。受到鼓励的云青扶着犁铧，他们很快犁好了这块旱田，到了中午时分。

庄稼人问明了云青回家的前因后果。他拴住耕牛，带上云青到家里吃饭。云青饿着肚子，也不推辞。女主人长着一张银盘大脸，一条花白的辫子盘在头顶。

云青在地里帮了自家男人，又会唱《尖尖山》，大婶非常欢喜："我给你们下碗面。"

云青已经很久没吃过面条了，大婶端出的，是两碗冒尖儿的青菜面。她擦净灶台，接着刚才的话头，关切地问云青："你家境不好，粮食歉收，家里人都要饿肚子哦？"

云青咽下口里的食物，郑重回答："是的，大婶。我妈，还有姐姐和弟弟，他们和队里很多人一样，很久没有吃过饱饭了。"

大婶眼里流露出丝丝缕缕的同情，从屋里找出一个半旧的帆布口袋，走向存放粮食的柜子："我给你舀点粮，你多少带点回去。饿肚子的滋味不好受。"

云青的胸腔滚过一阵感动，瞬间萌生了一个想法。如果在
混饱自己肚子的同时，还能要一些粮食回家，不就可以帮助家
人度过春荒吗？

可非亲非故的，人家为啥要施舍你呢？自己好手好脚的，
跑去要饭要粮，终归不是光彩的事。云青有了新的打算：就像
自己帮这家扶犁一样，可以"以工换粮"。原来家里人累得筋疲
力尽时，秀英为了安抚孩子们，不断鼓励："力气就像井里的水，
用了又会长出新的来，只要你愿意去打水，井水是舀不尽的。"
云青曲起手臂，微微隆起了肱二头肌，他已经是十二岁的男子汉，
觉得母亲的话很有道理。力气是用不尽的，力气也可以用来换粮。

云青不再为自己的经历感到羞涩。他在叩开别人房门时微
笑打听，有没有什么农活需要他做，挑水、除草、担粪、施肥，
他样样都会的。有些警惕性过头的人，觉得云青来路不明，冷
面冷口地说声"没有"，"啪"的一声关上房门，差点碰上他的
额头。

更多的人却有一副悲悯心肠。种田人靠天吃饭，遇到灾荒
年头，阆南县和仪陇县因不邻水源，土干坡陡，灾情往往更为
严重，一些人就到广元、旺苍、卫子、苍溪讨口吃喝。云青操
一口阆南口音，人们也见怪不怪，给碗酸菜稀饭，让他好歹垫
垫肚子。

一些庄稼人见云青年龄不大，愿意和他多聊几句："你这个
娃儿看起来莫得好大嘛。""我十二岁了。"一位大叔来了兴趣："你
这么小，咋在外面到处乱逛，你屋里人呢？"面对大叔真挚关
切的眼神，云青心头一热，告知他走路返家的实情，又说如果
能做点农活，换一点粮食，或一口饭吃，想早点回到家乡，回

到亲人身边。

大叔眼里闪出热切的光来。这个小叫花说话有条有理，年岁虽小，不卖惨，不苦求，不纠缠，不像有的行乞之人，为了一点吃食，丧尽尊严。

善意的目光，温暖的话语，让云青有一种释然的感觉。他摆脱了纯粹"手心向上"的乞讨方式，更愿意用自己的力气，来交换一点吃食，让乞讨向一种平等的方式靠近。

二

云青一路以工换粮，挎着的布口袋越来越沉。在苍溪靠近阆南县的村庄，云青给一户农家锄完地，已是傍晚时分。主人给他端了一碗杂粮饭，又让他留宿过夜，睡在堂屋的一张空床上。云青担心弄脏人家草席，打一盆井水，洗净脸脖，搓下脚缝泥污。

女主人看见面目焕然一新的云青，开玩笑道："我看你倒不像是个要饭的。"云青脸色红臊："我要走回家，只能这样了。"女主人似乎特别执拗："你说话做事有礼数，我看你倒像个小秀才！"女主人的话，把她的家人逗得哈哈大笑。一个小叫花，一个小秀才，这是毫无关联的，但在云青的心里，荡起了一丝涩涩的滋味。

自从赌气离开舅家，云青隐隐地明白了人世的一些冷暖。舅家为什么会这样对待他呢？书上说的"血浓于水"，难道只是骗人的漂亮话？后来他慢慢明白，舅家膝下有几个孩子，上头还有老人，日子也过得紧紧巴巴。他们和众多乡亲们一样，都想靠自己的力量，让日子过得好一些，能够稳稳立于天地之间。

云青一路以汗水和劳力，换取食宿和口粮。他靠自己微薄的力量，像护着风雪夜里的火苗一样，小心护着内心的自尊，仿佛就护住了暖心的屏障。女主人的夸奖，让云青的自尊和感动，如同冻土下的种子，有了出芽的萌动。

第二天上午，云青就要离开这个让他倍感温馨快乐的庄户人家了。女主人送他一个旧的夹背，里面有个装有粮食的口袋，以便更好行路。这家农户的墙上，挂着一幅发黄的中国地图，幅员辽阔的"雄鸡"昂扬而立。云青看向地图，躁动不安地思忖，那里会有他今后能去的远方吗？

云青一边行走，一边帮人家干活，推进着他的回家之路。路上的春风，吹开了树上的花，山坡的灌木也披上新绿，水沟涨满春水，欢快地向下流淌。云青甩动曾被医生断言不锯就难保命的腿。腿已痊愈，走了这么远的路，也未有一丝肿痛，这让云青的心，像春风拂开的蓓蕾。

云青以工换食、以工换粮的请求，说得不再绊嘴结舌，磕磕巴巴。世上的善，总能激发更多的善，云青不仅白天得到了吃食，晚上有时睡牛圈，有时睡檐下，有时睡床上。不管睡在哪里，别人给他什么，他都揣着真诚的感激，诚挚地道谢。

云青没有想到，这漫长的回家之路，始于一个冲动的念头，竟然走了二十九天。他"失踪"的这段时间，舅舅没有写信或托人告诉过秀英，仿佛外甥出走是件稀松平常的事。

眼前是云青从小谙熟的风物，他不是远客，而是这片土地的主人。

云青终于看见自己的家了。他远远盯着自家茅草屋的一角，一股又酸又辣的液体冲袭他的双眼。他没有急着跑回家，停下脚步，像等待大海的潮汐退去一般，耐心地等着，等着，等这团强烈的情绪过去，如同等待乌云弥散。他擦了擦眼窝，拍了拍裤脚上的浮土，大步走向朝思暮想的家。

秀英见云青忽然走进家门，像见到一位不速之客，惊了一跳，膝盖上正在剥的豆角掀翻，豆子洒落了一地："你咋回来了呢？"云青不愿母亲担心，一边蹲下来捡豆子，一边故作轻松道："我想也该回来种庄稼了，你一个人忙不过来。再说舅舅那儿也不好找活干，他尽力了。"

云青没在舅家找到活路，秀英有些失望。儿子风尘仆仆地回来，整个人黑瘦一圈，她心中牵起千丝万缕的疼痛来。云青小小年纪就要外出谋生，云鸿好歹也读到初中毕业才去当学徒，秀英怜爱地说："那你去洗把脸，妈等会儿给你煮吃的。"

云青拉住母亲，取出夹背里的布袋子，提到桌上，解开绑扎袋口的塑料绳。秀英一阵惊讶：大半口袋各种各样的粮食，混合着小麦、玉米，还有干豌豆和糙米。

"这些是哪来的？"看着混杂在一个口袋里的粮食，秀英的心怦怦跳动，感到一种莫名的紧张。她似乎明白了一些就里，只是不太敢相信这是真的。

"是我……一路换来的。"

秀英双腿微颤，仿佛被人擂了一拳，身子一歪，两手撑住了桌沿。云青赶紧扶住她："妈，你咋了？"

"没啥，我是高兴的。"

秀英的泪水流往心底。她也不愿意告诉云青，当妈的单单凭着本能，都是能侦会断的高手。云青说他换回这些花花绿绿的粮食，他拿啥换呢？肯定是东家一把谷，西家一把豆，四下乞讨来的。再看云青的样子，裤子脏兮兮的，衣服上五颗纽扣掉了三颗，脚上是一些新鲜的伤口，头发乱草似的。这一路上，不知道他吃了多少苦头。

秀英的心像是涨了潮水，一浪又一浪地冲击得心口发疼。倘若舅舅真的待他好，他怎么会是这副模样呢？

可云青一路要饭归家，也没有责怪舅家的半点不是，秀英眼神复杂地看着儿子。大半年前，云青病得要生要死，家里人多多少少在他面前摆脸色说冷话，连她这个当妈的，也曾咒骂云青拖累人，恨不得他去死。云青病愈之后，没有提一句家人对他的狠辣冷情，还和从前一样，有口好吃的，先想着家人。

云青回过头，母亲双眼雾蒙蒙地坠了两粒泪珠。他以为秀英真是眩晕，身体不适，扶住母亲胳膊，让母亲上床躺一会儿，他去井台挑水。

三

云青回家的消息，像长了翅膀，很快传到韩家。韩老师在饭桌上，不经意地提了一句："凌云青现在回了家，不晓得以后还继续读书不。"细妹子立马魂不守舍，薛小梅敲了敲碗沿，提醒细妹子夹菜，别老是扒拉白饭吃。细妹子心不在焉，敷衍地"嗯嗯"两声，她的心思没在饭菜上，就算面前摆着龙肝凤髓，也没有吃喝的欲望。

云青回来了，他现在是什么样子呢？他的腿伤没有受到影响吗？还和从前一样读书吗？

一个接一个的问号，像水泡一样，从细妹子心湖里汩汩直往外冒。

细妹子实在坐不住了，家人议论什么事，如同中间隔了块毛玻璃，她一句都听不见。细妹子突然站起身，腿弯碰倒了小板凳。面前一碗饭还没吃完，搁下碗筷就往外走。

韩义君刚想喊住细妹子，韩老师威严地做了个噤口的手势。

韩老师不顾老婆与儿子的诧异神色，慈爱地看了一眼窗外，暖阳煦照，春光甚好。他给薛小梅和韩义君碗里，各搛了一筷子炒菜。

前往凌云青家的路，细妹子再熟悉不过了。在将近一年的时间里，她无数次望着小路发呆，云青不在家，却没有理由和勇气走一遍。如今云青回来了，她终于能重温小路风景。蝴蝶从田坎上飞起又降落，翅膀轻轻擦过细妹子的碎花衣衫。

茅草屋旁的梨子树下，云青正在看书。抬头看见小跑而来的细妹子，云青惊喜地打了招呼："细妹子，好久没有见你了。"

这是凌家唯一一棵梨子树，不知为何，花期来得总比别的梨树稍晚。但它每年夏天，都会结出大大小小一筐梨果，卖掉就是凌家一门重要的经济收入。

现在细妹子的眼里，看不到枝头挂缀的梨果，看不到澄碧如洗的蔚蓝天空，她只听到了云青的招呼。她有多久不曾见过他，他就有多久未曾这么亲切地唤过她了。细妹子还没走拢，眼泪已经扑簌簌地落下，在脸颊留下晶莹的溪流。

云青不会告诉她，这声平平淡淡的招呼，曾在心中反复叫过了多次。在从广元回阆南的路上，他从好心人手里接过一碗粥、半个馍时，翻涌过这样的念头：如果细妹子知道我现在"沦落"成小叫花，她会说我吗？还会来看我吗？种种想法像一双粗蛮而冷酷的手，将云青的心拧成了麻花。他从未深入地想过一件事：自己其实很在乎在细妹子眼中的样子。为此，他讨厌见到她的同情，哪怕这是她发自内心的垂怜。

云青的羞愧没有持续太长时间，他很快就为想象中的细妹子设计好了答案，只要活着就好。

　　能全须全尾地活下来，就是上天厚赏的福气，是生存的最大真理。

　　在县医院时，云青以为自己的病再也好不了，那时他硬起心肠，粗声粗气地赶走了细妹子。细妹子离开后，云青好几晚都不能入睡，他躺在黑暗中，心甘情愿承受着伤腿的疼痛，像是默默承受上天的惩罚。他甚至愿意自己痛得更厉害一些，以此减轻细妹子所受的伤害。如果时光再倒流一次，云青也许还是会对细妹子冷硬如铁。他的自尊和自卑，总是因为她而格外凸显。

　　在流浪回家的路上，云青忍不住一次又一次地想起细妹子，想她眉眼弯弯的笑，也想她在医院被冷待时苍白的脸，想她在野棉花山上一起解题后的兴奋，也想她硬塞给他的还有余温的鸡蛋。云青在行走中解开了自己的重负，他觉得活着，就能翻来覆去地想念细妹子。如果人不在了，绝不会像庄稼、像一棵草那样，来年又从地里长出来，他能活着，就该好好珍惜这条生命，也该认真期待与细妹子的相遇。

　　为了与细妹子再次重逢，云青将久别的话语，练了千次万次，说得云淡风轻。细妹子却撑不住，巨大的欢喜与心酸，让她在他面前，眼泪成串跌落。

　　云青有些通透明白的了然，心里满盛甜蜜的酸涩，凄楚的甘甜，却故意装着糊涂开玩笑："看见我不开心嗦，咋个洒起金豆豆来了？"细妹子羞报地擦了一把脸上的泪珠，声音颤颤的，别过头不与他视线相对："你现在不讨厌我了吗？"云青微微皱起眉头，像是细妹子问了个天真的傻问题："我啥时候讨厌过你嘛？没有的事。"

　　细妹子不再提及县医院 601 室的尴尬往事了。虽只是一年多前的事，却像隔了几辈子，足够这对少男少女，在轮回中再世为人。他们像是将这一页，彼此默契地轻轻翻了过去，当它是陈旧落伍的物件，早该清除和淘汰。

云青手里捧着的，是韩智君的高三课本。细妹子拿过来，随手翻了几页，惊讶地说道："你学得这么快，都看高中课本了？"云青的表情自然而淡定："嗯，我害那场大病，也不是没有什么好处，至少让我有了不少时间看书，不管在医院里，还是在吴医生家，只要我愿意，都能看书。"细妹子脸上飞起红晕："哪里只是快一点呢？快了好多哩。"

秀英在屋里大声呼喊云青，吩咐他去"砍坡"。细妹子提出跟着一起去坡上，云青也破天荒地依了她，这让细妹子增添了一分惊喜。

所谓"砍坡"，是去各家的"自留坡"上，连同杂草，铲掉薄薄的一层泥土，晒干后背进猪圈，与猪的屎尿混合，就成了干粪，是肥田肥地的上好农家肥。

云青背上背篓走出屋外，秀英又追出门口来叮咛："莫把书带上，免得你砍到半夜都不想回来。"

云青无奈地答应一声，像是馋糖的娃娃被迫要放下糖果，他轻轻摩挲了一下书皮，将课本端端正正放到枕头上，出了院子，拐上小路，走向自家的坡地。

细妹子一边爬坡，一边和云青闲聊："你妈好像不太喜欢你看书。"云青苦笑，点点头又摇摇头："比'不喜欢'的程度，还要深一点。"

秀英没啥文化，有些事并不能一下子想得明白透彻。永彬临终前嘱托她，要让儿子读书，秀英也尽了自己最大努力，即便累得半死，都送他们兄弟仨进了学堂。不过秀英的理解是，丈夫永彬说的所谓读书，就一定要去学校，有老师管着，在黑板上写写画画，娃儿伏在课桌上用功，这才叫读书。云青早已退学，不是个学娃儿，如今他一有时间就装模作样拿一本书在手里，这不叫读书，叫躲懒，叫偷闲，叫不懂事。采萍出嫁后，秀英明显觉得身边少了一个帮手，采芹自小身子骨就柔弱，田间地里的活指靠不上她。秀英苦苦撑着全家的重担，累得脱了形，云青既然不去学堂，又没在舅舅那儿找到活计，就应该多分担一些农活，多帮家里收点粮食，不比多看两页没用的书强吗？

秀英干涉云青看书，话说得很直白："如今你也不考试了，看了书有啥用？"云青一下子也没能找出理由说服母亲。事实上他也觉得，现在的书是"无用"的，因为不能吃穿。但他固执地认为，通过阅读和学习，一定会让人变得更加"有用"。这些道理，云青却无法传达给母亲。

云青和细妹子聊起天来，倒比从前少了一些顾忌。人大了一点，就多了一些阅历，也就多了一些感受。云青曾在生死桥上走过一遭，明白人能活着不容易。有了步行二十九天才回家的经历，面对的人和事，让他领悟了更多的事理。他直言不讳地说，以前收破烂，还能暂时离开母亲视线，但他若现在去收破烂，家里就少了一个种庄稼的人，少了一个帮得上手的劳力，更怕引发左腿的旧病复发。糊口的粮食种好了，全家人才能不饿死。

细妹子关切的眼神，让云青心中安定。他打开了话匣子，说起当下的苦恼，两手一摊，语带无奈："我妈说我现在不是学娃儿了，还抱着本书啃，整天不务正业。"

细妹子替云青急起来："哪里是不务正业呢？如果婶儿晓得，你比那些关在教室里的人还爱学习，肯定打心眼儿里佩服你！"

"只要妈不要干涉我看书就好，哪能指望她能佩服呢。"

"一定会有办法的。对了，你现在已经在看高三课本了，是想继续升学吗？"

细妹子这话实在是过于突兀，云青表情有些不自然了。

云青沉默着，在一个缓坡上停下脚步，眼望四周。这些风物景致，是他从小看惯的，低矮的平房，瘠薄的田地，"大炼钢铁"那阵，山坡的大树被人砍得差不多了，红色光秃的坡上，只剩稀疏的几棵树木。云青相信，一百年前的观龙村，与现在也许并没有大的不同，人们都是靠红苕续命，在土里刨食，最后又被埋进泥里，成了大地的一部分。有个问题始终缠绕着他，如果这一百年来日子都没有变化，接下来的一百年呢？周爷曾告诉他，书籍是伟大且强大的，能从中找到为自己解惑的答案。云青一直在苦苦寻觅，埋头用功，可他能找到心中想要的答案吗？得到了这个答案，他就能选择不一样的生存方式，不一样的命运走向吗？

云青神色凝重，从远处收回视线，也拉回心思，诚恳回答细妹子的问题："我不是不想继续升学，但你看我家这种情况，可能这辈子没得机会再进学堂了。我从广元回家的途中，有个好心的婶儿，说我不像叫花子，像秀才，我听了只觉得是玩笑，自己和秀才，是没得缘的。"云青接着说："可我又想，就算这辈子进不了学堂，当不成秀才，我总要当一个有知识有文化的农民吧，和祖祖辈辈们不太一样的农民。没办法去学堂读书，多弄懂一点道理，总比稀里糊涂地活一辈子强。"

细妹子不知如何接住云青的话，她的心里有些酸楚，如果云青能够读书，甚至能够去大学里读书，该有多好。

云青和细妹子家住在两个方向。云青装好坡上的渣土，他们分手道别，细妹子忽然转身，对云青说："爹说看到你，就像看到了我二哥。"

云青黝黑的脸膛现出一朵不好意思的红晕来。细妹子的二哥就是韩智君，他是整个村庄的骄傲和体面，韩老师竟拿自己和人家相提并论？

云青不敢奢望自己像韩智君，但他想着，就算自己是河里一只小虾，也想到大海里安个家，就算是地上一条虫，也想有一天像一条龙飞腾，就算是山谷里一棵草，也想堂堂正正唱个春光好。一个人改变不了的是出身，能改变的只是对于命运的态度。也许每个人，都有他自己的选择，一旦做出选择，也就"落子无悔"，没有了回头路。

曾经流浪的经历，云青以为自己会因此事而倍感羞耻，但他回到观龙村后，凡是有人问起，他都坦坦荡荡实话告之："用脚走回来的，不晓得路就问人家。没有吃的，就以劳力换点吃的。"

严重的骨膜炎，曾经让云青的肉体在痛苦中感知了生活的冷暖。而这一路近乎乞讨的流浪归家，让他咀嚼了不少世间真味。他不再害怕被人看到自己的潦倒和窘迫，若连自己都无法正视生活的艰辛苦楚，何谈战胜和跨越？纵然余生注定会被拴死在土地上，多学一些知识，不当睁眼的瞎子，总是好的。

细妹子朝家走着，想着和云青的点滴过往，也思量着未来的某种可能。

四

岳红花在路上遇见了细妹子，讨好地冲她咧嘴招呼。细妹子没有看见岳红花的微笑，与她擦肩而过。岳红花热脸贴了冷屁股，以为细妹子故意在她面前显摆臭架子，恨得呸了一口，自语道："有啥了不起的，还不理老娘，村子的人哪个不晓得，你上赶着巴结凌云青，自以为是个公主，却连小叫花的臭脚都捧。哼，羞死先人了！"

岳红花只敢在背后说说闲话，她家的孙三龙现在还是韩老师的学生。那个背时的老三，不晓得为啥，看起来蛮灵醒的一个娃，但一个小学都能连留两级。岳红花想起家里"几条龙"就攒眉头，对孙铁树更是气不打一处来。她急急忙忙赶往村口的代销店，自己出门是为买盐，不是为了跟一个细妹子，更不是跟家里头的人置气。

岳红花在代销店遇见了打酱油的刘翠芳。刘翠芳眼珠子盯死售货员的手："莫抖嘛，你昨晚吃了鸡爪子哟，在那儿抖啥子，一抖就洒好几滴酱油了。"售货员下巴长着一撮"山羊胡子"，时间长了，大家也不叫他本名，都叫"山羊胡子"。他平时最喜欢和俊俏的年轻媳妇和大姑娘开玩笑，说起浪话来一套一套的，可遇到爱占便宜的老娘们，山羊胡子立刻就横起眉毛瞪起眼睛，做出董存瑞炸碉堡的凝重样子，当人家是病毒细菌一般，从不和她们胡闹。

刘翠芳打酱油，硬说人家竹筒子抖了一抖，漏洒了几滴。岳红花称盐巴，说还有一层盐粒落在秤盘上，老山羊当了奸商。山羊胡子不愿和老娘们浪费口舌，觉得与这样说他的两个婆娘争辩，是辱没了自己，愧对了先人。她们一番聒噪，他索性抓起秤盘当蒲扇，作势朝岳红花扇了两下，吓得岳红花以为秤盘即将搁落到自个儿脑袋上，慌得"啊"的一声，扯着短腿夺路而逃。山羊胡子转过脸，如同剑矢的目光又瞪向刘翠芳。刘翠芳不敢再放一个响屁，同样偃旗息鼓，跟随岳红华，一溜烟儿跑到门外。

两个女人胡跑了一气，累得肺里抽风箱，停下来撑着膝盖大口喘气。刘翠芳慌慌张张跑出来，瓶盖捏在手里，忘记旋上，酱油洒脱瓶口，浪费了一勺。刘翠芳"哎哟"一声直起腰，揉揉胸口，心疼地伸长舌头，舔了舔瓶嘴流下的酱油，舔了一圈儿，才将瓶盖拧上。

岳红花的眼里，对刘翠芳流露出嫌弃的光来，觉得她姿态难看，小气巴拉，但没有想到刚才的自己，也是"粒粒计较"。

刘翠芳握紧瓶口骤然想到，岳红花看到自己舔酱油，若在外面一通宣扬，岂不是很没有面子？得想个主意，转移岳红花的注意力。

眼珠子骨碌一转，刘翠芳亲热地拍了拍岳红花肩膀："红花，有件事你肯定还不晓得……"

刘翠芳一番言语，岳红花的脸像是六月的天，渐渐变了颜色。

细妹子觉得云青现在最大的难处，是在家看不了两页书，就要不停地去做农活。她到底怎么做，才能帮到云青呢？她只是个"同桌"，说不上话的晚辈，但父亲就不一样了，在观龙村，韩老师虽不是什么队长会计，但却是享有威望的。细妹子萌生了一个想法。

细妹子跨进家，父亲在屋里咳了几声。当老师的，这是职业病了，人身上的器官，说起来和农具差不多，锄头铁锹用久了还旧呢，嗓子用狠了，便落下一个慢性咽炎的毛病。

韩老师当了一辈子乡村老师，穿得朴素，平时不抽烟不喝酒，唯独对茶有一份沉沉的热爱，这是他几十年前读师专时，被自己老师"传染"养成的雅好。他常说喝茶的好处，讲话讲得口干舌燥，一口甘香的茶水喝下，像是甘霖滋润龟裂的土地，自个儿都能感受到那美滋滋的一声"哎呀"。

韩老师用一个大肚罐头瓶泡茶水，他又好喝一口烫茶，开水冲进去，常常需要缩起肩膀，袖子捂在手上，才能端起茶杯享受。薛小梅并不是个懒婆娘，地里的活儿几乎没让韩老师操心，三个孩子的吃吃喝喝缝缝补补，她更是一手搞定。但她在和自己丈夫相处时，看不出韩老师需要一个隔热的套子，能让他随时想喝茶了，便将罐头瓶捧在手上，"咝咝咝"嘬着嘴，喝得惬意，喝得痛快。

拉开抽屉，细妹子目光抚过自己的"珍藏品"，里面整齐地摆着十几束颜色各异的塑胶线。那时镇中学的女生间都流行这个，能编成金鱼、小狗、蝴蝶等小玩意儿，送给某个"重要的"男生，挂在钥匙扣或书包带上，就是一个美观的饰品。心灵手巧的细妹子，用塑胶线编一个隔热套，那还不是小菜一碟？细妹子编好一个杯套，用剪刀剪去线头儿，对着桌上放的小方镜粲然一笑。镜中的细妹子，映出了一模一样的笑容。

"哎呀，合适，真是合适。"韩老师爱不释手地翻来覆去看自己的"新茶杯"。幺女真是长大了，晓得心疼父亲，竟给他编了一个好看实用的杯套，不大不小刚好套住玻璃杯，犹如贫汉穿新衣，用熟的茶杯一下子就体面起来。细妹子见父亲把玩个不停，心中猫儿抓挠一般着急：马上要开饭了，一吃完饭，家里人就要催她回校，晚上宿管老师也要点名，哪里还有时间，委托父亲"重要的事"呢？她顾不得矜持和礼貌，硬生生地打断韩老师的欣赏："爹还喜欢吗？"

"喜欢，太喜欢了。"韩老师又抚摸茶杯。

"那我求爹一件事，爹可要答应哟。"

韩老师停下了对新茶杯的把玩。十三岁的女儿都学会"送礼"

这一招了，看来他是不服老都不行哂。看这娃儿葫芦里卖的什么药，韩老师往藤椅里舒舒服服一瘫，做出洗耳恭听的样子。

"只要爹能做到的，一定会答应，你是想买什么东西吗？"韩老师慈祥地问宝贝女儿。

细妹子赶紧摇头，抱着韩老师胳膊，讲出了自己的请求。韩老师笑微微地听着，脸色严肃起来，边听边点着下颌。

薛小梅高门大嗓地喊他们爷俩吃饭，韩老师握了握女儿的手，轻声而郑重地应承："爹保证完成任务。"接着又补充，"这是好事情，你不贿赂我，爹也要帮的。"

细妹子似乎被父亲揭穿了心事，娇羞地拖长声音喊声"爹"："人家哪里是贿赂了？人家是真心想送爹一件小礼物的。""好，好，我的细妹子乖，看到你现在有说有笑的，爹才安心，去年这个时候，你回家来过礼拜，一个笑脸都没有，也不晓得你受了啥委屈，问你也不吱声。"

细妹子别过脸，对于"去年这个时候"，她为什么会闷闷不乐，并不做解释。

细妹子在镇中学住校，每隔半个月回来过一次"礼拜"，家里人都尽着好吃好喝的准备。周日细妹子一回来，大家就像殷勤待客一般。客走主人安，顿觉几分疲累，早早插上门闩，各自回房休息。

韩老师烫过脚，不肯上床，坐在桌边转着圈儿地看他的杯子套。薛小梅倒掉洗脚水，回房搁好脚盆，见老韩这副憨样，故意打趣他："还是女儿好哇？当年我生了智君都不想再生了，孩子多了当妈的受累。你非要再生一个，说我们有两个儿子，若再生个女儿，人生就齐活了，女儿大了，是爹妈的贴心小棉袄哩。现在我还没享到细妹子的福，你这个当老汉的倒提前享到了。"

韩老师扬了扬手中的杯子套，眉毛也跟着扬了扬："莫小看你的细妹子，她这是贿赂我，附加提了要求的。"

"哟喂，她人小鬼大啊。"薛小梅已铺好床，自己先钻进被窝，又好奇地撑起上半身，偏过脑袋发问："她想买啥东西？要是细妹子想买参考书文具什么的，咱们支持她，要是她想买连衣裙化妆品，可不能轻易点头，女娃大了，心思野了，咱不能由着她的性子来。"

韩老师觉得好笑，他也朝床边走过来，坐进被窝，洗得泛白的蓝布中山装依旧披在肩头。他看一眼妻子，笑微微地说："细妹子的性子，你又不是不晓得，她哪里是心里没数的娃儿嘛。这么多年，和她一起长大的同学这么多，她也只交了一个好朋友。再说，这次细妹子恳求的东西，并不需要花钱去买。"

薛小梅一听不花钱就放心了，把担忧放进肚子里，睡意袭上来，打个呵欠，催促韩老师熄灯。偏偏韩老师谈兴上来了，紧了紧肩上的外套，主动和妻子交底："细妹子是让我去找云青妈一趟。"

"你去找那个寡妇做啥子？"薛小梅忽然瞪大眼，从被窝里直愣愣地坐起来。她这过激的反应，吓了韩老师一跳。回过神来，韩老师深刻地认识到，徐秀英就算是个圣人，丁点错误都没犯，就因为她的寡妇身份，男人早早离世，这便成为她身上洗也洗不去的墨迹，擦也擦不掉的罪过。可她到底错在哪里呢？

韩老师一口吹了煤油灯，让薛小梅的激动消解于黑暗里。至少在静寂夜色中，人是平等的，值得被睡眠细致地包裹与呵护。

第十九章

一

乡村的夜晚，被一层淡淡的温柔黑幕笼罩，庄稼、猪牛、农具和村民，沉浸在各自的睡梦中。刘翠芳却毫无睡意，她揣着满腔兴奋，等待什么大事来临。

刘翠芳如果不小心踩进臭泥塘，不会感谢伸手拉她一把的人，她更愿意使劲一拉，让好心人也跟着掉下来，一起来尝尝臭泥巴的味道。白天，她舔酱油瓶的丑态被岳红花尽收眼底，心里便挽了一个硬硬的疙瘩。但念头飞快转过，想着你岳红花莫得意，你要听了我说的这事，那才叫被打入十八层地狱！

拿定主意的刘翠芳，将酱油瓶背到身后，脸上堆满假笑，对同样呼呼喘气的岳红花道："你还不晓得你家孙铁树和那个寡妇的事吧？"

岳红花一听这茬儿就火冒三丈："咋个不晓得？我们老孙实诚，年轻时不知上了啥瓜当，才着了这狐狸精的道儿！"

刘翠芳做出一副惋叹的样子："哎哟喂，红花你果真还被蒙在鼓里！我说的是现在的事，你扯那个老皇历做啥？"

"我们老孙自从娶了我，已经好多年没正眼瞥那寡妇了，现在又有啥事！"

"你啊，心真大！你不晓得之前那寡妇的儿得了要命的病，躺在县城医院里，徐寡妇到处求爹爹告奶奶借钱，鬼都不理会她。倒是你家孙铁树菩萨心肠，心疼坏了，背着人偷偷塞给她二十块钱呢！"

岳红花脑子有点蒙，她首先听进耳眼的是"二十元"，脑子也稀里糊涂地跟着这个数字打转转。上次赶集，她看上一件城里人流行的"滑雪衫"，也就二十元嘛，孙铁树弄死不准她掏钱买下，还在一旁冷嘲热讽，说她一个农村老娘们，水桶粗的腰杆，真将一身肉挤进这滑雪衫，非崩豁口不可。她也是傻啊，男人不喜欢，眼馋地看了又试了，还是脱下滑雪衫，乖乖地跟着孙铁树回家。自己这么贤惠懂礼，他是拿啥来报答她的？

刘翠芳看岳红花这反应不对，晃了晃她肩膀，岳红花清醒过来，骂自己猪脑子，想什么滑雪衫呢？孙铁树背着她去接济那寡妇，该受天谴雷劈的，就算接济一棵葱，一头蒜都十恶不赦，何况还是二十元！她岳红花攒几个钱容易吗，竟然要受男人这样的欺骗。这叫啥？"家贼难防，偷断屋梁"。看来，孙铁树是存心要让这个家散架了！

岳红花的心，像是被油煎一样，白气腾腾，油珠滚滚。二十元哪，她当了孙铁树半辈子的婆娘，他花过二十元，买件礼物送给她吗？结婚那会儿，岳红花就和孙铁树约法三章，搬了些从娘家听的老话来："男人是个耙耙，往家耙钱；女人是个匣匣，为家装钱。"她的意思是要当管账的那个。孙铁树抬起眼皮，毫无内容地冷冷地瞥她一眼，那一眼让岳红花心里又惊又凉，生怕他投反对票。好在孙铁树遵循了"老规矩"，没和自家婆娘抢着当家。可岳红花将孙铁树的钱攥得再紧，心里也是有平常妇人一抹微弱希望，哪怕男人给她买块手帕呢，都会让她激动和感动。她仔细回想，除了她吆喝着让孙铁树从集市上捎东西，十几年来，孙铁树竟从未"自觉自愿"地给她买过一根针、一丝线！

岳红花是个不易服输的女人，她自恃样样都压了徐秀英一头。这几年徐秀英苦苦撑着凌家不倒，拉扯几个孩子，岁月无情的刻刀提前雕老了她的脸，霜雪染白了她的头发，若和岳红花站在一起，模样要老上一大截子。但就算自己整天拾掇得干净爽利有啥用？狗日的孙铁树，他还是背着老娘，去讨那个寡妇的好啊！

岳红花没有理会刘翠芳的"喂喂喂"，她像个聋子，直着眼睛，张着两只手往回走，手脚动作并不协调，从背影看像是木头人一般。她心思恍惚，刚买的盐包掉在地上都没发觉。刘翠芳心头窃喜，高兴地叫了声"乖乖"，悄悄上前捡了盐包。

左手捏酱油瓶，右手提盐包，刘翠芳像个凯旋的大将军，缴获了战利品，挺胸凸肚地回了家。进门时一只花色羽毛的小公鸡，斜着翅膀扑棱出来，刘翠芳心情很好地啐它一口："瞧你那急躁躁的样儿，赶着出门看热闹啊？"

这天晚上，刘翠芳依旧睡在女儿房间，和吉祥共用一个枕头。让吉祥意外的是，今天母亲十分安静，难得的一言不发，但神情活跃，难掩兴奋，两只眼睛眨巴眨巴的，仿佛耳朵也竖起来，用心听着窗外有什么风吹草动。

"妈。"吉祥喊了刘翠芳一声，意思是让她睡觉，刘翠芳马上紧张地"嘘"了一声："莫吵，不要害我听不到。"吉祥更觉古怪："妈要听啥？""今晚孙铁树和岳红花家里肯定要发生'战争'的，哈哈哈……"

吉祥听得云里雾里，心想母亲之前热衷评这个论那个，满嘴的是非，怎么现在还升级成"神算子"了，孙家要发生"战争"这种事，都能未卜先知？

刘翠芳恨不能两只耳朵变成天线，能直接收听孙家的波段，不再多解释。她是个"十处打锣九处有"的女人，如今还能凭借一己之力，"制造"出天大的"热闹"，怎能不觉得自豪呢？

缺了母亲的聒噪，吉祥竟不习惯这么早入睡，默默地躺平身体，想着自己的心事。

吉祥和她的"天棒哥哥"富贵不同，就算装着一肚子委屈，从未在大人面前撒泼打滚。原本吉祥小学念得好好的，富贵闯祸，诱使邻居的牛摔下岩坎，陈家赔了一大笔钱，买下伤牛来宰杀，卖掉牛肉的钱不足赔款金额的一半。

陈金柱自然生气，轮到惩戒，却只是不轻不重敲打了富贵几下，就当教训过儿子。但怒火难抑，在家里仍旧是踢桌子打板凳，想再找个出气筒泄愤。吉祥害怕和父亲待在一间屋里，背起书包，一只脚还没跨出门槛，陈金柱在身后寻了吉祥的晦气："死女子，这么晚了干啥子去？"吉祥声音有点抖，老老实实回答去找邻家小梅，一道做功课，复习乘法口诀表。陈金柱却发了火，冲到吉祥跟前，门神一样堵住她的去路，唾沫星子溅了吉祥一脖子："不准去！我看学校也培养不出好娃儿，你哥念了半天书，不是照旧不学好，只晓得给家里惹是生非。从今天起，不准再去上学了！"

吉祥嘴巴一瘪，硬生生地忍住眼泪，可怜巴巴地望向刘翠芳。原本以为妈妈要帮她说两句好话，刘翠芳却和男人站在同一战线，反而劝服吉祥："你爹说得没错，只要能分清'男'和'女'，以后到城里不进错厕所就行了，上啥学嘛，白白浪费那个冤枉钱。你哥这一胡闹，给家里戳个透明大窟窿，哪还有闲钱送你去读书？"

吉祥只能委屈辍学，留在家里帮着干活。她的乖巧，在父母眼里一文不值，陈金柱内心一直觉得养女儿是为人家养的，只有养儿子才是培育自家的苗苗。家境好时,吉祥能跟着享两天福,一旦家里经济出现状况,她就是陈金柱眼里的赔钱货。平时陈金柱心情不好,先找刘翠芳来当出气筒,如今捎带着也要骂吉祥几句。吉祥不敢吭声,愈发沉默。

吉祥的心思不可能像大人那样深邃,她为辍学伤了几天心,又用一个孩子的心来自我安慰,二叔家的采萍和采芹姐姐同样没念过书,她至少比两位姐姐强,都能背九九乘法表了,只是,还没学过除法啊。

吉祥替自己遗憾了半晌,旋即想着明天一早,还要到河边割猪草,不管母亲到底在兴奋啥了,两眼一合,放松四肢,自顾自地沉沉睡去。

刘翠芳在黑暗中紧张地瞪大眼睛,屏住呼吸。她想象岳红花那个瓜婆娘,会怎样地上蹿下跳,心里就像吃了蜜一般甜。徐秀英啊徐秀英,别怪我不顾妯娌情义,是你自己先勾搭野男人,没脸没皮地收了人家孙铁树二十块钱嘛,我这不算编排是非,造谣诬告。叫啥呢?刘翠芳忽然想到一个冠冕堂皇的词,叫替天行道。对,我就是为了不让瓜婆娘岳红花蒙在鼓里,才跟她说的。不然咧,孙铁树这次帮老相好的儿子治病,一出手就是两张大团结,下次徐秀英出点啥事,那孙铁树不是要将家底都掏空?我这是为了岳红花好,为了人家的安定团结。

二

刘翠芳没猜错,此刻孙家快把房子烧起来了。灯火摇曳,人影晃动,简直算得上展开了家庭式的世界大战。

孙铁树是一个泥瓦匠,会一手好泥水活,四邻八舍修房筑屋都愿意请他。这段时间,他被请去帮工做泥瓦,虽然早出晚归,地里的活计全都推给岳红花,但看在工钱还不错的份上,岳红花也认了。她下午回到家,将自己藏钱的小匣子,从衣柜深处抠出来,搁在床单上打开,对一张张票子进行仔细清点,没错啊,一分钱都没少。岳红花微闭眼睛,低头琢磨,忽然睁开眼,带着哭腔骂一句:"王八蛋!"

孙铁树这个王八蛋,他瞒着自己藏了私房钱。虽说每次出去干活的工钱,他都是按天数交到岳红花手中,但有些大方豪气的主家,还会格外打赏个一元两元,相当于给匠人封个红包,讨个彩头。孙铁树舍不得抽烟卷,舍不得喝烧酒,一定是将这些零碎钱一点一点攒了下来,攒到二十元不容易,他竟然一口气拿去便宜了那个寡妇。

岳红花捶着床板,伤心地哭了起来,哭得肠子都搅到一起,隐隐作痛。她算算时间,儿子快放学回来吃饭了,心里有再大的委屈,也擦了泪去厨房煮晚饭。对于"三条龙",她这个当妈的真没说头,虽然此刻心头对他们父亲的怒火已经熊熊燃烧,快要喷薄而出了,她依旧强打精神,给儿子们煮好了饭。

儿子们回家了。岳红花没胃口,吞药般地勉强吃了半碗饭,将碗推到一边,愁苦着一张脸,坐在桌边叹气发呆。

三个儿子中,就数孙二龙平时点子多,岳红花也得意这个儿子脑瓜聪明,最随自己,不像孙铁树,三棒子打不出个闷屁来。孙二龙无论何时何地,都表现得比他的哥哥和弟弟更灵醒,万分体贴地问一声:"妈,你身体不舒服?"岳红花有气无力地说:"我心口疼。"

岳红花的心口被仇恨的火焰烧疼了。她焦急地等待那个"家贼"早点落屋。孙铁树不回来,这"三堂会审"的戏就开不了嗓啊。

主家热情地留下匠人们吃晚饭，月亮升到树梢了，孙铁树才酒足饭饱地回家，走得额头汗津津的。

进房一瞅，今天这岳红花不对头啊，她点了一盏煤油灯，端端地坐在灯前，手上没做任何活路，像是一尊安静享受灯火供奉的菩萨，平时多浪费一滴灯油她都要叨念半天嘛。

"你咋还不睡？"今天完工，活计做得顺利，孙铁树多喝两杯老酒，心情很不错，主动和岳红花打招呼。

岳红花对男人罕有的主动问候无动于衷，一个巴掌拍到桌子上："是啊，我该早点睡，睡了，你好和外面的野女人鬼混去！"

"你满嘴又在喷啥大粪！"孙铁树厉声吼道。

岳红花不怕孙铁树嗓门大，她晓得，这是个干打雷不下雨的货。

岳红花刚嫁过来那会儿，听村里嚼舌头的人说了孙铁树的"风流韵事"。她又气又恼，逮着针尖大一点事都跳脚吵嚷，想要发泄内心的憋屈和愤恨。论吵架孙铁树绝不是她的对手，要说打人，孙铁树生来就是"断掌"，怕一不小心将自己婆娘打出个好歹来。一个男人，犯不了仗着体力去逞能扬威欺负女人，他和岳红花真刀真枪动粗的时候也不多。

但他发起火来，会不管不顾地掀桌子，摔东西，蒲扇大的巴掌将家什毁得稀里哗啦的，这就能镇住岳红花了。岳红花心疼家里每样东西，在她眼里，自己的任何东西都是好东西，就算烂得提不起来的撮箕都好得不能再好，遭孙铁树摔了毁了，她心里比自个儿挨了打还难过。两人闹虽闹，孙铁树一旦摔东砸西的，岳红花也晓得就像说书先生拍了惊堂木："今天到此为止，下次再续。"十分配合地"戛然而止"，将她的滔天怒气暂时压下。

今晚有点不一样。眼看孙铁树已经抓住桌上一面蛋圆的镜子高高举过头顶，那是岳红花最心爱的东西。孙铁树这狗东西，不过就算他举镜子，岳红花也没像平常一样及时收兵、偃旗息鼓。她昂着头，像是英勇就义的女英雄，眼里闪着星星，嘴里喷着火焰："孙铁树，你还敢摔老娘的镜子！你的良心到底是不是遭狗吃了？那寡妇的儿子又不是你的种，你干嘛要偷偷摸摸塞给她二十元？"

孙铁树鼓凸愤怒的眼睛，渐渐泄了气，胳膊软塌塌地垂下来，那面差点粉身碎骨的镜子，也被他搁回了原来的位置。

敌进我退，敌歇我追。孙铁树哑巴似的放好镜子，岳红花倒长了气焰，"哇"地号叫着冲过来，扯他衣襟，捶打胸膛。这男人肌肉铁硬，如同钢板一块，岳红花捶打他，反而让自己拳头发痛。怒不可抑的她索性一口咬下去，牙齿深深嵌进孙铁树胳膊，一股咸腥的液体，淌进岳红花被仇恨燃烧的喉咙，孙铁树发出一声被袭击的痛呼："啊！"

孙铁树挨了咬，既没有推开岳红花，也没砸东西，他这忍辱负重的狗模样，不吵不骂，连眼珠子也不瞪了，却让岳红花的心，一直往下坠。她彻底明白了，咋能不明白呢？刘翠芳没有骗她，孙铁树就是做贼心虚。如果他和那个寡妇干干净净的，咋会这么乖乖听她摆布，默默忍受吵闹咬骂？狗日的孙铁树，骗得她好苦啊，自己和他过了小半辈子，生了三个虎头虎脑的儿，在他心里，还抵不上寡母子一个小手指头。

岳红花打也打了，咬也咬了，她反而觉得自己受了天大委屈，松开嘴巴，一边继续掐着孙铁树胸膛，一边声泪俱下地哭喊："坏了良心啊你，我对你对儿子，恨不能拆下骨头剥了皮，只要你们爷几个吃得高兴，把我煮进锅里熬汤都愿意。我岳红花是遭了哪辈子的孽，这么对待你，不领情就算了，还在背后偷偷摸摸，搞这些小动作，和一个寡妇扯不清楚。你喜欢她，她现在头发比我妈白得还多，你去娶她嘛，娶回来好当后妈，当祖宗，像你们孙家的神龛子一样供起来！"

岳红花的话越说越难听，孙铁树的脸色也越来越灰败，但他依旧直端端站在那儿，默默无声地忍受着，等待更恶臭的话，像一枚枚发红发烫的子弹，不断射向他的胸口。他甚至觉得，这是他该受的罪，应得的惩罚，被这些"子弹"射中射伤，射得趴下了，恐怕才会好过一点。

孙铁树不是后悔自己拿钱给秀英，而是后悔娶了岳红花。他并不喜欢她，也从未喜欢过她，只因家里催得急，他牙齿一咬，两眼一闭，也就昏戳戳地娶了。娶进门这些年，孩子生了三个，可他对岳红花，始终无法打起精神来，看都懒得多看一眼，直到现在还分不清，她是左边还是右边眉毛上长了一颗痣，连她平常习惯挽鬏鬏还是梳辫子都不晓得。

岳红花尖声吵嚷，狠命啼哭。孙大龙和孙三龙烦躁地用枕头蒙住耳朵，或索性拉上被子盖过脸，继续睡觉。只有孙二龙，一边仔细聆听，一边眨巴眼睛，心里捏泥人一般，捏出一个主意。

三

第二天一早，孙铁树就出去了，"三条龙"睡得死沉，没有一个晓得他们老汉好久走的。孙铁树心中又是气愤又是悲凉，他其实也知道躲起来不能解决任何问题，但要让他待在家里，陪着岳红花再发一天疯，又是咬又是骂，他怕自己会控制不住内心的邪火，直接从灶膛里抽一把火，把房子点燃了算逑。她不想过，大家干脆都别过了！

岳红花眼睛红肿，但她仍旧坚持给三个儿子做了早饭，自己才爬到床上，想一会儿，哭一会儿，捂着胸口呻吟一会儿，哀叹自己的命苦。

孙大龙有点着急："我看要请个医生来看看妈的身体！"

孙二龙向大龙投去不屑的一记白眼，扭头问三龙："你今天可以逃课吗？"

三龙求之不得，这世上他最为痛恨的就是上学了，没有之一，立马巴结地问二哥："我们是要出去要吗？"

"就是，出去要。"孙二龙咬牙切齿地讲，"今天咱们要个痛痛快快，要个天昏地暗。只有我们要高兴了，妈的病才会好！"

三龙无比拥护伟大的二哥。

三条龙各自拿了扁担、锄头和铁锹，雄赳赳地赶往凌家。

脑筋素来转得慢的孙大龙有些迟疑，想打退堂鼓："我们这样，真的能帮妈治她的心口疼？"

孙二龙轻蔑地瞅一眼大哥："妈得的是心病，就算请个医生到家里看病，也不会好起来的。心病终究还要心药医！"

孙三龙赶紧当他二哥的应声虫："就是！大哥你要是没胆子就莫去了。"

孙大龙很生气，难不成他白长了一身腱子肉？他咋会没胆子？他要让兄弟们晓得，自己是最胆壮的那个，最维护母亲的那个，所以不仅走在了最前头，在孙家老二发号施令、喊出那声"打"时，又是他一马当先，抢着第一个抢起扁担，咬紧后槽牙，朝着凌家梨子树上的青果儿狠狠砸去。

岳红花哭闹，二龙零星听了两句，明白他爹"干了对不起妈的事"。二十块钱啊，爹是个糊涂蛋，当儿子的不能含糊，爹既然给了那个寡妇二十元，凌家不是有一棵挂果的梨子树吗，干脆打它二十元的梨子下来，以解妈的心头之痛。

孙大龙四肢发达，他也不想去弄清里面的弯弯绕，老二喊打就打，力道赛过暴揍偷牛的贼。孙二龙和孙三龙随后跟上，一通乱砸猛敲，确保每个梨果都掉在地上。掉在地上还不解恨，拿脚狠狠地踩踏，使劲地碾压。看到一地的浆水残皮，断枝败叶，他们发出了满足的哄笑。

吉祥割好一篮子猪草回家，见到三条龙正在疯狂摧毁二妈家的梨果，吓得不敢吭声。天哪，他们为啥这样做？

凌家这时没人在家，秀英带着采芹和云青下了地，云白去了学校。只有破旧的茅草屋，像一个饱经风霜的老人，泪眼婆娑地看着梨子树。

青青的梨子，是从清香洁白的梨花中，诞育的一个梦。这个梦是这样的漫长，中间经过好几个月的日照和风吹，细雨和星光。它是生长于天地间的灵物，蕴蓄着许多美好，一点一滴，变成甘甜汁水。挂在枝头的果实，向着世间敞开了自己的心，是那么柔和美好，清新纯真。它身上没有刺，没有毒，没有任何伤人的利刃，也就没有保护自己的武器。

三条龙离开了。吉祥有些发呆，她生平第一次，想要问问老天爷，为什么不让梨树生长出老虎的牙齿、蜜蜂的螯刺？它的善良，注定了无力。如同吉祥自己，她眼睁睁看着梨树被摧残，可是她不敢过去指责"三条龙"，阻止他们的恶行。他们凶神恶煞的样子，吓得吉祥不敢发声。"三条龙"每次打架，都是"抱团作战"，三个打一个，村里人提起这三条龙，瘪嘴白眼没好话。只有岳红花认为，他们才是最好的宝贝孩子。

一声尖利的哭叫，让吉祥猛然一颤，看到了坐在地上的云白。云白忘记带下午的课本，趁着中午休息回来拿书，却让他看到满地的梨子残骸，为这一片狼藉而揪心。

云白馋过树上的梨子，但秀英早就发了话，结的梨子儿女们一个都不能吃，全都背去市场卖掉。若贪嘴吃了梨子，家里就没钱称盐，没钱买煤油，到时生活也没法往下延续。

家里人心心念念指着这棵树多结点果子，到时多卖两个钱，哪里晓得果子还未成熟，就遭了这样的厄运。

长这么大，云白没有一次吃过完整的一个梨子，他觉得树上的梨果，就是一个个宝贝。他曾经吃过的梨，就是母亲留下的歪头癫脑的，被鸟儿啄得洞洞眼眼的，没有卖相的梨果。但现在，是谁将一树的宝贝疙瘩，变成了树下陈尸？

"哪个？到底是哪个？"云白哭喊着，心疼而着急地蹬着双腿。

吉祥来到云白跟前，拉他起来，他却不依，用力踹着地，嗓子喊哑了，还在喊"是哪个"。吉祥哭了："我看到是孙家的三条龙在打梨子树，我不敢过去……"

吉祥一哭，云白立马止住了哭喊，他腾地站起，攥紧拳头："你说的是孙家三条龙吗？"

吉祥伤心地点点头："就是他们，他们跟疯了一样，举起棍棍就乱打树上的果子。"

云白脸色发青，转身就走。

"云白，不要去！你不要去！"吉祥没有拉住云白，他一使劲，吉祥摔到地上，跌了一跤。

云白的怒火在心头燃烧。三条龙是吧？就算是龙，也不该到我们家来兴风作浪，将好好的梨子毁成这个样子，弄得一地的残枝破果。我倒要问问，为啥和我家的梨子树作对？为啥做下这种混账事？

秀英、云青和采芹是在地里被人一叠声喊上来的："不得了啦，徐老太婆，你赶紧去看下你儿子嘛。"秀英下意识地心里一抽，她有三个儿子，一个在外面学徒，一个在她后面翻地，还有一个……"我家云白咋个了？"秀英一边急忙走出田埂，一边担心地问。

"你搞快点，让采芹和云青也跟上，再晚点云白要被人打死了！"

云白不是好端端在学校念书吗？怎么会和人打架？传话的急得跺脚："你还磨磨蹭蹭的，再不快点去孙铁树家，就看不到你的小儿子了！"

秀英身体晃了晃，太阳穴的青筋乱跳，每次遇到不好的事，身体都会诚实地给出预感。但她知道自己不能晕，为了救云白，孙家即使是刀山火海，她这个当妈的也要去。云青和采芹已经跟过来，采芹经不住事，听说云白挨打，脸色白得就像刚刷了石灰水的墙。

如果是别的事，或者是从前，云白也许并没有这种勇气，和素有恶名的"三条龙"对阵。但他看到了被敲打得摇摇欲坠的断枝，在风中轻晃残损的肢体，被碾踩得爆头炸肚的梨果，这让云白迸发了从未有过的愤怒。

这棵树是凌永彬当年亲手种下的，他去世时云白还没断奶。云白脑海中没有父亲的模样，但他受了欺负，有了委屈，心里不痛快了，会习惯性地到树下站一站。其实不只是云白，家里几个孩子都是，他们手头没有一张父亲的照片，没有父亲的其他遗物，都将梨树当作父亲留下的"伙伴"，陪着他们长大成人。

每年春天，这棵梨树枝头开满雪片一般的花，夏天结香香脆脆的果。它是凌家的盼头，也是凌家的寄托。梨树仿佛知道自己的使命，年年结果，无声无息地守护着凌家人。梨树招谁惹谁了，为啥那三条龙，毫无理由来欺辱它毁坏它呢？

云白跑去找孙家人理论，他忘记了害怕，只记住一件事，就是他们毁了梨树，干了一件最坏最恶的事。

云白跑到孙家，大喊大叫，引出了三条龙。

"哪个敢在这里喊爷爷的名字？"

"你们赔我家的梨树，赔我们的梨子！"云白眼里流出热烫烫的眼泪。

"老子赔你个屁，赶紧趁热吃，别客气。"孙二龙侧过身，真的努出一个响屁来，三条龙笑成一团。

云白没有打架的经验，他被巨大的怒火推搡着，像小小的斗牛，低头冲向三条龙，但被三条龙团团围住。

岳红花跨出厢房，倚在门框边，面无表情，抄着手看她三个儿子像逗小丑一般，羞辱和抽打云白。

三条龙将云白困在中间，大龙在云白屁股上踢一脚，二龙甩云白一记耳光，三龙上前使劲推搡一把。云白身上吃了亏，嘴巴不饶人，依旧用尖利的哭声咒骂："你们良心生了蛆，狗都不得吃！"

二龙一边踢打一边回骂："狗日的，还敢上门来惹我们，骂我们，活得不耐烦了，看来是要给你松松皮，你才舒服嘞！"

围观的人劝岳红花管管自家的娃儿："快让你儿莫打了，凌云白就是个小娃娃，打他做啥子嘛。"

岳红花和孙铁树厮打了一夜，这会儿呵欠连天，揉着眼角的眼屎，懒懒地摆摆手："小娃儿闹到耍，我哪管得了这么多。"

她的手捂在嘴上，又打出一个呵欠。忽然她腰杆一直，腿脚一弹，眼睛瞪圆了，瞌睡也不见了。

岳红花精神百倍，昂起下巴，双手叉腰，看着秀英带了一双儿女跌跌撞撞而来，寡母子是自己送上门的，就别怪她岳红花了……岳红花心里敲击出了亢奋的鼓点，瞬间就有了"作战"的劲头。

"莫打了，你们莫打云白！"秀英终于跑来，但三条龙协同作战，任由秀英和云青怎么拉扯，他们都不肯放云白走出"包围圈"。

"红花，看在乡里乡亲的分上，求你放了云白吧，他人小不懂事，我帮他道歉。"岳红花眯着眼睛，打量这个头发花白的死女人臭寡妇。她有什么好呢？瘦伶伶的身板，憔悴枯干的面孔，瞧她这点头哈腰，求人的下贱样儿。可就是因为她，孙铁树跟自己过了这么多年，生龙活虎的儿子都生了三个，还是彼此隔着一层心。怪谁？就怪这女人。她今天还敢上门生事，也就不怪我了。

岳红花还没想明白她要给徐秀英怎样的教训，云白又大声嚷叫起来："妈，你莫求那个恶婆娘，三条龙把我们的梨子砸了，全被他们砸得稀巴烂，他们都是坏人！"

好啊，今天我就让你看下啥才叫坏人！

岳红花瞬间拿定了主意，云白的话像是一根小小的火柴，点燃了她内心愤恨的"汽油桶"。她腾腾几步奔到秀英面前，秀英还没意识到她要做什么，脸上已经挨了火辣辣一个巴掌。秀英重心忽然失衡，小腿骨像是被铁棍猛地一扫，痛得栽倒在地。岳红花一脚铲倒仇人，不管那是脸还是头，发疯一般地踢踹着地上绵软的身体。"打死你个寡母子，死女人！"岳红花从未觉得像今天这么痛快，哪怕秀英翻滚，她一脚踢到了石头上，脚趾剧疼，也还是痛快，并发誓要将自己的疼痛，加倍转移到下贱的寡母子身上。

云青和采芹急得喊嚷起来，想去营救母亲，却不是孙家人的对手，被拆散了阵型的三条龙，单兵作战也很骁勇，几拳就将姐弟俩捣翻在地。他们打红了眼，在孙家的地盘，哪里轮得到姓凌的爬起身直起腰杆？

"妈！"采芹惨叫。"妈！"云青也想去帮母亲，但他哪里过得去，拳头像冰雹一般落在身上，明明是白天，眼前却是星星乱闪。

秀英和他的儿女们，倒在地上，无助地翻滚挣扎，悲鸣哀哭。那一脚又一脚，带着滔天的怒，带来剧烈的疼。天空飘来一层厚厚的云，像是不忍让飞鸟看清人间的残酷。它们凄声叫着，一次次从云层扎下来，又被地上几个蜷缩的肉身，吓得奔回乌云之上。

第二十章

一

孙大龙倒下之前，看清了与他几乎鼻子碰鼻子的这张脸，是凌云鸿，有着和躺在地上的云青、云白相似的眼神，是三条龙看了就会鬼火乱冒的眼神。这种隐忍缄默的眼神，都是遗传自那个女人的眼睛。那女人，正是带来父母多年不和的真凶与根源，一切罪孽都因她而起。

云鸿刺中了孙大龙，他的手没有抖动，从软绵绵的肉身里，又抽出锋利的刀子来。他虽学徒还未满三年，但在冬瓜师傅的指导下，已经剃了不少脑袋，抓起剃须刀来，云鸿心里从来不怵半分。刀子从大龙腰眼划入，大龙感到腰里嗖的一凉，他头脑还有些迷糊，伸手摸了一把，移到眼前一看："血！"孙大龙这才意识到恐惧与疼痛，惊叫一声，倒在地上，吓得昏死过去。

这场围殴随即结束，风像是静了片刻，树叶一动不动，仿佛在场的每个人都屏住了呼吸。孙大龙衣服上慢慢浸出的一摊血，令他们惊愕，搞不懂到底发生了什么事。

"杀人啦！抓杀人犯啦！"岳红花的叫声骤然响起，锐利得像一把刀，刺破村庄上空。听到的村民下意识地缩了缩脖子，仿佛那冰冷的锋刃，刚刚贴着脖子而来。

大龙只是皮肉伤，止住伤口的血，并无大碍。但岳红花坚持要求"敲了凶手的砂罐"，闹得满村风雨，云鸿因涉嫌故意伤害他人，公安人员很快来到观龙村调查取证。

村民们聚在一起指指点点。凌云鸿双手戴上了手铐，被公安人员押上了警车。人群里冲出了岳红花，嘴里嚷着狠辣的骂声冲向警车。

孙铁树抓住岳红花的肩膀，她不断想挣脱扑上去，即便不能替孙大龙还上仇恨的一刀，至少要咬下云鸿小狗日的一块肉来。孙铁树沉默得像一尊铁塔，不管岳红花如何诅咒他，撕扯他，大骂他不顾亲生儿子死活，胳膊肘往外拐，他都紧紧抱住发疯扑腾的岳红花。他的内心深处，觉得这一切都是他的错，从他答应娶岳红花开始，命运就是个连环套，一步出了纰漏，每一步都跟着偏离了正确的方向。

带走云鸿的警车呼啸着离开村庄，秀英跟着警车追赶。撵到拐弯的地方，她被石块绊倒，车后腾起一团黄烟，消失在她的视线里。秀英瘫坐在地，双手紧掐泥地，指头流出殷红的血来。

秀英觉得自己连累云鸿当了凶手，她才是最该死的那个人。她不敢在人前落泪，只能躲在家里抽泣。采芹煮好饭端上来，秀英吃到嘴里像是嚼黄连，每一次咀嚼，都牵拉得肺部微微疼痛。秀英只恨自己替不了云鸿受过，如果警察带走的是她，而不是云鸿该有多好。

凌云鸿不是个恋家的人，长时间不见人影，这天也不知咋个想通了，想回家看看。腿脚刚迈进村口，有人一把拉住他，焦急地说："你回来得正好，听说你一屋人都在孙铁树家的院坝挨打，快去看看吧！"

云鸿急匆匆地跑到孙家，母亲和三个弟妹蜷缩在地，哭喊不断。而岳红花和她三个虎背熊腰的儿，当地上是四个人肉皮球，使劲踢踹殴打，对云鸿的喊嚷怒骂充耳不闻。

云鸿想拦住孙家三条龙，但他只有两只手，挡得了这个，抓不住那个。三条龙正打到兴头上，索性连云鸿也一块揍。云鸿也不知是谁重重揣了自己几拳，火冒三丈，转着脑袋搜寻真凶，却瞥见母亲此刻陷入了极度危险之中。

孙大龙正在踢蹂秀英。他忘记地上躺着的，是他该叫"婶娘"的长辈徐婶。她的花白头发，像是霜打的枯草，他绷起脚尖，准备重重地朝那个花白脑袋踢去，像对待一蓬贱命野草，要踢得根断叶损。

云鸿不再犹豫，飞快地跑向大龙。他的右手，掏出了随身携带的剃须刀，贴紧孙大龙腰间使劲一滑一拉，悄无声息，干净利落。

云鸿这一刀，将自己送进了公安局，也让秀英跌进了伤悲的地狱。

天阴得能攥出水来，期待中的大雨，却一直不肯落下，乌云层层密密，在人们头顶罩了一只墨色的大锅盖。秀英为了恳求岳红花原谅云鸿，对云鸿网开一面，家里实在拿不出好东西，只能借了邻居小半篮鸡蛋，拎去孙家赔罪道歉。采芹抓起家里一把补了又补的伞，紧紧跟在母亲后面。

岳红花哪里会吃仇人的鸡蛋呢，五官扭曲的她，从篮子里一手抓起一把鸡蛋，左右开弓，向秀英脸上狠狠砸去。蛋壳破碎，黄白分明的蛋液，顺着秀英憔悴的脸孔流下。

秀英低垂眼脸，不去擦拭，不去躲避。当岳红花再度抓握鸡蛋时，孙铁树冲过来，紧紧扣住了她的手腕，神情痛苦地对秀英说："你先走吧。"随后又轻声补充："别再来了。"

秀英流着眼泪走出孙家的院坝。采芹陪母亲一起来的，却不敢随秀英进入孙家"请罪"，双手抱膝蹲在外面发抖，看见母亲顶着满头满脸的蛋液出来，怯怯地喊了声："妈。"采芹听了村人的议论，说云鸿都戴上"双手表"了，说不定会枪毙。她哽咽着鹦鹉学舌一般，将大人们的传言说给母亲，她的眼睛关不住泪水："大龙妈那么跳脚大闹，二哥会不会真的被枪毙？"秀英没有言语，浑身绵软无力，母女俩蹲在路边，黯然落泪。

村里其他人扛着农具经过，他们向秀英母女跨前一步，但又很快退后两步。凌家是非不断，官司缠身，看来是寡母子克夫又克子，现在就算哭死过去，哪个还敢同情她呢？倘若同情了她，岂不是自己也惹上一身骚？再说了，岳红花是个有名的泼悍女人，平时就没人敢惹她。凌云鸿的确是拿刀伤了人家儿子，当了"杀人犯"，秀英现在是"杀人犯的妈"，于情于法于理，谁敢轻易吐句劝慰话呢？秀英孤立无援时，只有韩老师不畏流言，大步流星地来到凌家。

云鸿出事后，韩老师经过一番认真思考，用自己的理解和认知进行推理，认为孙大龙顶多算轻伤，凌云鸿被枪毙的可能性不大。不过，国家正在"严打"，有些看似不严重的案子，最终都重判了。如果云鸿这时还不肯低头认错，或不肯说出"行凶"原委，结果就会充满未知的走向，说不定会因为"负隅顽抗""不坦白交代"，而吃上几年牢饭。

云青感谢韩老师的细致分析，这时候还肯雪中送炭，专门来凌家说上两句暖心话的，也只有韩老师了。送走韩老师，母亲和采芹彼此搀扶回到了家。云青发现母亲满头满脸尚未揩掉的鸡蛋液，明白这一趟的恳求，算是白费了。

岳红花怎么可能原谅他们呢？只要听到了徐秀英这个名字，她就火大，她在心里，将秀英的名字，永久钉在了仇人的柱子上，今生今世无法释然。仇人的儿子又捅伤了她儿子，虽然医生说是皮肉伤，但毕竟是捅在了腰子上。男人的腰多么重要，如果影响了大龙将来娶媳妇生孩子，这笔账，凌家永远都还不清。她岳红花也原本就是把徐秀英刻在心底，走到哪儿，就将她恨到哪儿，绝对不会原谅这个"杀人凶手"的寡母子。

采芹搀扶秀英洗头洗脸，云青默默地走到木桌前。桌上摆着周爷送他的字幅：穷且益坚，不坠青云之志。

云青现在有一点明白了，人不管身处多么贫穷的境地，遭受何种屈辱，遇到再大的困难，都不能轻易改变自己的志向。这"志"，说宽泛点，可以理解为周爷曾说过的"气"，人在天地间行走，靠的就是腔子里这口气。没了这口气，肉身就涣散了，活着也是一具行尸走肉。

现在的"气"，让云青明白，他要成为家中能扛事的男人，安顿母亲与姐弟的心，尽量想办法救助关押在看守所的二哥。韩老师说的不错，云鸿的案子，一天没判下来，应该就还存有一份希望。

云青收起宣纸，摆上了一叠细妹子送来的、他从来都舍不得用的雪白底色、大红横线的信纸，俯下身开始写字。

"云青，你二哥都不晓得能不能平安出来，你还有闲心在这里写字。"秀英用毛巾擦着湿漉漉的头发，觉得平时懂事的云青，现在这么不安守本分，不顾念兄弟亲情，也不懂体谅大人的心。

"妈，我就是在找救二哥的法子。"云青也没办法和母亲详细解释，低头继续刷刷地书写起来。

秀英伤心地摇摇头，端起水盆倒进通向茅坑的水槽。

采芹看了一眼母亲离去的蹒跚背影，又迷惑地看了一眼奋笔疾书的四弟。其实她并不懂得云青的法子是什么，但她愿意永远选择相信，相信家里每个人。在采芹看来，他们随便哪一个都比自己有本事有想法。

采芹抹了一把眼睛，挑起空水桶出门。既然她帮不了二哥的忙，至少帮母亲分担一点家务，也让云青多一点时间，好好钻研营救二哥的法子。

二

云青的信，一封又一封，写给公安部门、检察院……云青在信中，尽量客观陈述事实，向有关部门说明云鸿伤人的前因后果，恳请执法人员对云鸿酌情从轻处罚。

云青更想表明的是，凌云鸿救人心切，才做了伤人的事。云鸿是犯了法，但他是为了保护母亲和自己，属于正当防卫。

韩老师借给云青一本关于法律的浅显读物，他不仅以最快速度，为二哥的行为提炼出了"正当防卫"的理由，还在信末加上了至为重要的一句：凌云鸿还有三个月才满十八岁，他尚不满刑责年龄。

云青请送信的邮递员帮他投递信件。邮递员看到信封皮上公安检察之类的字，摇头不以为然："人家这些单位的同志那么忙，哪有时间看你的信？"云青心里也没底，但他现在唯一能做的事，也只有这些了。他将万千恳切和期盼，寄托在了信函里。

一个月过去了，两个月过去了。凌家人不知道"衙门"在哪里，依然不见云鸿回来。秀英整日以泪洗面，原本瘦小的身体，越发瘦成皮包骨。

岳红花不肯接受凌家的道歉和赔偿，秀英还是卖掉家里的鸡，还有一些粮食，拼拼凑凑二十元钱，托人还给孙铁树。孙铁树铁青着一张脸，双唇抖啊抖，牙齿在口腔里切切有声，帮忙的受托之人心惊胆战，生怕他一时冲动，做出可怕的事来。

孙铁树嘴里却没吐一个字，他终究收下了钱。

秀英知道，她欠孙家的，这辈子恐怕都还不完。但她并不知道，帮忙还钱的人一转身，孙铁树的手指带着巨大的愤恨，将钱撕成粉末。他心中回荡的，是不亚于秀英的痛苦，为了这二十元钱，也不是为了这笔钱，岳红花竟一意孤行，将秀英的儿子塞进了监牢。这辈子，他是还不清对秀英的亏欠了。

"云青，你说二哥还会不会回来？"云鸿过去常骂采芹蠢笨，说她不比一只猪的头脑好使，不比一只耗子的胆子更大，但云鸿惹上官非，采芹却非常担心他。云青无法给三姐承诺，他的心里也没有定数，但他坚毅的眼神，多少给了采芹一点安慰。采芹用剪刀剪了煤油灯的"灯花"，让灯光更亮堂，云青书写"状纸"也能更加清楚。

秀英和采芹去寺庙烧了香，又听从和尚师傅的指引，点了一对蜡。和尚说蜡烛是"佛眼"，能照亮人间路，是非功过，大小世事，到了佛前，都一应敞亮。和尚师傅神色严肃地敲击木鱼，让秀英母女恳求正殿菩萨，保佑家人安康，逢凶化吉。

秀英跪在蒲团上跪了又跪，求了又求，只要云鸿能躲过这一劫，当妈的不在乎任何灾难苦厄落在她头上，就算要让她折寿短命，她都愿意为了云鸿去承担。

采芹以前在云鸿那儿受了气，曾在背地骂过他，还咒过他："不就是初中毕业嘛，这么要不完①了不得，好久摔个大跟斗、遭个大殃才晓得收敛。"采芹现在后悔极了，她甚至害怕地想，难道是因为自己无心的诅咒，才让云鸿这次跌个大跟头，倒了大霉吗？

---

① 四川方言，意为自以为了不起。

家里的气氛沉闷，云白变得愈发不爱说话，整日郁郁寡欢。家里人各忙各的事，都没注意这个十岁孩子好像一夜之间长大了。但他并不是循着正常的路径长大的，而是犹如被人在后背重重推了一掌，跌入深渊，他艰难地撑起身子，在谷底走了几步。虽然皮肉看起来好好的，里面的骨头已经摔断过一次，如同皮囊里包着断裂的碎骨，每走一步都有钻心的疼。他让仇恨反噬着身体，也一口一口咬痛灵魂。

云白的眼里，不时闪现成人才有的阴鸷。家里鸡圈空了，云白不知发了什么无名火，朝着竹笼鸡圈又踢又踹。秀英听到声响跑出门口，云白看了看母亲，收住了脚，一言不发地走向竹林。秀英也没了责备云白的力气，她扶着土墙，觉得身上一阵热，一阵凉。

一家人艰难等待云鸿的消息，只剩三天就是第三个月了，秀英从未像现在这样，感到一种深深的无力感。她每天强打精神干活，地里的事，家中的事，但到底干了哪些事，晚上躺在床上，眼皮沉得像块铁，竟一桩都想不起来。眼皮这般发沉，却也睡不着，睡眠像是不肯借钱的悭吝亲戚，彻底拒绝了她。秀英被一种惶恐攫住了身心，她已经不再上门哀求岳红花了，岳红花恨不得让云鸿断送性命，再恳求一千次一万次，依旧是这个结果。

徐秀英想起岳红花在别人面前诅咒云鸿，嘴里就会涌起一股格外苦涩的味道，就像整个人埋在了黄连水里，上不了岸。但她在最悲伤难受时，也一再对自己说，不要倒下，不要放弃，云青当初闯了两次鬼门关，他都能安然无恙，上天不会待云鸿那么残忍的。

永彬，你在天之灵，保佑过你的儿云青，一碗水要端平，现在你也不能不管云鸿啊。秀英在深夜念着永彬，他的魂灵，成为她无助时的依靠，早已在她生命里，血肉相系地生长起来，她朝着心中的亡夫，祈祷了又祈祷，哀求了又哀求。

"云青，你成天写这些到底有啥用？有这时间，还不如陪妈去找'三条龙'说说情。"秀英已经有些"病急乱投医"了，想着让云青去和"三条龙"求和，即使云青不计较"三条龙"抢走米花棒的前尘旧事，按"三条龙"的个性，他们也绝不会平等看待云青。云青看着母亲憔悴的面容，他体谅母亲的心，但不好回答。他还是坚持自己的法子，将写好的书信，一封接一封地寄出去。

云鸿终于回来了，他活生生好端端地站在了门口。这不是做梦，不是影子，真的是云鸿回来了，旁边地上放着一个网兜，里面装着他几样零碎的私人用品。云鸿能从"里面"出来，将他的母亲，从黑暗的苦海中拉出来。

秀英拉住云鸿的手，她不顾儿子已是个青年人，颤着手指去摸云鸿的眉毛鼻子，她以为会失去这个儿子，为了救她，他会赔上一条命。秀英的心，经过了这些时日犹如火烧刀砍的折磨，虽伤痕累累，却也因此而长出了更坚强的"新皮"，比以往更加柔韧。

云鸿也在流眼泪，母亲摸了他的脸和肩，他有点不好意思了，仿佛母亲的亲昵是炙烫的火焰，会灼烧他。云鸿在弟弟妹妹面前，从来都会摆出哥哥的架子，这次回家，第一次对云青说了声"辛苦你了"。

秀英掀起围裙的裙摆擦抹眼泪。云鸿用从没有过的语气和云青说话，让秀英心里荡起了一丝惊异，她之前并不相信，云青埋头写的那些信，真的会派上用场，现在却不敢再有如此固执的想法了。也许，多读书，多懂点道理，在这个社会上还是有用的……秀英眼神复杂地看了一眼云青，赶紧到灶房去给云鸿煮点热汤热水。

原来云青坚持不懈地写信寄出，终于被检察院的一个负责人看到。他好奇地拆开信封，被来信人一手漂亮的字体亮了一下眼。接着看内容，云青写得很客观翔实，条理清晰，这位负责人读完信，将信往桌子上一拍，连连说了几个"岂有此理"，立即安排人员着手调查。检察院的干警经过深入走访，决定对凌云鸿涉嫌故意伤害他人的行为不予批捕，准予释放。

云鸿还想和云青说些什么，张开的嘴又合上了。他们是同胞兄弟，说谢谢太轻，论恩情太重。

云鸿扶着墙角慢慢坐下，发现茅草屋比以前更加破旧。采芹为他端来一碗煮好的面条，他伸手到采芹头顶时，采芹吓得一缩脖子，云鸿从采芹头上拈下一截草根儿。

云鸿伤了大龙的事传到了冬瓜师傅那里，有些人怪怨云鸿冲动。冬瓜师傅偏爱云鸿，倒是理解云鸿的所作所为。

岳红花也见过冬瓜师傅，说凌云鸿那个砍脑壳的货，这次肯定回不来了。冬瓜师傅等那娘们转过身，重重朝地上呸一口，神态既不屑又愤怒。他在树荫下给人家剃头，一边与人闲聊一边忿忿道："那个婆娘晓得个屁，云鸿就是有种，你想嘛，他妈他弟弟妹妹被人按到地上打，哪个有脾气的爷们不会发火，不会出手？我们当理发匠的，包包里揣一把小刀又咋了，吃饭的家什嘛，平时也揣来练练手的。"

得知徒弟回来，冬瓜师傅当即请人带话，让云鸿在家休息两天，什么时候想要去他家了，他随时欢迎。秀英也建议：先歇两天嘛。

这段时间，秀英所经受的精神折磨，比云青当时生病的牵肠挂肚更甚。云青患了顽疾，全家人一开始都没放弃他，全力相救，几乎卖得口粮一颗不剩，拉了不少饥荒。云青住了几个月院，每分钱都是秀英千方百计凑的，但医生说要截肢，她实在拿不出锯腿的医药费，才无奈让云青回家等死。

那时，当妈的一颗心，如同在滚水中煮熬，痛楚是痛楚，绝望是绝望，但毕竟是尽了心力，有一个慢慢接受残酷现实的过程。不像云鸿这次忽然被抓，岳红花又到处叫嚣，说绝不原谅云鸿，家属不原谅，杀人犯就只剩敲砂罐一条路。秀英没啥文化，不懂法律，不知岳红花这话说得是真是假，只能在忐忑不安中苦苦挨过每一天，还要经受内心的愧疚自责——倘若不是为了救她的命，云鸿哪里会拿刀刺人呢？

秀英认为自己真是个运气好的妈，老天爷将云青还给她，将云鸿也还给她了，过两天一定要去牛王庙，再给菩萨烧香，诚心叩谢。

三

云鸿回家的第二天起得很早，云青起来时，他已穿好衣服坐在了板凳上。他让云青和他一起去犁地，云鸿原来从不会主动干活，云青有点吃惊，但兄弟俩一前一后，扛着农具出了门。

秀英被儿女留在家里。这段时间她操心过度，身体倍感虚弱，孩子们不让她下地，她闲不住，坐在堂屋编织草绳。

韩老师来到凌家，从门里看到了埋头干活的秀英，依旧在门上敲了几下："有人在家吗？"

秀英跨出门槛，以为韩老师是来找云青的，说云青在地头。韩老师笑说："我是专门来找你聊天的。"秀英赶紧搬了两根凳子，放到院中。今天太阳不错，晒着太阳说话也挺惬意。

韩老师见秀英有点手忙脚乱，不禁有些感慨。书上都说母亲既平凡又伟大，韩老师觉得这是一句正确的废话，哪个当妈的不是这样呢？现在头发半白的徐秀英，她不就是"平凡而伟大"的现实写照吗？这些年来她独自抚养五个孩子，不晓得吃了多少苦头，还时时处处都在小心避嫌，可还是有人将脏水一盆接一盆地泼过来。

秀英忽然想起，该请韩老师喝茶的，但家里没有茶叶，只能烧白开水，便请他坐一会儿。韩老师摆摆手："你不用烧水，我等会儿去学校还有事。"

韩老师直言不讳："其实我今天来，是受了细妹子的委托，答应她都几个月了，才有机会过来。"秀英一脸愕然，心想细妹子有话，为啥不直接找她说，还要请她爹来传话呢？她很快就听明白了，韩老师其实是来做说客的。他劝秀英，如果娃儿有读书学习的热情，当妈的应该支持他们，鼓励他们，让他们有信心继续走正确的路。

秀英醒过神来，感谢韩老师父女对云青的关心，但仍旧延续自己的想法："韩老师，娃儿和娃儿不一样的。"

韩老师认真起来："咋个不一样呢？我看哪，你家云青和我家智君也没啥不一样的。"

"可不敢比，可不敢比。"秀英将手连连摆了好几次，心口扑通扑通乱跳，韩智君是这一带公认的有出息的人，云青能从阎王那儿捡回一条命，已经够幸运了，哪里还敢奢望他有人家那样的命呢。

韩老师换个角度说："云青妈，这次云鸿能回来，你也晓得，云青写的那些信，还是有些作用吧？"徐秀英明白这些，犹豫了一下，点头表示认同。

韩老师也点点头："云青看书，也许平时看不出来有啥用，但真的遇到事了，他能不慌张，镇定从容想出办法，尽力去帮他二哥，这些，都是知识带给云青的底气。"

秀英有些茫然地问韩老师："那他已经不是个学娃儿了，看书费油费蜡的，还耽误干活，还不算是坏事？"韩老师往上推推眼镜腿，十分肯定地告诉她："绝对不是坏事，他没有学赌博、学打架、学流里流气，就是想看书学习，和那些学堂里的学娃儿一样，甚至比他们还要认真，哪里是坏事呢？"

"真的比学堂里的学娃儿还要好？"秀英其实无从想象，这种好会是怎样的好。但韩老师一思忖，斩钉截铁地告诉她："一定会的，会更好，你要相信我，云青妈。"

韩老师的一番话，让秀英的心思稍稍有了转变。再说云鸿能得以释放，确有云青的功劳。也许，她不该再继续阻碍云青看书？

在去挑水的路上，思绪未定的秀英，遇到了周爷和上官云萼。周爷从城里买回一个照相机，正和上官一起比比画画地取景拍照，这样子更像"游客"了。

周爷始终未下决心，将来在哪里养老，他们一次次回观龙村来，村里人难免有些沮丧和不舍，说不定这是周爷最后一次到咱们这里来了。可周爷很快又让"下一次"来临。即使周爷像"客人"，却也是观龙村的熟客、常客、贵客，是让徐秀英信赖的人。

徐秀英把心中的困惑告诉了周爷夫妇。周爷告诉她，当母亲的应该支持云青看书学习才对。上官云萼也说，云青遇到这么多困难，还喜欢学习，说明他是个意志坚强的孩子，倘若当年佑典能有云青坚强，也不至于会走上那条路……秀英赶紧握住云萼的手，不让她在往事中继续沉湎，借此分担她的追忆和难过。

秀英明白了，云青看书学习，不是躲懒偷闲，不是不务正业。

云青不知道母亲的所思所想，如今二哥能平安回来，他放下了心里的内疚和不安，将心思又挪到自学课本上。夜间，一家人都在母亲眼皮子底下，借着煤油灯铡猪草、剥苞谷、摘棉桃、编草绳，他就算眼角往课本封皮瞥一眼，母亲都会咳嗽示意，想来想去，只能打白天的主意。

白天不管是到田间地里，还是坡下山上，到处都能遇到人，随便哪个都可能成为传话筒，告诉秀英，你儿又在当斯文人了，这不坐实了"懒汉"的理据吗？以前当学娃儿，他放学后去野棉花山做做题，还能给母亲解释是图个清静，现在没有这重学生身份，再被人发现他大咧咧地将野棉花山当教室，母亲不会愿意听他的解释或是狡辩。云青绞尽脑汁，恨不能劈开一道地缝，能容纳他白天干完活后去看看书。云青忽然想到，虽无地缝，但有地窖啊！

第二十一章

一

凌家的红苕窖挖在竹林里。云青走向竹林，万千竹叶在风中摇曳飘荡。

窖坑给了云青一个小小的，暂时与世隔绝的世界。他在身旁摆放一盏煤油灯，将课本搁在膝盖上，看书解题，内心竟有一种近乎贪婪的愉悦。

红苕窖里不辨天色，分不清时间长短，云青学会了从煤油灯的耗损来估摸时间。地窖的寂静之中，放大了心跳声和呼吸声，能够享受这"躲来的光阴"，云青不禁产生了几分紧迫和内疚之感。越是时间紧张，他越想尽量利用好分分秒秒，多学几页课本，让如豆灯光映照出的字迹，毫无阻碍地走进心里。

红苕窖再好，毕竟是躲着母亲的视线，不能让她发现端倪，揣着一个秘密，心中便始终无法做到百分百的淡定安然。不想被人发现，就该将窖口的石板盖得严严实实，但若封得太严，又怕窖里缺氧无法呼吸，推开一条小缝，又担心煤油灯的灯光暴露秘密。云青常常左右为难，即使抓紧时间看书，心中始终绷着一道弦，对于地面上的细微声响，他都极为敏感。

云青以为保密工作做得很好，殊不知母亲早已察觉了端倪。有段时间家中煤油耗费得很快，细妹子悄悄用小瓶装来煤油捎给云青，他才没从家里的油罐儿倒油。云青乐观地想着母亲成日忙活，一两次油量有异，并不会往心里去。

做儿女的，都以自己的心来猜度父母。细妹子也以为父亲记性好忘性大，一直没有上门和云青妈沟通，又不好意思再向父亲旧话重提。

细妹子放假回到家，在家没待多久，就跑来找云青。徐秀英在院中铡猪草，细妹子向徐秀英打过招呼，看云青未出来迎她，视线便有些躲闪犹豫。秀英说云青去背渣土了，细妹子礼貌地告别。秀英不经意地向门外一瞥，发现细妹子没去山坡，倒往竹林方向行走，她心中原本就有疑团，便悄悄跟在后面。细妹子"带路"，秀英意外发现了云青的秘密。

细妹子将石板推开，在红苕窖口轻喊："云青，云青。"云青顺着梯子爬上来，两人站在窖口说了一会儿话，细妹子将一小瓶煤油递到他手上，随后离开了竹林。

秀英心里涌起一股酸涩的情绪，都是自己以前太固执，害得这两个孩子，为了能学习，费了多少力气和她打游击啊。她怪自己没有及时告诉云青，大大方方学习就好，害得他钻到地窖来读书。不过云青瞒着她，秀英也不好直接将话挑明，怕反而伤了孩子脸面，便也假装不知他的秘密。

秀英想起前段时间，煤油灯特别耗油，她还以为是灯芯剪得太粗，原来是云青拿到窖下学习了。别看这孩子平时不言不语，主意都在肚子里头，他认准的事，就算爹娘老子再怎么反对，他也要犟着一根筋走到底。不过韩老师和周爷都说了，读书学习是好事，不该再反对的……秀英也就舒舒坦坦出了一口气。

秀英担心云青在红苕窖待久了缺氧，从此只要知道云青手脚麻利地干完农活又往窖坑走，她会悄悄跟在后面，将窖坑的石板缝隙推大一点。

云青不知道母亲还会和他来这一出，一心一意沉浸在能看书学习的幸福时光中。秀英煞费苦心地瞒着云青，生怕伤了他的自尊。

有一天该吃晚饭了，秀英左等右等不见云青。她慌神了，想起村里红苕窖下好几桩缺氧昏迷的事，甚至还有一个小孩贪凉，三伏天在窖里待着不肯出来，竟活活闷死在窖底。她不敢再多想，顾不上摘下围裙就跑向竹林。到了窖坑，石板依旧是露一条小缝，她手脚打颤，心跳加快，用力推开石板，趴在窖坑边沿，焦急地呼喊云青。

云青这天看书入迷，彻底忘记时间。听到喊声，抬头看见母亲伏在窖口，吓得惊慌失措，心惊胆战地顺着竹梯攀爬上来，准备迎接暴风骤雨的叱责。秀英眼中却噙着泪花："你以后就别到窖坑里看书了，想看就在家里看嘛。"云青张大嘴巴，吃惊之余，懂得了母亲话里的意思，像是走了远路的人，终于看到希望，他恨不能抱一抱母亲，或者拉一拉母亲布满老茧的手。但他不习惯这样强烈的感情表达方式，只是久久地看着母亲的背影，眼里闪烁着感激的泪光。

母亲的支持，让云青更加坚定了读书的决心，他争分夺秒，不浪费一点时间。未来能否因为读书改变命运呢？他还存在深深的茫然和迷惑，但流浪途中的桩桩件件，都让他明白，如果没有知识，放弃思考，也许一辈子都找不到自己想走的路。读书学习，虽然不能即时变成米面和棉衣，慰藉他现实的饥寒，但他感觉精神的"黑洞"，因为有了知识的火光照耀，不再是那么深不可测，令人无望。

细妹子来找云青，手里握了一本书，眼睛灼灼发亮，两条辫子长长地垂到腰上，辫梢儿一晃一晃如同小鸟啄食。她放寒假了，穿着大红鲜亮的新棉袄，衬得一张脸多了不少生气。

云青在桌前看书，秀英在他身后搁了一个破烂脚盆，里面是几块烧饭用的硬柴，噼噼啪啪冒出小火星。烟雾有些呛人，但有了火盆，屋里暖和不少。细妹子见云青穿了棉鞋，打趣道："今年脚板应该不会被冻成胡萝卜喽。"

云青从炭火盆的灰烬里，刨出一个烤熟的红苕请她吃。红苕有点烫手，细妹子放下书，两只手来回倒着，鼻子凑过去，闻闻烤红苕特有的香味。云青不好意思地指指鞋："三姐给我做的，她自己都没有一双新棉鞋。"

细妹子晓得云青有些"受宠若惊"。这一两个月，家里人待他格外好，秀英允许他每天干完农活，安排时间来看书学习。数九寒天，怕他冻手冻脚，秀英又找出一个废弃的破脚盆，当作炭盆，给云青烤火，不时在热灰里埋一两个红苕，让他饿了充饥。

云青不知道母亲的态度为何会有一百八十度大转变，秀英没告诉他韩老师特意上门摆谈的事。细妹子也打算瞒着云青，只要云青好好的，不需要他明白，她甚至请求父亲，要将此事瞒着云青，不要因为自己的"多管闲事"惹他不快。

"你拿的是什么书？"云青用火钳归了归盆里的柴火，对细妹子带来的一本杂志产生了兴趣。细妹子正在剥扯红苕皮，示意云青自己翻开书："你看嘛，我折好那页，这篇文章写得特别好，是二哥从北京寄回来的，我昨晚看了个通宵，很让我感动，今天专门拿来给你看的。"

云青翻开细妹子折叠的那一页，两行小字下面，不知是韩智君还是细妹子，画上了细细的波浪线："人生的道路虽然漫长，但紧要处常常只有几步。"

细妹子见云青凝神读书的样子，喊了声："云青。"云青

"嗯"一声应答，细妹子想了想，站起身来："等你看完了再说，我明天再来哈。"

二

平时云青想用一个通宵的时间来看书，是不可能的事，现在母亲竟也默许了他的"败家子"行径。煤油灯无声无息地燃了一夜，天明时分，云青吹熄灯，揉了揉发涩的眼睛。他竟然一点都不困，浑身上下被一种激昂的兴奋与快乐包裹着。细妹子让他看的，是一篇叫《人生》的小说。看完小说的云青想到高高的野棉花山，对着天空痛痛快快吼上几吼。

云青穿着新棉鞋，一鼓作气爬上野棉花山顶，大声地吼嚷："啊，啊，啊！"

"云青。"云青吓了一跳，回过头来，见是细妹子，惊讶地问："你咋个也来了？"

细妹子抿嘴一笑："昨天我看完那篇小说，啥想法都没有，就想到山顶来喊几句。我估计你看了小说，也会到山顶来看看。"云青有点不好意思，酒窝微微一闪。

云青是细妹子最好的朋友，也是她唯一的朋友，可从小到大，她很少见他的酒窝。他总是神色严肃，皱着眉头。有时细妹子不禁胡思乱想，要是能将自己笑的额度，分配一些给云青就好了。不过现在细妹子有比见他笑容更加重要的话，想告诉云青。

"我爹说你现在有一个机会。"

"什么机会？"

接下来的话，云青听在耳朵里，浑身像有电流通过，激动而忐忑。

细妹子曾经告诉韩老师，云青一直在自学二哥那套教材，高三的课本都学完了。韩老师原本不信，他上次来到凌家，见智君的旧教材中，夹着一张草稿纸，那是一道高三几何题的演算过程，云青密密麻麻地推导出了正确结果。韩老师当下便很激动，想着要好好鼓励一下这个孩子。

到底怎么鼓励呢？想来想去，韩老师想让云青参加几个月后的高考。云青不一定考得上，竞争那么激烈，千军万马挤着过高考的独木桥，考不上是很正常的事……不过如果能有这样一个机会，会不会让云青增加自学的信心呢？即便检验一下学习效果，也是很好的方式。

韩老师去找镇中学的校长说和这事儿。校长觉得韩老师说的，几乎就是不可能的事。韩老师培养出一个韩智君，名望很高，但他现在提出的建议，无异于天方夜谭嘛。

校长早年也是韩老师的学生，自然不好一口回绝自己的授业恩师，脑子飞速转过主意，给出一个折中的解决方案："你让那个娃儿参加高中毕业统一会考，要是他顺利通过，说明真是个有希望的娃儿，到时由我们学校出面，给他申请参加高考的资格。"

校长送走得到满意答复的韩老师，坐下来摇头：不过就是浪费一套会考卷子，一个初中读了不到两个月就辍学的娃儿，还能顺利通过会考不成？

细妹子将这个消息带给云青时，他的反应，与校长一模一样："我初一就离开学校了，这几年没在教室上过一节课，能行？"

细妹子细长的眼睛里，闪闪都是星星，光亮照人。她说，路遥不是说过"人生的道路虽然漫长，但紧要处常常只有几步"吗？若不抓住那紧要的几步，岂不是白白耽误整个人生？云青的心湖泛起阵阵涟漪，其实这句话，昨晚也同样激励着他，鼓舞着他。

一股暖暖的热流，从云青的心脏，流向四肢百骸。过完年他就算十四岁的人了，在他这样的家庭中，十四岁应该挺起脊梁，担负起家中的重任。他在生死线上都迈过两回了，阎王爷都不肯收他，到底还怕什么呢？去参加高中毕业会考，又不是要他凌云青上刀山下火海，未必连这点勇气都拿不出来？如果，如果真的能参加高考，甚至有机会走进学习知识的殿堂，那该是多么值得期待的人生啊！

云青的勇气凝聚在眸子里，他使劲握了一下拳头。知识也许真的是一条路，能改变个人与家庭的命运。难道长了好端端的两只脚的人，还怕行路不成？

细妹子从云青那儿得到准话，明白他愿意准备参加高中会考，赶紧回去报告父亲。

夜深人静，云青觉得一股气流在周身游荡。他起身坐在门槛，仰望夜空，期盼云层散尽，星星和月亮早些出来。

镇中学校长虽答应了韩老师的"荒唐请求"，要多为"编外考生"凌云青准备一套会考试卷，但仍然觉得这是一件意料之中的可笑之事。他想起了关于观龙村的一个古老的传说。

观龙村在很多年前，挨着一条叫定水的大河，统治水域的是一条黄龙。黄龙原本尽职尽责地按着时令喷水降雨，让当地老百姓五谷丰登，过得丰衣足食。但有一年，东海龙王邀请黄龙饮酒，黄龙贪杯喝醉了，回来醉卧河底，好几个月不醒，自然忘记降雨这回事。天干得土地龟裂，老百姓面临颗粒无收和饿死的危险。就在这时，惊蛰天春雷响，轰隆之声震醒了黄龙，它摆尾跃出水面，喷水降雨，救了大家的命。人们见到黄龙真身，在河边跪拜磕头，感谢黄龙恩德，也感激恰逢惊蛰日，人间喜逢甘霖。

校长不相信传说和封建迷信那一套，他想即使传说是真的，人们也不应该感谢这条黄龙，应该对失职的黄龙进行严惩。校长对韩老师兴兴头头的提议也没有半点信心。他觉得自己家乡会出现类似韩智君这样的人，已是多年难遇的幸事，哪里还会奢望再出一个人才呢？

接下来的会考，凌云青却刷新了校长的认知，他从容作答，全部科目顺利通过。

一言既出驷马难追。校长帮云青申请了高考资格。

准考证是细妹子专程送到云青手上的："云青，考试这几天，千万莫睡过头哦。"云青神情轻松："晓得。"

即使云青通过了高中毕业会考，校长还是不相信他能在高考场上扑腾出什么水花。也许今年毕业会考的题出得太简单，也许这孩子就是侥幸，但幸运之神可能会降临一次，却不能祈望它接二连三降临。校长想，管他呢，反正我答应韩老师的事做到了，就当给这个娃儿一个机会嘛。

三

考试那天，云青早上五点起床。秀英煮了一碗红苕片，他兜里再揣一个烤熟的红苕，像下地干活一样，不疾不徐地走往镇上中学的考场。细妹子早早地站在村口的黄果树下，她再过两个月该念初三了，为了给高考腾场地，初中部的学生已经提前放了假。

细妹子往云青手里塞了两个光溜溜的东西，还带着余温。

她晓得云青是个喜欢简单的人，更不喜欢哪个攀路^①，她鼓励云青："加油哦！""嗯！"云青将细妹子给的煮鸡蛋，放进自己的书包里。他的书包，还是当年那个尿素袋子，用了这些年，遮盖"尿"字的红花早已褪了颜色，云青依旧极为珍爱地背着它。

一轮太阳从云中喷薄而出，细妹子踮着脚，在那儿张望已经远去的云青，她的脸上湿漉漉的。

这一年八月发生了很多事。云鸿离开了冬瓜师傅。按年头算，他该正式出师了，冬瓜师傅为他高兴，兴致勃勃地和他商量筹划，建议云鸿除了"零散剃担"，还可以像师傅一样"包队"，将整个大队的"人头"都包下来，隔一段时间过去理一次发。冬瓜师傅真心实意喜欢这个徒弟，云鸿说大话也好，故意吹牛摆谱也好，在他看来都是"有学问的人才有的朝气""那些草包懂得个屁"，他从不因此而厌弃徒弟。云鸿出师这天，一仰脖子辣辣地喝下师傅斟满的一大杯烧酒，却告诉师傅出乎意料的话："师傅，我要到远方去了。"

云鸿现在明明能在观龙村附近安安稳稳当剃头匠，却偏偏要背井离乡，秀英不太明白儿子的选择，但她并未阻拦云鸿。当初他能平平安安回来，秀英就对菩萨表白过心意，以后云鸿想走啥路，只要不是歪门邪道，她都全力支持。虽然有些惊愕，有些不舍，秀英也忍住不提。而云青是家里最清楚此事的一个，甚至在几个月前，二哥和他一道犁地时，已经对云青提过这桩事。

那时兄弟俩犁了一上午的旱田，坐在田埂上歇息。云鸿忽然站起身，目光平平地望向远处，漫不经心地说："我要去很远很远的地方看一看。"云青吃惊地看着他。云鸿好像是在和自己

---

① 四川方言，意为跟着去。

说话，并不需要他人的回应："我想看看那些很远的地方，是否和观龙村一样，有这么多烦恼和苦难。"云青没有说话，抬头深深地看了哥哥一眼，兄弟两人的视线在空中遇上了，这应该是他们生平第一遭，清晰地看到了彼此，认识了彼此。出自同一娘胎的两个人，明白了对方是和自己流着相似血液的手足兄弟。云青默默不语，却在心里应和着云鸿："也许，只有到了很远的地方，才会让我们真正明白，观龙村也给我们留下了这么多的温暖和牵绊。"

秀英还未从云鸿去远方的牵挂中走出来，云白又添乱了，他说自己也要跟二哥一起走，他不喜欢观龙村，一点都不喜欢。秀英好言劝他："你小学刚毕业，想东想西的干啥子？再多读几年书嘛。"云白也晓得自己身板不如二哥四哥强壮，现在就算母亲同意他外出闯荡，十一岁的他，能不能在观龙村之外活下来，自己都很茫然。但他至少表明了心迹，也让秀英心里悠悠叹息："孩子长大了，就是翅膀长硬的鸟儿，要飞，哪个当妈的留得住？"

云鸿背着简单的行囊，已经离开了观龙村。他是离开阆南县，去遥远的南方。秀英想象不出南方究竟是什么样子，只是揪心地忧虑，云鸿是否会水土不服，自个儿偷哭了一场。云白也躲起来哭了一场，二哥拒绝带他走，喊他好好在家，学习之外，跟着三姐和四哥多干点农活，减轻母亲负担。云白恨恨地哭道："哪个要跟三姐、四哥学习，我也想去远方，你不带我去，哪天我一个人也要走！"

高考放榜那天，云青没有去镇中学大门口查看放榜信息。他早早起床，麻利地干完农活，依旧夹着一本书上了野棉花山。夏天的野棉花山，气温比山下低几度，山花繁茂，青草浓郁，像是一个幽静的世外桃源。

细妹子一早就到了镇中学门口。张贴红榜的老师认识她，晓得她是韩老师的女儿，韩智君的妹妹。他一边刷糨糊一边好奇地问："韩细君，记得你今年升初三才对，跑到这里来凑啥子热闹？"

细妹子"嗯嗯"了两声，但她依然挤在前面，争取头一个看到榜单。

细妹子看到了榜单上"凌云青"的字样。她重重地闭了一下眼睛，鼻腔被一种酸涩的液体充塞，发堵得厉害。她拉拉旁边一个学生家长的胳膊，颤声请求："麻烦您帮我看看，第三排第一个，是不是'凌云青'？"那个中年妇女伸长脖子看了看："就是的，小姑娘，是你哥哥吗？"

细妹子顾不上回答，拔腿跑往观龙村。她的耳畔是呼呼的风声，顾不得脚下的路有多长，一心一意地跑着，平时体育考试勉强及格的小姑娘，跑起这长长的山路来，没有停留一秒，没有歇一口气。

细妹子跑到云青家，脸色通红，泪眼晶莹，小辫儿散乱："云青在吗？"秀英被她这副模样吓了一跳："云青出啥事了？"

"他没在家，他肯定在那里，他在那里！"细妹子听不见秀英的问话，将秀英的一脸紧张甩在脑后，她只想快点见到云青。

野棉花山很陡，平常攀起来很艰难。细妹子今天却像是踩着平路一样，肩上似乎生出了一双翅膀，飞向山顶，飞到了云青身边。

云青放下手中的书，细妹子激动得声音变了调："云青，你考上了！"云青哽了一声，他让细妹子又说了一遍，这才确信，他竟然靠着自学，考上了西北大学。

细妹子一张脸庞，一片红润，挂满了亮晶晶的汗珠。几缕头发在耳朵前后飘飘扬扬，她双手撑膝，俯着身子大口喘气。

细妹子的喜悦感染了云青，他没头没脑地喊了一声："细妹子！"她直起腰身，脆生生地"哎"着答应，云青不知该说什么，他俩眼对眼地望着。泪水，已从云青的脸上滚滚而落。

四

秀英为云青的入学犯了愁，第一学年的学费和生活费，加起来需要六十多元，她到哪里去找这么一大笔钱呢？秀英眉心紧皱，愁容明明白白写在了脸上。

邻居给秀英出主意，有人说卖掉房屋的檩子，有人说卖掉装粮食的簸桶，秀英越听越是一脸的惊惶。云青看在眼里，心里像是盐渍一般。

怎么能让母亲拆家毁屋呢？如果倾家荡产送自己上大学，以后连个遮风挡雨的屋檐都没有，母亲该去哪里生活？云青在床上翻过身，他想上学，但不能仅仅因为自己，让母亲和姐弟成了无家可归的人。如果是这样，他怎么可能安心地读书，自私地离开家乡和亲人呢？但那条通向远方的路就在眼前，云青面对着人生的这份强烈的诱惑。

云青睡在床上，忍不住将手伸到枕头下面，这里放着他的录取通知书。滚烫的指肚，一次次来回抚摸，硬括的纸张，在静寂的夜里，发出了油墨和干草纸的香味。他与未来的联系如此瘠薄，这一张薄薄的纸，是他通向大学的桥梁，却也会随时断掉。桥梁底下是深河激流，波涛浩荡，没有桥梁，如何前往自己想去的远方？

云青心里涌出无法言说的悲凉，他再也躺不住了，悄悄起身，走到院坝。夏夜的天空永远是繁茂的，星星密密地缀在上面，夜空就是一个浩瀚的远方，那里隐藏着无数人的梦想。云青在院坝来回踱步，他对这里的一切都烂熟于心，就算闭着眼睛，也能找寻竹筐或鸡笼。钢蓝的夜空，有了一抹乳白颜色，长夜又要过去，清晨即将来临。不管地上的人有多少渴望和无奈，也许该亮的天总会亮，也许该来的日子总会稳稳到来。

云青觉得，时间的无涯与无情，让他如此渺小，哪里能与此抗衡？每多过一天，录取通知书上的报名时间，便悄然擦去一天。他终究还是默默回到屋里躺上床，像是走过了千山万水，累散了一身筋骨。

秀英睁开眼，不着声迹地起床。云青夜里辗转反侧，她也无法安稳入眠。她不忍心这样看着儿子消瘦下去，短短几天时间，他肚里是装了一把熬煎的火，烧得他眼窝深了一圈。他付出了这么多的辛苦才考上大学，自己就算觍着脸，借遍熟人乡邻，也要让云青念书。

秀英拿定了主意，手心微热，浑身鼓满了力量。她推开房门，东方的天空，已经露出了鱼肚白。

"凌云青那娃儿能考上大学？"想起自己的儿子大龙白白挨了一刀，法律也没严惩云鸿，岳红花心头就七拱八翘，冒着无名火。村民潮水一般涌到凌家祝贺，她抄着手站在自家房门前，嘴里怪话连篇："他们凌家不应该出人的，只会出杀人犯、贼娃子、不要脸的下贱女娃子！"

"你还在这儿瞎扯啥？还不去村口拦一拦，你家孙铁树背了老大一个包袱，他说再也不回来了。"刘翠芳神情看似焦急，眼睛里全是幸灾乐祸。这两年她家富贵不断惹是生非，他们当爹妈的到处赔礼道歉，欠债还钱，她最大的快乐，就是看到还有人比她更背时更遭殃。

岳红花听到自家男人要离家出走，"嗷"地怪叫一声，哭哭啼啼撵往村口。刘翠芳冷冷地看看岳红花肥胖的腰身，恨声说道："撵得到个鬼。"旁边有看闲事的妇人，笑眯眯靠过来，刘翠芳马上变了脸色，堆起一脸骄傲的笑："我们侄儿云青硬是乖得很，连学都没上，咋就考上大学呢？"刘翠芳将"侄儿"两个字，拖出了长长的尾音。

刘翠芳见秀英上门，为云青借学费，她嗑着牙花子，一脸言不由衷地笑道："我家那个天棒惹出那么多祸，给他擦屁股都要拆房卖屋了，实在拿不出钱来借给侄儿。"得到刘翠芳这句话，秀英觉得浑身温暖，安慰嫂子表达理解，她再去别家借钱。倘若实在没人肯借钱，秀英下定了决心，就算拆屋卖檩，砸锅卖铁，也要凑足云青的学费，她不能眼睁睁看着儿子，被几个钱绊住了前行的腿脚，掐断了梦想。

"秀英，我们刚回来，就听说这个天大的好消息。"秀英正在家里盘算，还能去哪家借钱，听闻喊声，惊喜地抬起头，可不就是上官大姐吗？

上官云蓼终于为他们老两口的养老去处做出决定：回观龙村安享晚年。她这辈子最狼狈也最平静的日子，都是在观龙村度过的。虽然这几年时间，周爷带着她游览了祖国不少风景名胜，也见识了发达城市的变化和繁华，可对上官而言，哪里都比不上观龙村亲切熟稔，她觉得自己的生命已与此地密不可分。周爷尊重了妻子的选择，事实上，他也爱村中的祥和安然，能让他的心静下来，描摹他熟悉的观龙村的人和事，让人们记住命运翻转的十年。

周爷和上官云蓼掏出五十元钱，支援云青学费。在周爷的带动下，村民们开始翻找自己的腰包，一元两元的票子少，一毛和五分的硬币多。大家高高兴兴地说："周爷都支持凌云青，肯定错不了！""云青是我们这里的人，我们都该出点力！"

带着村民们体温的钱币，在秀英手上聚成了一座小山。她激动地轻轻哭起来。就连曹家，也送来了五元钱，采萍上个月刚给曹运强生了个大胖儿子，现在总算有了一点家庭地位。娃儿的四舅上大学，曹运强也觉得是颜面生光的事，值得来凑这个热闹。

临走前，细妹子与云青相约在高高的野棉花山。这座巍峨的大山，坡上连片盛开的雏菊，歇在林梢的黄鹂，以及高高矮矮的灌木，在两个少年眼中，与往昔相似，却又与过去分明不同。

细妹子送了一个塑料封皮的笔记本给云青，里面夹着好些花儿叶儿草儿，散发出干爽恬静的植物芬芳。随同笔记本送给云青的，还有一个塑料绳编织的憨头憨脑的小老鼠。鼠是云青的属相，细妹子编织得惟妙惟肖栩栩如生。即将离开这片土地的云青，也许是经历过了认真的审视和反省，才明白了人活着的价值与意义。知识就是承载云青远航的舟，能渡他们这一代年轻人驶向广阔壮丽的海域，去实现远方的瑰丽梦想。

云青郑重接过细妹子的礼物，他有一肚子翻腾的话，可是该从何说起呢？不如就什么都不说。山风吹过两名少年的头发，他们并肩站在山顶，西天的晚霞射出万道金光，山川河野一片璀璨。夕阳像是过往的时光，那些曾经共度的，再也无法回头的日子，都被染上了一层温柔的暖色。

云青从阆南县乘坐汽车到了广元火车站，坐上了绿皮火车。汽笛鸣响，火车喷吐着白雾，向西安疾驰而去。云青从兜里摸出那个塑料老鼠玩赏摆弄，它在掌心小得惹人怜爱。云青对着自己的属相，若有所思：也许再卑微弱小的生命，在这片热土上扑腾奔走，都能找到属于自己的生存方式。

图书在版编目（CIP）数据

惊蛰 / 杜阳林著 .— 杭州 : 浙江文艺出版社，2021.7
（2022.10 重印）

ISBN 978 – 7– 5339 – 6509 – 9

Ⅰ . ①惊… Ⅱ . ①杜… Ⅲ . ①长篇小说 – 中国 – 当代
Ⅳ . ① I247.5

中国版本图书馆 CIP 数据核字（2021）第 102213 号

策划统筹　曹元勇
责任编辑　睢静静
特约编辑　余　琪
营销编辑　张赟喆　耿德加
责任印制　吴春娟
装帧设计　海未来

惊蛰

杜阳林　著

出版发行　**浙江文艺出版社**
地　　址　杭州市体育场路 347 号
邮　　编　310006
电　　话　0571–85176953（总编办）
　　　　　0571–85152727（市场部）
印　　刷　浙江新华数码印务有限公司
开　　本　880 毫米 × 1230 毫米　1/32
字　　数　230 千字
印　　张　10.5
插　　页　1
版　　次　2021 年 7 月第 1 版
印　　次　2022 年 10 月第 14 次印刷
书　　号　ISBN 978-7-5339-6509-9
定　　价　49.00 元

一本书打开一个世界

欢迎订购、合作

订购电话：0571-85153371

服务热线：0571-85152727

KEY- 可以文化

浙江文艺出版社

京东自营店

关注 KEY- 可以文化、浙江文艺出版社公众号，
及浙江文艺出版社京东自营店，随时获取最新图书资讯，
享受最优购书福利以及意想不到的作家惊喜